四《よ》色《しき》の藍《あい》

西條奈加

PHP
文芸文庫

○本表紙デザイン＋ロゴ＝川上成夫

四色《よしき》の藍《あい》　目次

第一章　4
第二章　73
第三章　160
第四章　242
最終章　294
解説　田口幹人　344

第一章

一

その若い侍は、どこか人目を引いた。

十五、六といったところか。色褪《あ》せた旅装束に、埃《ほこり》まみれの総髪《そうはつ》は無造作に後ろで結わえてある。いたって粗末な身なりだが、顔立ちや姿はすっきりとして、まるで菖蒲《しょうぶ》の葉のようだ――。

紫屋環《むらさきやたまき》は、胸の内でそう呟《つぶや》いた。

混雑した両替屋の店内は、人いきれでむせ返るようだが、その中に菖蒲の葉を一本さしたような、そんな涼やかな風情《ふぜい》があった。

まだからだができ上がっていないのだろう、肩も腰も細く、

「たずねたいことがあるのだが」

手代《てだい》にかけた声にも、幼い響きがあった。

「ここに、――――という侍はおらぬか」

出立《いでた》ちを見れば、江戸へ出てきたばかりの田舎侍とすぐにわかる。侮《あなど》られまいと必死にもとれる、いくぶん横柄な調子が微笑ましくて、環は小さく口の端を上げた。

この両替屋の店先に腰を据えて、ゆうに半刻は過ぎている。手持ち無沙汰《ぶさた》も手伝って、環は若侍と手代のやりとりをじっと見守った。

「と仰《おつしや》られましても、お武家さま。このとおり私どものところには、日に何十人ものお武家さまが出入りしておられますので、御名まではとても……」

「客ではない。ここの主《あるじ》と親しくしているときいた。ここに世話になっているか、あるいは、たびたび主に会いにくる侍はいないか」

「そのような方は、いらっしゃらない筈《はず》ですが……」

手代は頼りなげに、首をかたむけるばかりだ。短気を起こした侍が、声高《こわだか》に言い放った。

「使用人では埒《らち》が明かぬ。主を呼べ！」

たちまち店中の視線が集まって、客でごった返す店内がしんとした。

さすがにばつが悪くなったらしく、若侍は陽に焼けた小造りの顔をうつむけた。

客、使用人を問わず、向けられたどの眼差しも嘲笑に満ちている。

まるで見世物のような有様に、思わず環は腰を上げた。

「お武家さま、この屋の主人を待っても無駄でございますよ」

響きの良い声は、店の隅々にまで行き渡った。まわりの注目が集まったのを確かめて、環は告げた。

「なにせここの主人は、この紫屋環を恐れて雲隠れしちまいましたからね」

わざと伝法に言ってのけ、精一杯の皮肉を乗せた。

「雲隠れ……だと？」

「ええ、よほど後ろ暗いところがおありのようで。もう半月も通い続けているというのに、このとおり、毎度待ちぼうけを食わされているんですよ」

若い侍は、初めて環と目を合わせた。男にしてはやさしげな輪郭《りんかく》に、目だけは気強そうに瞬《またた》いているが、口許《くちもと》はまだあどけない。初々しいながらも、凜々《りり》しさが際立つ顔立ちだった。

「ここの主は、そういう輩《やから》なのか？」

あまり洒落は解さないらしく、侍は生真面目に受けた。

客たちの目は、いまや好奇にあふれていたが、手代たちは互いに困り顔を見合わせる。

「いいえ、東雲屋《しののめや》さんは、いたってご立派なお方ですよ。なにせ一代でこの両替屋を立ち上げて、隣の薬種問屋《やくしゅどんや》と、さらに神田《かんだ》には紺屋《こうや》まで開いてますからね」

　環は周囲を見渡して、あでやかな笑みを投げた。客の男たちから、ほう、とため息がもれる。地味な後家《ごけ》の装いながら、きりりとした顔立ちや姿には、はちきれんばかりの色艶がある。

「そんなご立派な旦那が、まさか盗みや人殺しをなさるなんて……」

「人殺し……！」

　若い侍が、ぎょっとして目を見張る。

「東雲屋は、人を殺《あや》めたというのか！」

「そんな筈はないと、それを確かめに足を運んでいるんですがね、こうも邪険《じゃけん》にされるとかえって疑いたくも……」

「紫屋さん、店先で滅多なことは口になさらないで下さいまし」

　赤い唇からなめらかに紡《つむ》がれていた台詞《せりふ》は、奥から出てきた番頭にさえぎられた。

「そのような言いがかりをつけられては、いくらなんでもきき捨てなりません」

「言いがかりなんて、とんでもない。私はただ旦那と話がしたいと、そう申し上げているだけですよ」

「ですから主人は、折悪《おりあ》しく出掛けていると……」

「折悪しくも半月続けば、逃げ口上にもなりませんよ。私が出向いてくるたんびに、まるでどぶ鼠のようにこそこそと……」

「おかみさん！」

たまりかねて、番頭が叫ぶ。女の声高な調子が呼び水となり、店先にはすでに人だかりができている。誰もが興味津々のようすで、往来から店内を覗き込んでいた。

古参の番頭は、己の役目をよくわきまえているようだ。かんしゃく玉を喉に押し込めるように、ひとたび息をととのえた。

「紫屋さん、三月《みつき》前にご亭主を亡くされて、そのご無念はお察しします。だからこそ主も私どもも、これまでは何を言われても堪《こら》えておりましたが……商いにさし障《さわ》るとなれば、そうも参りません」

「どうなさる、おつもりですか？」

番頭の脅しにも、環は涼しい顔のままだ。

「お客さまのご迷惑にもなりますし、何より東雲屋の看板に傷がつきます。これ以上、主につきまとうようなことがあれば……」

山場にさしかかったとばかりに野次馬が身を乗り出して、先刻の若い侍も、固唾《かたず》を呑んで見守っている。だが、せっかくの芝居じみたひと幕は、山に達する間際で打ち切られた。

「こらこら、何をそんなに集《たか》っているんだ」

無粋《ぶすい》な柝《き》が鳴らされたように、太い声が割ってはいる。ほどなく人垣をかきわけて、黒羽織の役人が姿を見せた。

「いったい何事だ、東雲屋。小判が文銭なみに、値を落としたなんて話じゃあるまいな」

「これは、山根《やまね》さま」

まさに地獄に仏と言いたげに、番頭がほっと息をつく。

南町奉行所の定町《じょうまち》廻《まわり》同心、山根森之介《しんのすけ》だった。

すぐさま配下の小者ふたりが、手際よく見物人を散らしにかかる。

「なんだ、紫屋のおかみじゃねえか。相変わらず、別嬪《べっぴん》だな」

同心の投げた軽口には一片の愛想もあたえず、環はだまって頭を下げた。

上がり框《かまち》に腰を下ろした同心に、番頭が小声で仔細《しさい》を語りはじめ、その頃には、両替屋の内はいつもの風情に戻っていた。

環が気づいて首をめぐらせると、若い侍の姿は消えていた。

「半月も店先に座り込まれりゃ、嫌がらせと取られても無理はねえやな」

足早に日本橋を渡る環の後ろから、山根がのんびりと声をかける。

「おまけに、あんな騒ぎを起こすなんざ、どういう風の吹きまわしだい。しっかり者のおかみらしくもない……」

橋を渡りきったところで、環は急に足を止め、くるりとふり向いた。すぐ後ろを歩いていた頭ひとつ大きなからだが、あわててたたらを踏む。

「旦那、どこまでついてくるおつもりですか？　私に説教するためと言うなら、日を改めていただけますか」

「そう怖い顔をするなよ。日も暮れてきた頃合だし、紺屋町《こんやちょう》まで送っていくだけの話だ」

紫屋は、神田紺屋町にある。もとは紫染めの店であり、その名が残っているが、いまは藍《あい》染めをもっぱらとする紺屋《こうや》だった。

「お忙しい定廻の旦那に、そんなことをさせたら罰《ばち》が当たります。ここまでで結構ですから、どうぞお引き取りを」

「おいおい、何をそんなに怒っているんだ。東雲屋との悶着《もんちゃく》に、水をさしたのがそんなに不満かい」

とりつく島のないようすに、同心は困ったような苦笑いを浮かべた。柔和《にゅうわ》な目が浅黒い顔に埋まり、代わりに白い歯がのぞく。

役人にしては重々しさに欠けるが、その分気安く、話のわかる男でもある。亭主のことがあってからというもの、特に気にかけてくれるようで、紫屋にもちょくちょく顔を出すようになった。だが環にも、邪険にするだけの理由がある。

「私が腹に据えかねているのは、お役所が見当違いの下手人《げしゅにん》をあげたことですよ」

環の夫、紫屋茂兵衛《もへえ》が殺されたのは三月前、六月初めのことだった。

茂兵衛は行き先も告げぬまま出かけていき、その夜のうちに根岸《ねぎし》で仏となって発見された。右の首筋から背中にかけて刀傷があり、検死の役人は背後から襲われたと断じた。

根岸は大商人や文人など、物持ちの寮が多い。場所柄から物取りの仕業と思われていたが、ほどなく茂兵衛が倒れていた道端から目と鼻の先で、意外な下手人が見つかった。

「よりにもよって阿波八《あわはち》さんだなんて……あの旦那は主人とは長のつきあいで、相談役でもあったんですよ。それがどうして！」

「まだ、そうと決まったわけじゃねえが……阿波八が下手人では、納得がいかねえかい」

阿波八こと中野八右衛門《なかのはちえもん》は、藍玉問屋阿波屋の主人で、紫屋に藍玉を卸《おろ》していた。

商い相手というばかりでなく、職人肌の茂兵衛の気質を、阿波八は高く買っていたようで、互いに親しく行き来する間柄でもあった。

根岸には、阿波屋の寮がある。茂兵衛は最初、日本橋にある店を訪ねたが、八右衛門がその日、根岸の寮にいると使用人からきかされて、そちらへ足を向けたようだ。

「阿波八は、紫屋に金の工面もしていたろう。それが積もり積もって、結構な額になっている。金のいざこざなら、刃傷《にんじょう》沙汰《ざた》になってもおかしかねえ」

「下手人と言っても仏さまでは……死人に口なしですからね」

茂兵衛が仏となって、その翌朝、阿波八もまた寮にしていた閑静《かんせい》な一軒家から死体となって見つかった。ただしこちらは梁《はり》から紐でぶら下がっており、ひと目で自害と判じられた。

また、押入から血糊《ちのり》のついた刀も見つかって、当人のものと奉行所の調べもついた。中野八右衛門は、阿波徳島藩でも指折りの藍商で、藩から苗字帯刀を許された身分だった。

何らかの諍《いさか》いから、阿波八が茂兵衛に斬りつけて殺してしまい、後悔の念に襲われて首を括《くく》った。まだ裁きは決していないが、町奉行所の役人たちはそう推量しているようだ。

「阿波八さんは、下手人なんかじゃありません。主人の巻き添えを食って、殺されたんです」

環の訴えに、山根が眉を寄せ、口をすぼめた。

「ふたりを死なせたのは、東雲屋三左衛門《さんざえもん》です」

目の前の同心に向かい、環はきっぱりと言い切った。


環が紺屋町に戻った頃には、すでに辺りは真っ暗になっていた。

日本橋からまっすぐ北へ行くと、神田鍛冶町《かじちょう》にさしかかる。

紺屋町はその裏手から東に向かって、一丁目から三丁目まで細長く伸びていた。

どこぞで騒ぎが起きたと下っ引きが呼びに来て、あれからすぐに同心とは別れたが、

「当分のあいだ、東雲屋には近づくなよ。次に騒ぎになったらお上に訴えると、番頭は息巻いていたからな」

山根は去り際に、それだけは念を押した。

こんなに遅くなったのは、途中の本石町《ほんごくちょう》で、店先に出ていた扇屋《おうぎや》のおかみに声をかけられたためだ。立て板に水のごとくよくしゃべる女だが、話は面白い。ちょうどくさくさしていた験直《げんなお》しにと、誘われるまま店に上がり、たっぷり一刻も過ご

してしまった。

表通りの店々は大戸を立てはじめ、往来の人気《ひとけ》も数えるほどしかない。月は雲間にあるようで、丸い灯りだけが足許を照らしている。歩いてほどない道のりだから、使用人に送らせるという扇屋の申し出を断って、提灯《ちょうちん》だけを借りてきた。

「紫屋のおかみさんですね」

表通りを右に折れ、紺屋町一丁目の中ほどに来て、ふいに黒い影が前をふさいだ。紫屋はこの先、二丁目になる。

「ちょいと、お話があるんですがね」

男が三人。ともにお店者《たなもの》風の身なりだが、崩れた気配は隠しようがない。何を言う暇もなく、環は路地に連れ込まれた。先頭にいたひときわ大きな男が、嫌な笑いを浮かべた。

「もういい加減、旦那を追いまわすのはやめてもらえやせんか」

「……あんたたち、東雲屋の者だね」

早まる鼓動をどうにか押さえつけ、環は相手をにらみつけた。

「なるほど、噂は本当らしいね。表ではあたりまえの商人《あきんど》の顔をして、裏ではやくざまがいの連中を使って、あくどい真似をしてるって。一代であれだけの財を築いたんだ。地道な商いだけじゃ、ああはいかない」

「おかみさんこそ、噂に違わず、たいした気の強さだ」

無駄のない男らしいからだつきと、色気のある顔立ち。女には受けの良さそうな手合いだが、にじみ出る人品の卑しさに、外見の良さがかえって鼻につく。

「あんたのことは、知っているよ。源次《げんじ》とか言ったね。表向きは手代だけど、その実、東雲屋の汚れ仕事を引き受けている、そんな連中の頭分《かしらぶん》だろう？」

「へえ、おかみさんの覚えをいただいているとは、こいつは痛み入るね」

どすの利いた声音は、少しも軽口にきこえない。それでも後ろのふたりはお追従《ついしょう》のつもりか、下品に笑った。

「おかみさん、どうやら東雲屋のことを、あれこれと嗅ぎまわっているようですね。うちの旦那も独り身だから、色っぽい後家さんに言い寄られれば悪い気はしない。だがね……」

男が、一歩前に出た。のしかかるような威圧感は、上背のせいばかりではなさそうだ。思わず環は後ずさっていた。

「ものには加減ってもんがある。大事な商いを邪魔されるようじゃ、放ってはおけない」

ぐん、と男の右腕が伸びて、大きな手が環の着物の襟元をつかみ上げた。環の喉から、かすかな悲鳴がもれる。

「これ以上、妙な勘繰りを入れるようなら、ただでは済みやせんぜ」

男の左手が提灯をさし向けて、その灯りの中、凄みを増した顔が眼前いっぱいに広がる。

「このきれいな顔に傷がつくか……あるいは、見えないところを痛めつけることもできる。うちには血気盛んな男衆《おとこし》が多いから、おかみさんみたいな美味しい餌にはすぐにとびつく」

ただの脅しではない。男の目は、そう言っていた。

からだの底からこみ上げる恐怖に、唇が震える。力まかせの恫喝《どうかつ》に屈してしまいそうになったとき、離れたところから、まるで光のように声がとんだ。

「おまえたち、そこで何をしている！」

源次の動きは素早かった。半ば突きとばすようにして、締め上げていた手を放す。環が後ろによろめいて、その隙間にするりと何かがすべり込んだ。

「女子《おなご》ひとりに、大の男が三人がかりで絡むとは。少しは恥を知れ！」

呆気《あっけ》にとられていた男たちが、まじまじと相手を見詰め、やがてその面《おもて》にうすら笑いが浮かんだ。

「これはこれは、威勢のいい坊っちゃん侍だ」

源次の嘲笑に、環がはっとなった。背中を向けてはいたが、この姿には見覚えがある。

「あなたさまは、もしや……」

言い終える前に、侍の右手が動いた。抜かれた刀が、ぴたりと源次の鼻先に当てられる。

瞬《まばた》きする間もないほどの剣捌《けんさば》きだ。男たちは、己の得物《えもの》を構える暇《いとま》もなかった。

「すぐにここを立ち去れ。さもなくば、鼻を削《そ》ぎ落とすぞ！」

源次は凍りついたように固まっているが、怯《おび》えたようすはない。それでも相手の腕を見極めたものか、大人しく従った。

「おかみさん、話はまたこの次に」

忌々《いまいま》しそうな顔をしながらも、去り際に念を入れ、男たちが立ち去った。

「怪我はありませんか」

はいと応え、改めて丁寧に礼を述べると、相手は照れくさそうに微笑んだ。

「いえ、昼間は世話になりましたから、そのお返しです」

「やはりあのときの、お武家さまでしたか」

両替店で出会った、菖蒲の葉を思わせる若い侍だった。

侍は、蓮沼伊織《はすぬまいおり》と名乗った。

「江戸には今朝着いたばかりで、これから宿を探すつもりでした。あまり持ち合わせがない故、どこか安くて良い宿を教えては下さらぬか」

きいたとたん、渡りに舟という言葉が、環の頭にひらめいた。

「それでしたら、どうぞうちにお泊まり下さいまし」

「いや、今日会《お》うたばかりの方に、そのような厄介をかけるわけには……」

「さっきの連中が、家まで押しかけてくるやもしれません。今夜だけでもいらしていただければ、心強うございます」

環はその方便で熱心に乞うたが、遠慮が先に立つものか、相手はなかなか首を縦にふらない。

「旅の垢《あか》を落としたいと思うてな、やはり風呂のある宿の方が良いのだが」

「でしたらなおのこと、おいでいただかなくては。私どもの店では、裏に内風呂を据えてありますので」

「おかみの家には、風呂があるのか」

侍の表情が、見当以上に大きく動いた。若い男には似つかわしくないが、紫屋の内風呂はよほど興《きよう》を引いたようだ。

「では、お言葉に甘えて世話になります」

承知した侍を、環は内心で小躍りしながら紫屋に連れ帰った。

店の中に足をふみ入れたとたん、独特のにおいが鼻を刺す。蓮沼伊織が、足を止めた。

「すごいにおいでございましょう？　これだけは申し訳ありませんが、我慢して下さいまし」

地面に埋めた四つの大甕《おおがめ》から立ち上る、藍が発酵するにおいだった。

藍染の染液を作ることを、藍を建てるという。水に泥状にした藍玉を溶かし、石灰と灰汁《あく》を混ぜ、さらに発酵を促す酒や飴を加え適度に温めると、藍は発酵をはじめる。数日のあいだようすを見ながら寝かせ、やがて染めに適した染液となる。

この紺屋町には名前のとおり、たくさんの紺屋がひしめいている。町全体に同じにおいがただよってはいるが、一歩中に入っただけで、においはいっそうきつくなる。

慣れない者にはさぞきつかろうと環は案じたが、意外な応えが返ってきた。

「故郷《くに》と、同じにおいがする。私にとっては、懐かしいにおいだ」

「蓮沼さまは、紺屋に馴染みがあるのですか？」

「私は阿波の出だから、紺屋も藍玉屋も町中に多かった」

「まあ、さようでございましたか」

妙なところに縁があるものだと、環は目を見張った。

四国の阿波は、国中で使われる藍の、実に九割余を産していた。江戸や大坂に店をもつ藍玉問屋も、ほとんどが阿波出身の藍商と呼ばれる大商人《おおあきんど》で、阿波屋八右衛門もまたそのひとりだった。

「たいしたものはございませんが、どうぞ遠慮なくお召し上がり下さい」

環は下男に風呂を立てさせて、そのあいだに夕餉《ゆうげ》を供した。

江戸の町家に内風呂は珍しいが、それは亡くなった茂兵衛のためだった。朝から晩まで藍のことを考えているような男で、仕事が済んでも、遅くまで藍にまみれながら新しい染めの技法にとり組んでいた。終わる頃には湯屋はとうに閉まっていて、見かねた前妻が、母屋《おもや》の裏に内風呂を建てた。

環は、茂兵衛の二度目の妻だった。

「これは何という魚だ？　こっちの菜も変わっているな」

蓮沼伊織はひとつひとつ確かめながら、三膳も飯を平らげた。

「朝から何も食していなかった故《ゆえ》……がつがつして面目ない」

「お育ち盛りなのですから、どうぞお気になさらずに。気持ちよく召し上がっていただけて、こちらも嬉しゅうございます」

笑顔で応じると、相手は怪訝《けげん》な顔をした。

「もう十九だから、背丈の伸びはとうに止まっている筈だ」

てっきり元服を済ませたばかりの、大人になりたての年頃と思っていたから、環は少なからず驚いた。風呂を使わせ、袖を通さずじまいになった、下ろし立ての茂兵衛の浴衣《ゆかた》を着せてみると、若侍はひときわ端正な姿になった。

「まあ、蓮沼さまは、おきれいなお武家さまでいらっしゃいますね」

つい、そう口にすると、相手は露骨に嫌な顔をした。

「男に向かって、そんなことを言うな。それと……伊織と呼んでもらいたいのだが」

名にこだわりでもあるのだろうか。少しだけ不思議に思えたが顔には出さず、かしこまりましたと真顔で応じた。

「では、改めまして伊織さま、あなたさまの剣の腕前を見込んで、お願いがございます」

環は畳の上に、両の三つ指をついた。

「用心棒でも、しろというのか？」

「いえ、そうではございません。ただ……同じような役回りを、していただくことにはなるかもしれません。それをお話しする前に、伺いたいことがございます」

「何だ」

「今日、東雲屋を訪れた理由《わけ》を、おきかせ願えませんか。どなたかをお探しのように、お見受けしましたが」

伊織は束の間、考えるような素振りをしたが、己に納得させるようにひとつうなずくと口を開いた。

「私は、新堀上総《しんぼりかずさ》という男を探している」

「どういう、お方ですか？」

「歳は二十四、私の兄の朋友で、もとは阿波藩で藍方勤めをしていた男だ」

藍方は、藍商いの一切をとり仕切る、阿波藩独自のお役目だった。

「その新堀さまは、いま江戸にいらっしゃるのですね？」

「国許《くにもと》にいた折に、そうきいた。江戸屋敷にいる者が、新堀を見たと。そのとき一緒にいたのが、東雲屋三左衛門だったと、私の父に文で知らせてくれたのだ」

東雲屋三左衛門は、両替商を皮切りにのし上がり、五年前に紺屋を開いた。強引であくどいやり口も噂される男だが、商才には富んでおり、質の良い藍玉を直《じか》に買いつけるために、阿波を訪ねたことがあるという。

あいにく阿波藍は、藩内の藍商が独占しており、結局無駄足に終わったが、その時に三左衛門の世話をしたのが当時藍方にいた新堀だった。

「江戸で新堀を見かけた者も、その頃は国許にいて、東雲屋の顔を覚えていた。だが、両替屋と薬種問屋、それに紺屋でも、使用人に確かめてみたが、誰も新堀を知らなかった」

伊織が紺屋町にいたのは、そのためのようだ。東雲屋の両替店と薬種問屋は、二軒ならんで日本橋岩倉町にあるが、紺屋だけは神田紺屋町三丁目にある。江戸に不慣れな伊織は、途中でたいそう迷ったらしく、紺屋町に辿り着いたのは遅い刻限だった。だが結局は徒労に終わり、三左衛門にも会えずじまいだったと、伊織は肩を落とした。

「新堀さまは、伊織さまにとって大事なお方なのですか？」

「馬鹿を申せ！　あの男は……！」

伊織のまなじりが、みるみる吊り上がった。

「新堀上総は、あの男は……私の仇《かたき》だ！　半年前、私の兄を殺し、阿波から逃げた男だ！」

この少年のような侍は、仇持ちであったのか——。

蓮沼伊織が、遠い阿波からはるばる江戸まできた理由が、環にもようやくのみ込めた。環は改めて、姿勢を正した。

「それならなおのこと、お頼みのし甲斐がございます。伊織さまの仇が、もし東雲屋と繫《つな》がっているのなら、探し出すことができるやもしれません」

さっきの剣幕の名残りは、まだ身内にくすぶっているようだが、それを堪えるように伊織は低くたずねた。

「おかみは……何をしようというのだ?」

「東雲屋を潰し、三左衛門を獄門に送るつもりでおります」

己を鼓舞《こぶ》するように、環は腹に力をこめて相手に告げた。


翌日の晩、店仕舞いを終えた紫屋の潜戸《くぐりど》を、ふたつの影が抜けた。

「おかみを助ける仲間とは、この者たちか?」

勧められるまま、ひとまず紫屋の食客となった伊織が、呆れたような声をあげる。

「はい、さようでございます。こちらがお唄《うた》さん、あちらがおくめさんです」

環がすまして紹介すると、お唄は伊織を見て、艶な笑みを投げた。

まどろんでいるようなとろりとした瞳と、ゆるんだ朝顔の蕾《つぼみ》のようにほころんだ唇は、なまめかしい肢体と相まって、匂うような色香を醸《かも》している。派手な色柄の着物をだらしなく着崩しているから、男相手の商売だとひと目でわかる。

怪しい者を見るように、お唄の上をさ迷っていた伊織の視線が、おくめに移ると
さらに戸惑ったものになる。

おくめは、ばさばさの白髪頭をひっ詰めにした老婆だった。短い首と、丸々と張

った肩や腕のために、ひどく肥えて映る。

「このような年寄りと……いや、それよりも、男の助っ人はいないのか？」

「はい、おりません。見てのとおり、伊織さまより他は、女ばかり三人でございます」

やくざ者まがいの若衆を十数人も抱えている東雲屋と、この顔ぶれで本気でやり合うつもりかと、伊織はただただ呆れている。しかしだからこそ、伊織の腕が必要なのだと環は重ねて言った。

「仲間がか弱い女ばかりと知って、怖気《おじけ》づきましたか、伊織さま？」

「そうではない。女だてらにあのような連中に手を出せば怪我をする。それを案じているだけだ。まさか男が私ひとりとは、思いもしなかった故……」

と、ふいにお唄が、けたたましく笑い出した。真っ赤な紅を塗った口許を隠しもせずに、天井を仰ぐ。

「なんだ、女、何がおかしい」

癇《かん》に障《さわ》ったらしく、伊織の顔が険しさを増す。

「あっはっは、だってさ、あんたの格好も言ってることも、ちゃんちゃらおかしくて……」

「何だと！　おまえのような卑しい分際の者が、侍を愚弄《ぐろう》するつもりか！」

「侍だって?」

苦しそうに腹を抱えていたお唄が、ぴたりと笑いを止めた。

ゆらりとからだを起こすと、しばし伊織をながめ、それから環をふり返った。

「侍ってのはたいがい、男のお武家のことじゃないのかい。ねえ、おかみさん?」

「……ええ、そりゃあ……お唄ちゃん、あんたいったい何を……」

お唄の心中がまるで読めず、環がひどくうろたえる。張り詰めていくばかりの座敷の内で、おくめだけは呑気に見物を決め込んでいる。

「あたしらだけじゃない。このお侍とやらも、女じゃないか」

お唄は伊織を見詰め、にやりと笑った。

二

お唄の放ったひと言に、座敷内が凍りついた。

伊織がお唄をにらみつけ、そのふたりの傍《かたわ》らで、環とおくめが呆《ほう》けたように口をあけている。

環は改めて、伊織をながめた。まさか、と俄《にわ》かには信じられない一方で、ああ、そうだったのか、と思わずうなずいてしまいそうな、得心《とくしん》のいくものがあった。

十九にしては頼りない体格。男にしては幼い声の響き。元服を終えたばかりの年頃に見えたのも、女だとすれば合点がゆく。

浴衣一枚を羽織っただけの姿だが、それでも男に見えていたのは髪のためだ。後ろで高く束ねた総髪は、馬の尻尾のように垂れているが、尾の先はどうにか肩に届くくらいだ。女にしては短かすぎるその髪で、これまで男だと信じ込んでいた。

晒《さらし》でも巻いているものか、女らしい胸のふくらみも見えない。

「このお人が、女だって？」

おくめが場にそぐわない、ひどく長閑《のどか》な声をあげた。

「馬鹿なことを言うな！　私は歴《れっき》とした侍だ！」

蓮沼伊織はすぐさま怒鳴りつけたが、その顔色は、羽織った浴衣の薄藍を刷《は》いたように青ざめている。お唄は、ふふんと鼻で笑った。

「だったら、お侍さま。足のあいだを、ちょいと確かめさせちゃもらえませんか。男の証《あか》しがあるかどうか……」

青ざめていた伊織の頬に、ひと息に血がのぼった。お唄が、ずいと身を乗り出した。

「無礼者っ！　寄るな、女！」

「男ならね、女のこういう申し出は、断ったりしないものなんですよ」

畳に膝をついたお唄が、じりじりと伊織ににじり寄る。まるで獲物を追いつめる狐のようだ。ちろりと、赤い舌が唇を舐める。

「これ以上愚弄するなら、容赦はしない。この場で斬って捨ててくれる！」

伊織がすっくと立ち上がり、大股で床の間へ行った。そこには環があずかっていた、大小二本の刀がある。伊織は短い方の脇差《わきざし》をつかむと、お唄の前に仁王立ちになった。

「伊織さま、どうぞお静まり下さい。お唄ちゃんも、その辺におし！」

環があわてて割って入った。芝居じみた有様に、おくめは半ばぽかんとして成り行きを見守っている。

遊びをとりあげられたお唄は、つまらなそうにしながらも従う素振りを見せたが、伊織は収まりがつかないようだ。

「女、命が惜しければ、いますぐ私の前から消えろ！」

「だからさ、女、女と耳障りなんだよ。あんただって、おん……」

「黙れ！」

激昂《げっこう》した伊織のまなじりが、きゅうっと吊り上がる。脇差が抜かれ、鞘《さや》が畳に投げ捨てられた。いけない、と環が腰を浮かせ、さすがにお唄が口をつぐんだ。

刀を握ったまま、お唄に向かって一歩ふみ出したそのとき、伊織のからだがぴたりと止まった。金縛りにでも遭ったかのように、その場から動けずにいる。

「何をする、放せ、放さぬか！」

おくめのたくましい両腕が、後ろから伊織のからだに巻きついていた。伊織は渾身の力で抜け出そうとするが、両の腕ごと羽交《はが》い絞めにされてびくともしない。

「婆《ばば》、やめろ！　おまえまで無礼を働くか」

「そんなつもりはねえがね。ただ、だんびら抜くには、この座敷はちっと狭すぎる」

「伊織さま、お願いですから刀をお納め下さい」と、環も懸命に乞う。

ほどなく、伊織の右手から刀が落ちた。環の訴えに応じたわけではなく、どうやらおくめに力をこめられ、腕がしびれてしまったようだ。環が刀を拾い上げ、丁寧に鞘に納めると、おくめはようやく力を抜いた。

「年寄りのくせに、何という馬鹿力だ。婆には柔《やわら》の心得でもあるのか」

肩や腕の辺りは、歳に似合わず張り詰めているが、見掛けはただの年寄りだ。よほど驚いたのだろう。おくめをふり返った伊織からは、最前の怒りは消えていた。

「柔なんてごたいそうなもんは知らないね。あたしゃ、洗濯婆でさ」

「洗濯婆、だと？」

「他所《よそ》さまの家をまわって、洗濯するのが仕事でね。おかげで腕も肩も、肉がかちかちになっちまって」

おくめは右腕を上げて、見事な力こぶをつくってみせた。伊織がその逞《たくま》しい腕を、まじまじと見詰める。

「なるほど、歳に似合わぬ力は洗濯のおかげか」

「おくめさんは、日本橋や神田界隈に、二十軒ほども得意先がありましてね。うちもそのひとつなんですよ……それと、東雲屋にも」

環の顔が、すうっと引き締まった。

「東雲屋に？　本当か、婆」

おくめが、短い首をうなずかせた。

「婆、いや、おくめ。新堀上総という侍を、東雲屋で見なかったか？」

伊織が性急に、おくめにたずねる。

「ひょろりとした頼りなげな男で、背もそう高くない。私より多少上背はあるが……そうだ、ちょうどおかみと同じくらいだ。鼻筋だけは通っているが、目も口もちんまりして、あまり風采の上がらぬ男で……」

「東雲屋には侍はいないし、新堀なんて名もきいたことがないがね」

「そうか……」

がっくりと肩を落とし、伊織が深いため息をつく。環がその顔を窺《うかが》いながら、注意深く切り出した。

「伊織さま……伊織さまが男の格好をなさっているのは、仇討ちのためなのですね？」

顔を上げ、きつい目つきでにらみつける。だが、環がじっと見詰め返すと、伊織はゆっくりと肩の力を抜いた。いったん口を開き、だがためらうようにすぐに閉じる。ちらりと横を見て、そこにはお唄の姿があった。

「どうやら、お邪魔のようですね。あたしはこの辺で、帰らせてもらいますよ」

「待って、お唄ちゃん。その……どうしてわかったんだい。伊織さまのこと……」

腰を上げて出て行こうとするお唄を、環が引き止めた。

「ああ、なんてことないさ。あたしを見たときの目でわかったんだ」

お唄が意味深な眼差しを、伊織に送る。抗《あらが》うように、伊織はきっと見返した。

「ほら、その目さ。まるで汚いものを見るような……男ならね、たとえ好みにそぐわなくとも、旨そうな餌を前に決してそんな目はしない」

「ふええ、なるほどねえ」

おくめが大げさに感心し、環もつい、こくこくと首をふった。

「あたしをあんな目で見るのは、女。あんたのはとりわけきつかったからね、生《き》娘《むすめ》だと、すぐにわかったよ」

伊織はたちまち、耳までまっ赤になった。

「知った風なことを言うな！　まだ無礼を重ねるなら……」

「はいはい、出て行きますよ。口喧嘩のたびに刀を抜かれちゃ、身がもたない。あの男をやる前に、こっちがやられちまうよ」

「本当は、これから大事な話があったのだけれど……」

伊織に向けた言葉の数々は、他ならぬお唄自身を傷つけているのではなかろうか。そんな気がかりが胸に生じ、環は案じるように、その背に声をかけた。

「話は次に会うときに、おかみさんからきかせてもらいますよ」

「そう……そうね、じゃあ、三日の後にいつものところで」

環の懸念を払うように、お唄はさばさばとした調子を崩さず、あけた障子の隙間から、するりとからだをすべらせて出て行った。

「……お唄ちゃんも、怨《うら》みに思ってる相手が、東雲屋の内にいましてね」

廊下に気配がなくなると、ぽつりと環が告げた。

「それが東雲屋の手代、源次なんです。伊織さまが昨夜、剣を向けた、あの男です」

環はいっとき中座して、台所から茶と菓子を運んできた。

裏庭に面したこの座敷は、職人や女中の部屋からも遠く、また裏の潜戸には近い。

おくめとお唄は、あらかじめ決めておいたとおり、使用人の目につかぬよう潜戸を抜けて、縁側から座敷に出入りしていた。

「伊織さまは、いつからそのお姿に？」

やがて落ち着いた頃を見計らい、環はたずねた。

「東海道の中程からだ。女のひとり旅は、何かと厄介だから……」

「その恰好の方が、面倒じゃあないのかね。風呂なんか、どうしてたんだい」

武家に対する口のきき方も知らぬようだが、伊織もおくめには目くじらを立てるつもりはないようだ。

「宿の風呂はたいがい男も女も一緒だし、暗い上に湯気が立ち込めているからな、まわりなどほとんど見えぬ。たまに妙な顔をされることもあったが、二度、三度のことだ」

「まあ、たしかに、江戸でもその手の風呂屋は、まだ多うございますが」

男女を別にするように、御上からは何度も触れが出されているが、裏を返せば、混浴の慣習が未だになくならない、その証しでもあった。

「この家には内風呂があるから、正直なところ、それが何より有難かった」

紫屋の内風呂が、ことさら関心を引いたのもうなずける。伊織が入るとき、女中に世話を焼かせるつもりでいたが断られた。そういうわけであったのか、と環はひそかに合点した。

「武者修行ということにして、国許の道場や師範の名を出せば、関所も手形なしで通してくれる。女改めに煩《わずら》わされることもなく、おかげで楽に東海道を下ることができた」

「お国許の道場、ですか」

「父の弟が営《いとな》んでいてな。私も兄も、幼い頃から通っていた」

「それで、あれだけ見事な腕前なのですね」

環は、昨夜の伊織の剣捌《けんさば》きを思い出していた。

「私の剣など、兄にくらべればまだまだ……兄は叔父の道場で、師範代を務めていたんだ」

「さようでございましたか。さぞかし立派な兄上さまでしたんでしょうね」

「そうだな。強くてやさしくて、私の自慢の兄だった」

伊織の口許にかすかな笑みが浮き、だがその目は悲しげだった。その表情と相まって、伊織の短い髪が、環にはひどく痛ましく映る。

「旅の途中で、その姿におなりになったと仰いましたね。何か、理由《わけ》がおありなのではありませんか？」

いかにも気楽そうに、伊織は道中のようすを語ったが、女が髪を切るなど余程のことだ。それを証するように、伊織は辛そうに眉根を寄せた。

「……道中で山賊に襲われて……同行《どうぎょう》の者とはぐれたんだ」

「同行の方がいらしたのですか」

「そうだ……師範である叔父の息子で、私には従兄《いとこ》にあたる。兄とも仲が良かった故、助太刀を申し出てくれたのだが……」
十四、五人もの山賊に囲まれた際、女の出立ちだったために、伊織は思うように動けなかった。助っ人に立った従兄は、伊織を逃がすために、ひとりで賊に向かっていった。
つっかえつっかえ、どうにかそれだけ語ったが、伊織の顔は蠟《ろう》でも塗りつけたようにこわばっている。

「そのお従兄さまは、まさか……」

環がおそるおそる促すと、伊織は嫌な思い出を払うかのように、無闇に頭《かぶり》をふった。

「……わからぬ。それきり、従兄とは会うてはおらぬ……だが、私が女子《おなご》であったたから、あんなことに……」

人差し指を、噛《か》むように唇にあてた。細い指も色を失った唇も、小さく震えている。すっきりとした一重の目の中で、瞳がうろうろとさ迷い出した。尋常ではない怯えようだった。

「伊織さま！」

環の声に、はっと我に返る。

「申し訳ございません。余計なことを伺ってしまいました」

「いや、すまない……どうにも悔やまれてならなくて」

「ご無念、お察しします」

「あれ以来、女の姿でいるのが疎《うと》ましくなった。だから……髪を切った」

新堀上総を討ち果たすまでは、この姿で通すという。仇討ちを誓う伊織の決心は固かった。

「おかみ、私は明日から、何をすれば良いのだ」

若いだけに、せっかちなところがあるようだ。己の話を終えると、伊織は本題に移った。

「恐れいりますが、しばらくは私と一緒に囮《おとり》となっていただけませんか」

「囮、だと？」

「この筋書の要《かなめ》は、このおくめさんと、さっきのお唄さんです。東雲屋の目がふたりに向かぬよう、できるだけこちらに引きつけるのが、伊織さまと私の役目です」

伊織は不満そうだが、課せられた役目に文句があるためではなさそうだ。

「どういうことだ、おかみ。この婆はともかく、あの女にいったい何ができるというのだ。おくめのように、力自慢というわけではなかろうし……」

おくめは、駄賃代わりに環からもらった上物の煙草を、機嫌よく嗜《たしな》んでいる。見事な吸いっぷりを見せていたが、ぶはっと煙を吐き出した。

「人よりいくらか力があったって、この歳で東雲屋の若いのを相手にするつもりはないよ」

「ええ、おくめさんを頼んだのは、力自慢のためじゃありません」

さもおかしそうに、ふたりが笑う。

「おかみさんやお唄ちゃんみたいに、別に東雲屋に怨みがあるわけでもないしね。あそこの旦那は、ちょいと銭にみみっちいが、たいがいの商人はそういうものさね」

「では何故、このような危ない真似を？」

「おかみさんに手を貸すのは、小遣い稼ぎさ。戸塚《とつか》に嫁いだ娘に、孫が生まれてね」

と、嬉しそうに皺《しわ》の寄った顔をゆるめる。

「孫のために得意先を増やそうと、紫屋に顔を出したら、おかみさんに話を持ちかけられてさ。これがまた、うんとこさ気前がいいもんだから、東雲屋のこぼれ話を伝えるだけで、銭ばかりでなく菓子やら煙草やらをくれるんだ」

あ、と伊織が初めて気づいた顔になり、環がにっこりとうなずいた。

おくめは三軒ある東雲屋の営む店、すべてに出入りしており、使用人らから漏れきいたさまざまな話を、逐一、環に知らせていた。

「つまりは、密偵というわけか」

「密偵なんて大げさな。勝手の隅にしゃがんでいる洗濯婆を、誰も人扱いなんてしやしない。犬猫の前ではばかりがないのと同じで、口も滅法《めっぽう》かるくなる。それだけさね」

おくめは大らかな調子で、そう語った。

「お唄さんにも、おくめさんと同じ役目をお願いするつもりでいます」

「あの女にも?」

環は、ゆっくりとうなずいた。

「動こうにもまだ、札《ふだ》が少なすぎるんですよ。私の手持ちは、おくめさんが手に入れてくれた、たった一枚きりですからね」

「その一枚とは、何だ？」

「今夜はもう遅うございますからね。おいおいお話しいたします」

それまで堪《こら》えていたのだろう。やれ助かったとばかりに、おくめは大あくびをした。


翌朝、環はあらためて伊織を職人や女中に引き合わせ、紫屋の客人として迎えたことを告げた。そしてその日から環は伊織を連れて、東雲屋の三軒の店に毎日顔を出した。

紫屋のおかみとしての仕事は多い。その合間を縫って、午後の一刻ばかり店を抜けた。

南町同心の山根からも、きつく釘をさされている。騒ぎを起こすような真似は控え、客としてただ、日本橋の両替店と薬種問屋、そして紫屋に近い紺屋へと通った。

先日ひと揉めした両替屋の番頭も、環が何もせぬ以上、役人に訴えるわけにもいかず、煙たそうな眼差しを送るだけだった。

三日目の夕刻だった。いつもの東雲屋詣でを済ませて紫屋に戻ると、四人の男女が、剣呑《けんのん》なふたりを待ち構えていた。

「やっぱり、噂は本当だったんだね。茂兵衛の四十九日から間がないというのに、若い男を家に引き入れるなんて、罰当りも甚《はなは》だしい」

五十がらみの女が、挨拶も抜きにいきなり食ってかかる。死んだ茂兵衛の姉だった。その亭主も横にならび、女房を後押しする。

「環さん、いったいどういうことかね。店を立て直すどころか、紫屋の看板に泥を塗るおつもりかい」

さらにその横にいるふたりが、白髪頭をふり立てて、てんでにわめき散らす。茂兵衛の、叔母と叔父だった。

「茂兵衛は、騙されたんですよ。茶屋勤めの女を後添《のちぞ》いにするなんて、あれほどやめるようにと言ったのに」

「金目当てに決まっているだろう。茂兵衛が殺されたのも、あんたが裏で糸を引いてたんじゃないのかい？」

叔父のあまりの暴言に、環より先に伊織がかっとなった。

「いい加減にしろ！　言うにこと欠いて、よくもそのような侮言《ぶげん》を！」

ひっ、と女たちが、喉の奥で悲鳴をあげた。もっとも年嵩《としかさ》にあたる叔父が、震えながらも気丈に返す。

「あ、あなたさまには、関わりのないことで……これは紫屋の内の話で……」

「さっさと口を閉じなければ、その舌を切り落とすぞ！」

伊織が刀に手をかけると、茂兵衛の叔父は、あわてて両の手を口に当てた。

「申し訳ありません、伊織さま。ですが、どうかここは私に免じて」

「……おかみがそう言うなら……」

不承不承、伊織は承知したが、そこに新手の助っ人が現れた。

まるで環を援護するように、五人の男衆が背後を固めていた。いずれも藍の腹掛けと股引《ももひき》姿で、筋肉の盛り上がった両腕の先は、真っ青に染まっている。紫屋に寝起きする、職人たちだった。

「どうしたんだい、おまえたち」と、環が声をかける。

「いえ、あまりに騒々しいもので、甕《かめ》の中の藍がどうにも落ち着きが悪くって」

先頭の男が、言いながら四人の客をにらみつけた。茂兵衛亡き後、職人頭を務めている延二郎《えんじろう》だった。

「おかみさんに、不足があると言うなら仕方ねえ。あっしらと一緒に、放り出してくれて構いやせんぜ」

そうだそうだと、後ろに控えた職人衆が声をあげる。

「おまえたち……私らを脅すつもりかい」

叔父が歯嚙みして、他の三人も顔色を変えた。

藍狂いとまで呼ばれた茂兵衛から、みっちりと仕込まれた職人たちだ。腕の良さは折り紙つきで、仕込みにこだわった茂兵衛の藍は、彼らでなければ守り通せない。

分が悪いと認めたらしく客たちは腰を上げたが、よほど悔しかったのだろう。

「男を手なずけることにかけては、誰もあんたに敵《かな》わないよ」

茂兵衛の姉は、最後に捨て台詞を残していった。

「ったく、てめえらは何もしねえで口ばかり出してくる。塩でも撒《ま》いときますか、おかみさん」

親類たちの背中をにらみつけ、延二郎は唾を吐きかけんばかりだ。

延二郎は紫屋に来て十七年、職人としては十分な年季を経て、油の乗った仕事ぶりだ。小僧を含めて九人の職人たちにも、良い兄貴分として慕われている。それでもまだ三十にも届いていないから、血気盛んなところもあるが、かえってその清々《すがすが》しさに救われる思いをする方が多かった。

環は笑いながら、その必要はないと告げた。

「口しか出せないから、たまにああして憂さを晴らしに来るんだよ」

いちいちめくじらを立てるほどのことでもないと、環はその場にいる職人たちをなだめた。

茂兵衛亡き後も、職人たちが誰ひとり欠けることなく留まってくれている。いまの環にはそれが何より有難く、親類たちの嫌味など、取るに足らないことだ。

「騒がせちまって、すまなかったね。もう仕事に戻っておくれ。おまえたちは、藍のご機嫌だけを気にしてくれればいいんだよ」

さばさばと促す環の顔には、何の屈託も浮かんでいない。何よりそれが利いたようで、延二郎をはじめとする五人も愁眉《しゅうび》を開く。

へい、と威勢よく応じて、波が引くように職人たちは仕事に戻っていった。

「おかみはずいぶんと、慕われているのだな」

居間に落ち着くと、伊織がそう漏らした。

「私じゃありません。亡くなった亭主の人徳ですよ」

紫屋の藍は、質の良さではどこにも負けない。何代にもわたる暖簾《のれん》の重みに加え、茂兵衛の藍への執着が、同じ紺屋町の同業者の中でも、ひときわ抜きん出ていたためだ。

決して途中で諦めず、気に入った色が出るまで飽くことなく染めをくり返す。おかげで品納めは呆れるほどに遅れたが、その仕上がりの見事さ故に、客たちは誰も文句をはさまなかった。

根《こん》の詰めようは誰もが恐れ入るほどであったが、一方で茂兵衛は、職人にしては荒い言動のない男だった。藍に対しても、玄人らしい厳しさよりもむしろ、子供のように夢中になる。弟子の失敗すら工夫の手掛かりとする鷹揚《おうよう》さがあり、一緒に仕事をする上では大らかな親方だった。

「藍より他のことにはまったく頓着しない人で、だから仕事場では弟子の職人たちが、あれこれと世話を焼く羽目になって……葬式のときには、まるで大きな子供を亡くしたようだと、皆がっくりしましてね」

環は笑い話のように言ったが、伊織は神妙な顔を崩さなかった。

茂兵衛の仕事ぶりと人柄は、弟子ばかりでなく客にも認められていた。贔屓《ひいき》もそれなりに多かったが、一方で茂兵衛の藍への研鑽《けんさん》は、それを上回る金食い虫でもあった。

環は決して金のことは口にせず、懸命にやりくりに努めた。それでもどうにもならず、藍玉問屋の阿波屋から借財をする羽目になったが、愚痴ひとつこぼさず亭主を励まし続けた。職人たちは、そんな環の頑張りを、察しているに違いない。

環はそのような仔細は伊織に告げず、代わりに、ふふ、と楽しそうに笑った。

「本当に、朝から晩まで藍のことしか頭にないような人でしたが、たまにひょいと思い出したように、私を外へ連れ出すことがございましてね」

上野の桜だの、根津《ねづ》の紅葉だの、時には芝居小屋だったり。どうやら藍の趣向が一段落すると、女房をほったらかしにしていたことを思い出すらしい。十四も歳の離れた妻を、一見わかり辛くとも茂兵衛はたいそう大事にしていて、環にもそれは伝わっていた。

ただ、藍狂いだけはどうにもならず、一緒に花を愛《め》でている最中にさえ、また新しい染めを思いついては蜻蛉《とんぼ》帰りをしてしまい、せっかくの心遣いが無駄になることもしばしばあったが、そういうこともひっくるめて、環は茂兵衛を心から慕っていた。

「さっきの連中は、紫屋の親類縁者なのだろう?」

「はい。亭主の姉夫婦と、叔父と叔母で……私の出が気にそまぬらしくて、時折ああして皆で訪ねてくるんです」

伊織の話をきき知って、良い責め材料が見つかったとばかりに集まったのだろう。

環は橋場の料理茶屋で仲居をしていたところを、茂兵衛に見初《みそ》められ、六年前に紫屋に嫁いだ。最初の妻は、それより三年前に病死しており、後添いを貰うよう周囲からせっつかれていた矢先でもあったようだ。

「おかみには、親兄弟はおらぬのか」

ふた親はすでに身罷《みまか》っていたが、姉と妹がいると、環が応えた。それぞれ嫁いで、いまは江戸を離れており、何年も顔を合わせていなかった。

「私もね、伊織さま、侍の子なんですよ」

「そうなのか」

「といっても、私が生まれる前に浪々の身に落ちて、父は酒ばかり過ごしておりましたが」

八つのときに母は病で早世し、以来、姉と環は家計を支えるために何でもやった。近所の子守や煮炊きの手伝いからはじめ、野良仕事や振り売りなぞも厭《いと》わなかった。末の妹が嫁ぎ、前後して父親が他界したのは、嫁入り時もとうに過ぎた二十五の歳のことだ。茂兵衛と知り合ったのは、その頃だった。

「おかみは見かけによらず、苦労人なのだな」

「いいえ、世間にはよくある話です。それに、亭主と過ごした六年で十分お釣りがくると、そう思っていますから」

「なんだ、のろけか」

思わず互いに吹き出して、朗らかに笑い合う。

「ずいぶんと、楽しそうだね」

気がつくと、あけ放された障子の向こうの裏庭に、おくめが立っていた。

「どうしたの、おくめさん。今日はうちの洗濯の日ではないでしょう?」

おくめは三日に一度、紫屋に通っていて、そちらの仕事は昨日済ませたばかりだ。

「さっき、ふいと思い出したことがあってね、それで知らせに来たんだよ」

「思い出したって、何をです?」

「伊織さまが言っていた、新堀っていう侍の話さ」

たちまち伊織の形相《ぎょうそう》が険しくなった。

「新堀は、やはり東雲屋にいるのか!」

「いえね、そんな名の侍は、どこにもいないんだ」

それではわけがわからないと、伊織がせっつく。

「この前、伊織さまからきいたのとよく似た男なら、二度ほど見掛けたことがあるんだよ」

「本当か!」

「ただし、侍じゃあないんだ。髷《まげ》も着物も手代と同じ、お店《たな》者風の身なりなんだよ」

「そうか……侍とたずねても、埒《らち》が明かなかったのはそのためか」

呆然とした声で呟いて、伊織は両の拳を握りしめた。

ぱちぱちと、珠《たま》のぶつかる音が絶え間なく響いている。

座敷の上座には、恰幅《かっぷく》の良い大柄な男があぐらをかいて、銀の長煙管《ながぎせる》をくわえているが、音はその反対側、部屋の隅に据えられた小机からきこえていた。

「旦那、ようござんすか」

障子があいて、座敷に入ってきたのは源次だった。

「何か、面白いことでもつかんだか」

灰吹きに煙管の先を打ちつけて、源次に太い笑みを見せる。

酒焼けしたようなずず黒い顔は、行燈《あんどん》の明かりにてらてらと光り、両眼は油でもこぼしたように、さらにぎらついた艶を帯びている。まるで邪気や奸計《かんけい》を練りかためて拵《こしら》えたような、東雲屋三左衛門は、見事な悪相《あくそう》の男だった。

「紫屋の、後家のことか」

わずかにしゃがれた声には、面白がっている色がある。

ここは日本橋でも、神田の紺屋でもない。紫屋茂兵衛が亡くなった場所からもそう遠くない、根岸の寮だった。

「いえ、あのおかみの腹の内は、まだ読めませんがね」

ただ、と源次は、部屋の隅をふり返った。

小机についているのは、ひょろりとした影の薄そうな男だった。机の上にもまわりにも、帳面の類が積み上げられて、その山に埋もれたまま男は微動だにしない。ただ、目玉と右手の二本の指だけが、恐ろしい速さで動き続け、ぱちぱちと規則正しい音を紡いでいた。

「よくもまあ、日がな一日あそこに座っていられるものだ。おれなんざ、四半刻《しはんとき》ももちやせんがね」

「おまえなんぞに勘定を任せたら、東雲屋の屋台骨が、あっという間に腐っちまうよ」

軽口をたたいてから、三左衛門は報告を促した。

「紫屋環が連れ歩いてる、若い侍のことでやすが。名と出自だけは、わかりやした」

三左衛門が、さして興味もないようすで、ほう、と相槌《あいづち》を打つ。

「阿波徳島藩の侍で、蓮沼伊織というそうで」

それまで鳴っていた算盤珠《そろばんだま》の音が、ぴたりとやんだ。

奇妙な静寂が流れ、やがて重い鐘を打つように、三左衛門が座敷の隅に声をかけた。

「きいたことがある名だな、新堀さん」

小机に屈《かが》みこんでいたからだが起き上がり、ゆっくりとふたりの男に向いた。

「それが本当なら、その侍は幽霊だろうな」

尖った鼻筋の上に開いた目は、外の闇よりも暗かった。

三

「伊織さま、どうか気をお鎮《しず》めになって！」

環がいくら止めても無駄だった。

新堀らしき男は、たしかに東雲屋にいた。おくめからそうきくと、伊織はその足で日本橋へ向かい、東雲屋の両替店に乗り込んだ。

「だから、言っているではないか！　こういう年恰好で、商人の身なりをした男だと」

伊織に怒鳴りつけられて、番頭が目を白黒させる。ふたりの来訪は、今日はすでに二度目になる。先刻ようやく帰った迷惑な客がまた戻ってきたばかりか、はなから喧嘩腰に出られては、番頭も困惑するばかりだ。見かねて環が、助け舟を出した。

「伊織さま、人相書があるわけじゃなし、急に言われても思い出しようがございませんよ」

そのとおりだと言うように、番頭はこくこくと首をふる。

「番頭さん、どうか落ち着いて、思い返してもらえませんか。こちらのお武家さまにとっては、大事なお方なんです」

環はあえてそのように告げた。仇だと明かせば、用心深い番頭は、かえって口を閉ざしかねない。伊織もそれはわかっているのだろう。気に入らぬふうに眉をしかめたが、何も言わなかった。

「夏の初めに一度、前の月にも一度、その人はこの店の奥に通っている筈なんですよ。この方が仰った姿かたちのお人に、心当たりはありませんか」

環に問われ、番頭が考え込んだ。伊織も今度は邪魔をせず、じっと応えを待った。

「ひょっとして、新田屋《にったや》の若旦那かもしれません」

やがて番頭は、思い当たったように顔を上げた。

「新田屋……名も似ているし、そうかもしれん。いったい、どういう男だ？」

「昔、主《あるじ》が世話になった、上方《かみがた》の藍玉問屋の跡取りだと、私どもはそうきいております。ただし、店に顔を見せたのは、二度ではなく三度です」

藍玉問屋ときいて、環と伊織は思わず目と目でうなずき合った。

おくめも毎日、東雲屋に出入りしているわけではない。おくめの通わぬ日に訪れていたことは、十分に考えられる。

「その新田屋の若い旦那は、どういう経緯《いきさつ》でこちらのお店《たな》に？」

「なんでも、江戸に出店を持つ話があって、その下見にいらっしゃったとか」

最初はたしかに夏の初め、四月のことだと番頭は言った。主の三左衛門が連れてきて、その時は三日ばかり東雲屋に滞在した。

「やはり初めから、商人に身をやつしていたということか……」

番頭にきこえぬ小声で、伊織が呟いた。

新田屋は、そのまま江戸に留まっていたようだと、番頭は続けた。その翌月、五月に一度と、さらに前月の八月にも一度、やはり三左衛門に伴われ、店に顔を見せた。

「二度とも、両替屋《うち》と隣の薬種問屋の、助っ人にいらして下さいました」

「助っ人ですって？」

「はい、新田屋の若旦那は、たいそう算盤が立つお方で、こちらは猫の手も借りたいほどの忙しさでしたから、本当に助かりました」

今年の五月には、さる薬種問屋が潰れ、残った大量の薬種を東雲屋が引き受けた。また八月には、金相場が落ちるとの風評が立ち、大勢の客が両替に詰めかけた。どちらも帳面付けが間に合わぬほど、店内は繁忙を極め、その折に三左衛門が新田屋を連れてきたという。

「速い上に間違いがなく、私も長らく色々な商人を見ておりますが、あれだけの腕はまずお目にかかったことがありません」

新田屋と称する男の算盤の腕前を、番頭はそう評した。

「やはり新田屋は、新堀上総かもしれん」

両替店を出ると、真っ先に伊織が言った。

「新堀は算盤の達者にかけては、お家随一との評判をとっていたからな」

「お武家さまが商人に化けるなんて、楽にできることではないと、私なぞはそう思っていましたが……」

侍と商人では、ひと目でそうとわかるほど、姿勢も歩き方もまるで違う。環はそれを口にしたが、新堀なら造作はなかろうと伊織は応えた。

「昔から、猫背で歩く癖が抜けなくてな。ちょうど丸まった胡瓜《きゆうり》のようで、よく笑い者になっていた。せかせかした足取りも商人さながらで、もっと侍らしく堂々としろと、いくら言っても直らなくて……」

伊織は西日に染まった大きな雲に、ぼんやりと目をあてている。

その横顔を見るうちに、ふいに環は気がついた。

「ひょっとして、伊織さまと新堀さまは、昔から顔なじみだったのですか？」

傍らの伊織がはっとして、唇をきゅっと噛んだ。

「……新堀の家は、同じ長屋の二軒先にあった」

「そうなのですか」

「歳も兄と同じで……幼い頃は、互いの家によく行き来していた」

阿波藩の下級武士が住まう、同じ武家長屋にいたときいて、環は少なからず驚いた。

歳は新堀が五つ上になるそうだが、いわば伊織にとっても幼なじみである。そんな相手を本当に討てるのかと、環は気遣わしげな目を向けた。

「案ずることはない。迷いなら、とうに捨てている」

環の心中を察したのだろう。ふり切るように伊織は告げた。

「だが、肝心の新堀の居場所がわからぬことにはな……やはり主人を締め上げるしかないだろうか」

「あの男が、そう易々《やすやす》としゃべる筈がありません。何より源次のような物騒な連中が張りついておりますし、いかに伊織さまでも無事では済みません」

「そうか……やはり無理に押しかけたのは、浅はかだったな」

新堀の江戸での落ち着き先は、番頭もきいていなかった。知っているのは東雲屋三左衛門だけのようだが、もしも何もかも承知で新堀をかくまっているのなら、番頭から今日の顚末《てんまつ》をきき知れば、用心して店へ出入りさせることも控えるだろう。己の短慮が、逆に新堀に繋がる糸を切ってしまったと、伊織は肩を落とした。

「伊織さま、がっかりなさることはありません。大丈夫、きっと見つけてみせますよ。そのためにお唄さんとおくめさんに、東雲屋の内を探らせているのですから」

「そういえば、お唄はいったいどこにいるんだ？　三軒の店のどれかに、下女奉公でもさせているのか？」

「あの子に女中は務まりませんでしょう。違うところに潜《ひそ》ませて……」

話をはじめたところに、邪魔が入った。誰かが環を、大声で呼ばわっている。足を止めてふり返ると、裾を帯に手挟《たばさ》んだ巻羽織をはためかせながら、十手《じって》持ちを連れた同心が急ぎ足で近づいてくる。南町奉行所の山根森之介だった。

「やれやれ、ようやく追いついた」

「山根の旦那じゃありませんか。私に何かご用ですか？」

「そう邪険にするなよ。これでもおまえさんを心配して、他の御用を放り出してきたんだからな」

なるほど同心は、日焼けした額から、この時節に似合わぬ汗を滴《したた》らせている。

「心配って、旦那を呼んだ覚えはありませんけどね」

「おれを呼んだのは、東雲屋の手代だよ。おかみが若い侍を連れて殴り込みに来たってな」

血相を変えて番頭に詰め寄る伊織に、手代は肝を潰したのだろう。両替店から、山根子飼いの岡っ引きのところに小僧を走らせていたようだ。

「で、達吉《たつきち》ともども、東雲屋に向かう矢先に、おかみを見かけたというわけだ」

と、壮年の十手持ちをふり返る。

「それはそれは、無駄足を踏ませたようで、申し訳ありませんでしたね。東雲屋の番頭さんにきいて下さればわかりますが、ちょいとものをたずねに伺っただけですよ」

殴り込みなどとんでもないと、環がむっとする。

「そうか、それならいいんだが……ちっと妙な噂も入ってきてな、どのみちどんな按配《あんばい》か、紫屋にようす見に行こうと思っていたんだ」

言いながら、ちらちらと伊織を盗み見る。気づいた環が、さらに顔をしかめた。

「旦那、噂というのはもしや、こちらのお武家さまのことですか？」

「ん？　いや、まあ、早い話がそうなんだが……こうしてふたり並べてみると、お雛《ひな》さまみてえだからな。世間がとやかく言いたくなるのも、無理はねえわさ」

呆れたと言わんばかりの大きなため息を、環が返す。

「こちらは、蓮沼伊織さまです。四国阿波のご出自で、縁あってうちでお世話をさせていただいております」

「阿波だと？　ひょっとして、おまえの亭主と同じ晩に亡くなった、阿波八の縁続きか？」

紫屋と昵懇《じっこん》だった阿波屋の主、中野八右衛門を思い出したのだろう。山根はそうたずねたが、阿波八とは関わりないと、環はそっけなく応えた。

「この前、旦那に会った日の晩、ごろつき連中に絡まれましてね。通りがかったこのお方に、助けていただいたんですよ」

「そんなことがあったのか。ひと言、知らせてくれればいいものを……相手は、どんな奴らだ？　番屋にしょっぴいて、灸《きゆう》を据えてやるぞ」

相手が東雲屋の源次だと、あえて環は告げなかった。東雲屋と事を構えようとしている矢先に、町方役人の横槍が入るのは好ましくない。環は、そっけない態度を崩さなかった。

「結構ですよ。こちらのお武家さまに、用心をお願いしましたし」

山根はそれでも歯切れの悪いようすで、なかなか話を切り上げようとしない。

「しかしな、おかみ、世間の目はそれなりにうるさい。ここはやはり、このお武家さんの落ち着き先を他に求めた方が……なんならおれが口をきいて、長屋でも商家でも良い当てを探してみるが……」

「旦那、よけいなことをしないで下さい。伊織さまにはこちらからお願いして、紫屋に留まっていただいたんですから」

そうか、と山根が引き下がった。追い払われてしょんぼりする、大きな犬のような姿に、ながめていた伊織が、ぽん、と手を打った。

「なんだ、お役人殿は、おかみに気があるのか」

「え！　いや、決して、そんなことは……」

山根が目に見えて、おろおろしはじめる。

「それなら案じることはない。私とおかみが妙な間柄になぞ、なりようがないからな」

伊織が自信たっぷりに請け合って、たしかにと、環がぷっと吹き出した。

意味のわからぬ山根だけが、困ったように首をかしげた。

日本橋を渡って室町に入ると、いつもはまっすぐに行く道を、環は右に曲がった。

「どこかに寄るのか、おかみ？」

「ええ、お唄さんのところです」

大通りを東へ行ったその辺りは、魚河岸《うおがし》の裏手にあたり、振り売りや人足などが出入りしそうな飲み屋と料理屋がひしめいていた。

日が落ちたばかりの時分で、薄暮の中を仕事帰りの男たちが行き交い、彼らを客として迎え入れる店々が少しずつ活気を増す。

正面に堀端をのぞむ伊勢町《いせちょう》の一角で、環は足を止めた。

「あら、ちょうどいい按配に、お唄さんがいましたよ」

下級の料理屋らしい店の前に、お唄の姿があった。少し遠いから、こちらには気づかぬようだ。『浜いせ』と書かれた提灯《ちょうちん》に火を入れて、店の軒先にかけている。うなじから肩にかけてのなよやかな線は、丸く張り出した尻の辺りで、なまめかしい曲線を描く。立っているだけの後姿にさえ、途方もない色気があった。

「声をかけぬのか？」

「ええ、まだ待ち合わせの刻限には、少し早うございますから」

店の用意が整って、客が入り出すまでの一時がいちばん都合がいい。環がそう応えたとき、通りがかりの職人風の男が、お唄に声をかけた。なじみの客らしく、お唄は愛想よく応じているが、そのあいだ男はずっと、お唄の尻を撫でまわしている。

「あんな真似をされて、よく平気でいられるものだ」

伊織は己が触られたかのように、ぶるりと身震いした。

当のお唄はというと、くねくねとしなをつくりながら男の手を払おうとしているが、たいして嫌がっているようにも見えない。とうとう伊織が、癇癪玉《かんしゃくだま》を破裂させた。

「いつまでべたべた触っているんだ！　いい加減にしろ！」

水をさされた職人は不機嫌そうにふり返ったが、相手が侍とわかると、分が悪いと悟ったらしく退散するようすを見せた。

「とんだ邪魔が入っちまったけど、後できっと寄っておくれよ」

男の手を両手で握りしめ、待ってるからね、と職人の耳許でささやいた。だらしなく頬をゆるめたまま、男がその場を去ると、くるりとお唄が向き直った。

「ちょいと、お侍さん、商売の邪魔はしないでもらいたいね」

「あのようなはしたないものは、見るに堪えん」

「男も女もひと皮むけば、はしたないものなんだよ」

「私とおまえを一緒にするな！」

この『浜いせ』の近くで、人目に立つのはまずい。

「伊織さま、ここはひとまず、あちらへ参りましょ」

環はあわてて伊織を制し、お唄に目で合図すると、引きずるようにして店先を離れた。ふたりの背を追うように、お唄が声を張り上げる。

「お侍さん！　今度はお客として来ておくれ。たっぷりといい目を見せてあげるから！」

「誰が行くか！」

伊織がふり返りざま怒鳴りつけたが、お唄はそれより早く背を向けて店に戻っていった。

「まったく、あの女くらい腹に据えかねるものはない！　おかみ、私はやはり、あんな女と手を組むのはご免だぞ」

環が狭い路地を抜け、小さな稲荷社へと連れていっても、伊織の怒りはなかなか収まらなかった。

「性《しょう》に合わぬのはわかりますが、お唄さんのあの才を見込んだからこそ、東雲屋の件にも絡んでもらったんですよ」

「才、だと？」

「男をたちまち骨抜きにする、崩れんばかりのあの色気です」

環は『浜いせ』に、お唄を入れた理由《わけ》を明かした。

「あの店には、東雲屋に飼われたやくざまがいの連中が、よく出入りしているんです」

「あの源次とかいう男が、率いているという奴らか？」

「はい。しかも都合のいいことに、やってくるのは下っ端連中ばかりで、源次だけは足を向けたことがありません」

おそらく、ひとりだけ貰いが違うのだろう。源次が飲み食いに行くのはもっとましな茶屋や料理屋で、浅草辺りでよく遊んでいることもあらかじめ調べてあった。

「お唄さんを、源次にだけは会わせるわけにはいきませんから」

「そういえば、お唄はあの男に怨みがあると、前におかみは言っていたな」

最初にお唄に会った晩のことを、伊織は思い出したようだ。

源次との経緯を話すには、お唄の過去を明かさなければならない。己の口から伝えていいものかとためらいが先に立ち、あのときは仔細を語らなかった。だが、このままでは伊織とお唄の溝は深まるばかりだ。やはり告げておいたほうが良かろうと、環は話し出した。

「お唄さんと源次はね、四年ほど前まで夫婦だったんですよ」

伊織の切れ長の目が、大きく広がった。

「では、あの源次とかいう手代は、あの女のもと亭主なのか！」

手代とは名ばかりで、源次は東雲屋のいわば裏仕事を担う、ごろつき連中の束ね役だ。女にも博奕《ばくち》にも目がない根っからの遊び人で、それは昔から変わらないと、環はお唄からきいていた。

「馬鹿な女だ。何故そんな男と夫婦になったのか、皆目《かいもく》わからぬ」

「惚れちまったから、仕方ないって」

ふいに伊織のからだが、虚をつかれたように固まった。何かが琴線にふれたのだろう。じっと考え込んでいる。環は、おや、と思ったが、たずねることはしなかった。

日はすっかり落ちて、冷たさを増した秋風が、境内の木の枝をさわさわと揺らす。

「お唄さんは、源次に売られたんですよ。博奕で拵えた借金の形《かた》にね」

「売られた？　岡場所にか？」

亭主が払えぬ金の代わりに、女房子供を売る話は決してめずらしいことではない。だが、源次の場合は、もっと念が入っていた。

初めは賭場《とば》の胴元をしていた親分に差し出され、さんざん慰みものにされた揚句《あげく》に岡場所に売りとばされた。きいた伊織が、さすがに眉をしかめる。

しかし話は、それだけでは済まなかった。お唄は品川宿の茶屋に売られたが、一年経って身請けしたいという男に恵まれた。その商人の妾《めかけ》に収まって、ようやく暮らしが落ち着いた頃に、源次はふたたびお唄の前に現れた。

「茶屋の女主人にとり入って、居所をきき出したらしくて。結局お唄ちゃんは、源次と一緒に旦那のもとから逃げちまったんですよ」

「まさか、男の甘言《かんげん》に乗ったというのか」

そういうことだ、と環は、困ったような笑みをこぼした。

己の女房はやはりおまえしかいないだの、ずっと忘れられなかっただの、水飴を舌に乗せたような言葉を吐いて、源次もしばらくは殊勝なようすでお唄と睦《むつ》まじく暮らしていたという。だが、それも半年しかもたなかった。源次はまた賭場に入り浸りとなり、たちまち金に詰まってふたたびお唄を売った。

「では、あの女は、同じ亭主に二度も売られたのか」

「ええ、しかも次の相手というのが、さるお旗本なんですが……その、閨事《ねやごと》に色々と、妙な趣向をもつ男だと……」

それ以上、口に出すことさえ厭《いと》わしい。それほど旗本の嗜好《しこう》は異様だった。お唄はそれを、何の気持ちも交えずに、淡々と環に語った。たぶん、何かとても大事なものが、お唄の中では壊れてしまったのだろう。それでもお唄の根っこの部分は、腐っていない。初めてお唄に会ったとき、環はそう感じた。

「本当に、馬鹿な女だ……」

むっつりと伊織は呟いたが、声には憐憫《れんびん》の色があった。

やがて旗本が飽いて、お唄は一年ほどで自由の身になった。源次の消息はそれきり途絶えていたが、お唄は水茶屋勤めをしながら、さらに一年かけて東雲屋に雇われていたことを突きとめた。何度か日本橋へと足を運び、やはり東雲屋を探っていた環と出会ったのである。

「東雲屋の裏口の辺りを、うろうろしていたお唄さんを見かけて、私から声をかけました」

環が伊織と会った日より、ひと月ほど前のことだった。

敵が同じ一味なら、一緒にやっていこうともちかけて、お唄も渡りに舟だと承知した。

お唄が東雲屋を嗅ぎまわっていると、源次にだけは知られてはならない。おくめ婆に探らせて、浜いせなら大丈夫と踏んで、お唄を働かせることにした。

「お唄というのも、本当の名ではないそうですよ」

源次にばれぬようにと、名も変えた。お唄は本気で、もと亭主にひと泡吹かせるつもりでいる。

「本当に、どうしようもない馬鹿女だな」

伊織は同じ言葉を口にしたが、それはお唄に向けられているようにはきこえなかった。

月明かりに、伊織の横顔が浮かぶ。さっきとよく似た表情で、ふたたび物思いに沈みそうにも見えたが、あいにくと邪魔が入った。

「馬鹿は、お互いさまだろ」

いつからそこにいたものか、低い鳥居の傍らに、お唄の影があった。とたんに伊織が、いつもの調子に戻る。

「おまえほどではない」

「どうだかね。あたしもさ、あんたにひとつ確かめたいことがあったんだ。たいがいのことは、おくめさんからきいたけどね」

環とお唄は、五日に一度、この稲荷で落ち合うことにしているが、急な繋ぎが必要なときには、おくめがその役目を負っていた。

おくめの住まう長屋は、この伊勢町からも遠くない新材木町《しんざいもくちょう》にある。大らかな気性のこの婆には、お唄もなじんでいるらしく、用がなくともしばしば長屋を訪れている。伊織が侍姿をしている理由も、お唄はおくめからきいたようだ。

「あんたさ、阿波の大名屋敷には、足を運んでみたのかい？」

「え！　い、いや、まだだ……」

伊織が目に見えて狼狽《ろうばい》する。お唄は、それ見たことかと言いたそうな、意地の悪い笑みを浮かべた。

「そりゃ、そうだよね。知った顔のいるお屋敷に、そんな形《なり》で行けっこないものね」

「それが、何だと言うんだ！」

「だって、おかしいじゃないか。兄さんの仇を探してるんだろ？　だったらまずは、身内を頼るのが筋じゃないか」

言われて環が、はっとした。お唄の言うとおりだった。

己に乞われるまま紫屋に居着いたくらいだから、江戸には他に身寄りもないのだろう。

まして伊織は、仇討ちの助太刀に立ってくれた従兄とも、旅の途中ではぐれてしまった。その消息を確かめるならなおさら、まずは藩邸を訪ねてみるのが筋というものだ。女子の身で仇討ちに出て来たのだ。新たな助太刀も得られようし、屋敷内の長屋で、宿や飯も世話してくれるかもしれない。

唇が震えているように見えるのは、気のせいだろうか。うつむいたままの伊織を、環はじっと見守った。

「私は、藩邸には行かぬ……行けない、理由《わけ》がある……」

月明かりを受けた顔はいっそう青ざめて、いまにも泣き出しそうにも見える。

「ふうん」

「お唄ちゃん、この話はもういいじゃないか。それより、首尾をきかしておくれ」

納得のゆかぬようすをしながらも、それ以上、伊織を構うことはやめたようだ。

環に促されて、お唄は本題に移った。

「なにせ下っ端連中ばかりだからさ、正直、たいした話はまだ拾えちゃいないんだけどね」

それでもひとつだけ、お唄は耳よりな話を仕入れてきた。

「どうやら根岸にね、三左衛門は隠れ家を持ってるらしいんだ」

「隠れ家だと？」

「根岸ですって？」

環はもちろん、それまで黙り込んでいた伊織までもが、たちまち食いついた。

東雲屋には、三軒の店の他に、芝金杉橋《しばかなすぎばし》近くに寮がある。そちらには店の者たちも出入りしているが、二軒目の別邸となる根岸の寮については、どうやら三左衛門の他には、源次とそのすぐ下にあたるふたりの兄貴分しか知らぬという。

「うちの亭主と阿波八さんが殺された、すぐ傍に東雲屋の隠れ家があったなんて……」

「ひょっとして新堀は、そこにかくまわれているかもしれん」

先刻までの物思いも、お唄への敵意もふり捨てて、伊織はその両肩をつかんだ。

「お唄、頼む！　何とかその隠れ家の場所を、突き止めてくれ！」

「あ、ああ……探ってはいるけどさ、店に来る連中も、まるで知らされちゃいないようで」

そうか、とお唄の肩に手をかけたまま、伊織はがっくりと首を折る。が、すぐさま顔を上げた。

「それなら一軒一軒、虱潰《しらみ》しに当たるまで」

「ちょいと、根岸にいったい、どれだけの寮があると思ってんだい」

「知らぬ。だが、手をこまねいているわけにはいかない」

「江戸に来たばかりのあんたに、おいそれと見つけられやしないよ」

お唄の言うとおりだと、環は首をうなずかせた。

「下手に動いては、あちらに感付かれます。せっかくの隠れ家を他に移されては、元も子もありません」

何か方法を考えてみるからと、環はひとまずその場を収めた。

「じゃ、あたしは行くよ。そろそろ客が立て込む頃合だからね」

来たときと同じに足音を立てず、お唄は暗い夜道に吸い込まれるように消えた。

「おかみ、昨日の話だが、ひとつ良い策が浮かんだ」

翌日の午後、玄関を出たところで伊織が言った。

ふたりは日課としている、東雲屋参りに出向くところだった。

「おかみに岡惚れしている、あの同心に頼めば早いのではないか？」

「伊織さま」と環は顔をしかめた。「あの旦那につつかれては、かえって厄介を招くだけです」

「駄目か……良い策だと思ったのだが」

「それに、滅多なことは仰らないで下さいまし。亭主を亡くして間がないんですから、それこそ妙な噂でも立っては……」

いつになく、ぽんぽんと遠慮なく返しながら木戸を抜け、ぎくりと立ち止まった。

男がひとり、木戸の前を塞《ふさ》いでいる。背はそう高くないが、固太りのからだは貫禄があり、てらてらと脂ぎった顔には、不敵な笑みが刻まれていた。

「東雲屋……さん」

思わず腰が引け、環は不甲斐ない己に歯嚙みした。

東雲屋三左衛門は、そういう男だった。

心構えをしておかないと、その気迫に負けてしまう。数々の後ろ暗い行いさえも、なんら恥じ入ることはないと公言するような、揺らぎのない自信がこの男をいっそう大きく見せていた。

怯《ひる》むものかと、精一杯の虚勢を張る環に、三左衛門はからかうような笑みを浮かべた。

「おかみさん、しばらくぶりだな。話にはきいていたが、なるほど、たいそう凜々しいお武家さまだ」

しゃがれぎみの太い声は、明らかに揶揄《やゆ》に満ちている。

それまで、やはり気圧《けお》されていたらしい伊織が、勝気そうな瞳でにらみ返した。

「おまえが、東雲屋三左衛門か」

「はい、どうぞお見知りおきを」

獲物の前で舌舐《したなめず》りする獣のように、三左衛門の瞳が楽しそうに瞬いた。

「あれが、件《くだん》の侍だ」

環と伊織は知らなかったが、三左衛門とのやりとりを、物陰から覗くふたつの影があった。

片方は源次で、傍らにいる男に小声で続ける。

「どうだい、新堀さん。あの侍に、見覚えはあるかい」

ああ、と応えたきり、商人姿のひょろりとした男は、しばし言葉を失っている。目は三左衛門と対峙する伊織に向けたまま、口をぽかんとあいていた。

やがてその喉から、堪え切れぬように笑いがもれた。

「何だよ、気味悪いな。何がそんなにおかしいんだ？」

合点のゆかぬ源次の横で、抑えた笑いはなかなかやまない。

「いや、昔から、何を仕出かすかわからないところはあったが、さすがにこれは……」

苦しそうに言って、またくつくつと笑い出す。いい加減にしろと、源次が脇腹を小突く。

「で、誰なんだい、あの坊っちゃん侍は。蓮沼伊織ではないんだろ？」

「ああ、あれは……私が殺した男の弟だ」

新堀上総の笑いが途切れた。

第二章

一

「わざわざお運び下さるなんて、どういう風の吹きまわしですか、東雲屋《しののめや》さん」

客をひとまず座敷に通すと、環《たまき》は皮肉な調子でたずねた。

「私に用があったのは、おかみさんの方だろう。何やら私の尻を追いかけ回していたと、番頭からきいていたが」

――誰があんたの尻など追いかけ回したいものか。思わずこめかみがぴくりとなったが、環はどうにか堪《こら》えた。

「私も何かと忙しい身でなかなかお相手できなかったが、ようやくからだがあいた。いままでのご足労のお詫びにと、こうして伺った次第でね」

「それはわざわざ、申し訳ありませんでしたね」

嫌味たっぷりに返すと、三左衛門《さんざえもん》は口許《くちもと》だけで笑った。

「たいしてお手間はとらせませんよ、東雲屋さん。ふたつばかり、旦那に伺いたいことがありましてね。それが済んだら、さっさとお引き取り願いますよ」

こうして部屋の内で対峙すると、相手のまとう気迫じみたものがますます大きく感じられ、気を抜けば呑まれてしまいそうだ。

幸い今日は、傍《かたわ》らに伊織《いおり》が控えている。無言の後押しを受けて、環はしっかりと背筋を伸ばし、三左衛門を真正面から見据えた。

「こちらのお武家さまは、蓮沼《はすぬま》伊織さまと仰《おつしや》いましてね」

阿波の出自と、兄の仇《かたき》を探している旨を、紹介がてら手早く語る。

「ほう、蓮沼伊織さま……」

三左衛門のにごった目が、伊織に当てられた。女だと見抜かれたかと、環はひやりとしたが、相手が気にしているのは名前のようだ。

「伊織さま……ですか」

「なんだ。私の名に、文句でもあるのか」

「いいえ。良いお名でございますな」

喧嘩ごしの伊織を、三左衛門はかるく受け流した。

「東雲屋、やはりそなた、新堀上総《しんぼりかずさ》を知っているな」

「新堀さまなら、存じております。阿波に藍玉を買いつけに行った折、お世話になりましたからな。それきりご無沙汰しておりますが、新堀さまのお知り合いにございましたか」

あくまで三左衛門は、しらを切り通すつもりのようだ。伊織が重ねてたずねた。

「では、新田屋《にったや》という藍玉問屋は？」

「伊織さまは、新田屋さんともお知り合いでしたか。世間は案外、狭いものですな」

「その新田屋に、会いたいのだが」

「あいにくと、半月前に上方《かみがた》に戻られましてな。江戸に店を出す話がありますから、おそらく年明けにでも、また……」

「いい加減にしろ、東雲屋！」

のらりくらりとかわす三左衛門に、伊織の堪忍が切れた。

「そのような言い逃れが、私に通ると思ったか。おまえが新堀上総をかくまっていることは明々白々。居場所さえ見つければ……」

「伊織さま、まともに相手をしてはいけません。正面から行っても無駄なこと。この場はどうかお引き下さい」

環があわてて伊織を制し、すばやく耳打ちした。せっかくお唄《うた》やおくめが探し出してきた手掛かりを、ここでさらしてしまえば元も子もない。伊織もその意図を察したようで、ひとまず口を閉じた。

三左衛門も、この話は長引かせたくないのだろう。「お役に立てず、申し訳ございません」と、殊勝に頭を下げて、違う話を持ち出した。

「おかみさん、もうひとつの件を伺う前に、私からもひとついいかい。今日は、良い話を持ってきたんだ。紫屋《むらさきや》にとって、決して損な話じゃない」

この男のうまい話くらい、胡散臭《うさんくさ》いものはない。何を言い出すつもりかと、環は身構えた。

「どうだい、おかみさん。東雲屋《うち》と一緒に、新しい紺屋《こうや》をはじめてみる気はないかい」

「……一緒って、まさか……」

「うちは金繰りや客あしらいには長《た》けているが、紺屋としては新前だ。一方の紫屋さんには、旦那の遺した職人と技がある。私たちが手を組めば、そりゃあいい紺屋ができると思うんだがね」

「何を馬鹿なことを。冗談じゃありませんよ！　良い話どころか、紫屋《うち》にとって一文の得にもなりゃしない」

「だが、おかみさん。紫屋の台所は、相当苦しいんじゃないのかい？」

痛いところを突かれて、環はぐっと応えに詰まった。

紫屋はいわば、茂兵衛《もへえ》の腕の良さが身上《しんじょう》だった。茂兵衛の出す色と模様は、どこよりも鮮やかで美しい。その評判こそが紫屋の暖簾《のれん》を支えてきた。その肝心の支えを失って、まるで冬を迎えて枯葉が落ちはじめるように、ちらりほらりと客が離れ出している。だが、その裏で糸を引いているのは、他ならぬこの男だ。

「東雲屋さん。そちらが邪《よこしま》な節介を焼かなければ、うちのお客も余所見《よそみ》をせずに済んだんですがね」

「うちは真っ当な商いをしているだけさ。品と値が折り合えば、得だと考える方に客は流れる。そうじゃないかい、おかみさん」

真っ当が、きいてあきれる。環の腸《はらわた》が煮えくり返った。

茂兵衛の死後、東雲屋は、紫屋の贔屓客《ひいききゃく》にあの手この手ですり寄って、あからさまな引き抜きにかかっていた。技では遠く及ばなくとも、東雲屋には財がある。思い切った安値を示したり、あるいはとっておきの『景物《けいぶつ》』をつける。そのおまけの品は、客の商いや出世に関わる便宜であったり、ときには女を与えることさえあるときく。

もともと良い染めを求めている客だから、なびいた数はそう多くはないが、それでも二割ほどは東雲屋がさらっていった。主《あるじ》のいない紺屋への不安から、他にも鞍替えした者はいて、客足は目に見えて減っていた。

「こう言っちゃなんだが、このままではいつ潰れてもおかしくない。名のある老舗《しにせ》をおかみさんの代で終《しま》いにしちゃ、死んだ茂兵衛さんも浮かばれないと思うがね」

「ご心配なく。紫屋の行く末は、きちんと考えていますから」

怒りのあまりに、唇が震える。環は懸命に押し殺し、どうにかそれだけ絞り出した。

「ほう、どうするつもりだね。ひとつ、きかしてもらえないか」

「延二郎《えんじろう》を養子にして、跡を継がせます」

職人頭の延二郎はまだ二十九だが、十二の歳からずっと茂兵衛の傍らで、ひたすら藍甕《あいがめ》と向き合ってきた。

藍甕には、藍玉に加え、発酵を促すために石灰と灰汁《あく》が混ぜられる。この加減が色の具合や発色を左右するが、手の感触と舌で灰汁を見きわめ、甕の中の色とにおいだけで、藍のようすをつかんで石灰を按配《あんばい》する。

ほどよく発酵し、甕の中に泡が立つことを「藍の花が咲く」という。これを見きわめる勘こそが、紺屋にとっては何より大事なものだった。延二郎にはすでに申し分ない技量があると、生前の茂兵衛も太鼓判を押していた。子供のない茂兵衛は、ゆくゆくは延二郎に店を継がせようと、その心積もりを環にも話していた。

「養子ではなく、おかみさんの新しい旦那じゃあないのかい。歳はたいして変わらないし、ずいぶんとおかみさんのことを慕っているようだしな」

「そのような下衆《げす》の勘繰《かんぐ》りは、冗談でもやめてもらえませんか」

環は、三左衛門をにらみつけた。

「延二郎には然るべきところから嫁をもらって、紫屋の新しい主として披露目《ひろめ》をします」

茂兵衛には及ばずとも、その辺の同業にひけをとらないだけの腕は、延二郎にもある。真面目な性分だから、精進を重ねれば、いつかは茂兵衛に負けぬ技も身につくだろう。

「延二郎なら紫屋の跡継ぎとして、立派に店を盛り立ててくれます」

「だが、おかみさん、さっさとそう運ばないのには、それなりの理由《わけ》があるんだろう？　何やら親戚筋がうるさいと、こっちの耳にも入ってきているがね」

確かにそのとおりだった。急死した茂兵衛は、遺言状など残していない。環がいくら説いても、どうにかして紫屋に入り込もうとしている親類たちには、己が店に居座るための策だろうと勘繰られる始末だ。

本当は延二郎に嫁を迎えたら、若い夫婦に後をまかせ、環は紫屋を出るつもりでいた。だが、縁者が相手では、使用人たる延二郎も立場が悪い。延二郎を紫屋の立派な看板として世間が認めるまでは、何年か店に留まり、若夫婦の楯になろうと環は思い決めていた。

だが、すべては、茂兵衛の仇を討ってからの話だ。

「東雲屋さん、紫屋の先行きなど、実はどうでもいいのでしょう？　本当に手に入れたいのは、藍を建てる按配の仕方じゃありませんか？」

環は皮肉な笑みを、頬に乗せた。

「亭主が生きていた頃は、まるで餌を探す野良犬のように、うちの甕のまわりをうろついていましたからね」

茂兵衛もこの男を嫌って、ほとんど相手にしなかったが、機嫌伺いと称して三左衛門は頻々《ひんぴん》と紫屋に通っていた。

それが茂兵衛が死んだとたん、ぴたりと足が止まった。三左衛門がここへ来たのは、茂兵衛の葬式以来初めてのことだ。

「うちは紺屋としては新参だからな。江戸いちばんとも評される染め職人のこつを会得できるなら、何だってやるさ」

「だから、うちの亭主を……殺したのかい」

環が口調を違えて、本音で言った。

それまで薄ら笑いを浮かべていた、三左衛門の表情が変わった。油膜を張ったような目が、すいと細まる。

「そうまでしてあの人の新しい色を、手に入れたかったんですか！」

殺されたあの日の午後、茂兵衛はそれまでにない色を出してみせた。そう語ったのは、延二郎をはじめとする職人たちだ。

濃色に染めるためには、十回でも二十回でも藍甕にくぐらせる。それでも本藍で得られる色には濃紺はない。晴れた空を映した沖合の海のような、渋味を帯びた深い水色だった。これより濃い色を出せないものかと、死ぬ前の茂兵衛が没頭していたのは、そのための工夫だった。藍液の温度、石灰と灰汁の量と加える頃合。藍玉は阿波八《あわはち》に限らず、あちこちの問屋から取り寄せてくらべていた。

そしてあの日、四つの甕のうちひとつから引き上げた布は、それまでにないほど深い藍色に染まった。茂兵衛は小躍りせんばかりに喜んで、新しい色に染まった手拭ほどの試しの布と、配合などを書きつけた帳面を懐に、紫屋をとび出して行ったのだ。

しかし、茂兵衛が遺した藍甕は、二度と同じ色を出してはくれなかった。

甕の中の藍を保つのは、実は配合と同じくらい難しい。親方の死に動顛《どうてん》し、職人たちが通夜や葬式にかかずらっているうちに、藍は使いものにならなくなっていた。

そして茂兵衛の遺骸からは、試しの布も帳面も見つからなかった。

亭主の仏をいの一番に見つけ、それまでのなれなれしさが嘘のように、葬式以来、一度も足を向けない男。これより疑わしい人物なぞ、どこにもいない。

「あんたが茂兵衛を殺して、帳面と布を奪ったんだ。新しい色なら、いくらでも儲かる。そう考えてうちの人を！」

「おかみさん、滅多なことは、口にしない方がいい」

どすの利いた声は、商人のものではなかった。三左衛門の趣《おもむ》きは、それまでと様変わりしていた。その目つきも佇《たたず》まいも、まるで賭場《とば》を牛耳《ぎゅうじ》るやくざの親分そのものだ。

「これ以上騒ぎ立てるようなら、こちらも容赦はしない。紫屋を叩き潰すくらい、わけもないことだ。おれに喧嘩を売るつもりなら、そのくらいの覚悟はできているんだろうな」

嫌な具合に光る目に射竦《いすく》められて、環は声も出ない。

そのとき、伊織が動いた。傍らに置いていた刀に手をかけ、小尻を畳に突き刺すようにして己の前に立てた。

「新堀と一緒に、おまえを斬る。その覚悟なら、できているぞ」

三左衛門の目が、面白そうに瞬《また》いた。脅しに屈する男ではないが、この場で事を荒立てるつもりもないようだ。三左衛門はもとの厚顔な商人に立ち戻り、暇《いとま》を告げた。

「おっといけない、大事なものを忘れてしまった」

廊下に出た三左衛門が、急に立ち止まった。

「おかみさん、すまないが、その煙草入れをとってくれないか」

ふり向いて、己が座っていた座布団を示す。その陰に、煙草入れが置かれたままになっていた。高価そうな印伝革《いんでんがわ》だが、漆《うるし》で百足《むかで》の模様が描かれている。汚いものでも触るように環が手にとったとき、青いものが光った。

「あら」

青い光を発したのは、煙草入れからぶら下がっていた根付《ねつけ》だった。

径は一寸にも満たない、簪《かんざし》に使うには少々小さく、飴玉くらいの大きさだった。丸いとんぼ玉に見えるが、こんな色は初めてだ。瑠璃《るり》の色に似ているが、瑠璃は光を通さない。まるで湖面の水と光をとじ込めたような、深い藍の色だった。

「そいつは藍方石《らんぼうせき》といって、南蛮渡りの珍しい石でな。ここだけの話だが、ご禁制の品だ」

吸い込まれそうな深い青は、いくらながめても飽きることがない。

「きれいなものだな」

その美しさに、目を奪われたようだ。環の背後から、伊織も覗き込む。

環もやはり、このときばかりは三左衛門への憎さも忘れ、素直に口に出していた。

「こんな藍は初めてですよ。うちの亭主にも、ひと目見せてあげたかった」

茂兵衛が出したかったのは、こんな色ではないだろうか。そんな考えが、ふと浮かんだ。

「おかみさんは、この石は初めてかい」

「ええ」

「ご亭主なら、こんな石のひとつやふたつ、手に入れているかと思っていたが」

三左衛門の目が、探るように動いた。

「南蛮渡りなんて値の張るものは、うちには縁がありませんからね」

そうか、と三左衛門は呟《つぶや》いた。何か気がかりがあるようだ。

「なんです、東雲屋さん。うちの人とご禁制の品が、関わりあるとでも言うんですか?」

「いや……邪魔をしたな、おかみさん」

環の詮索を払うように、三左衛門はその手から煙草入れをとり上げて懐に入れた。

「なんだよ、さっきから。気味悪《わり》いな」

手の込んだ料理が並んだ膳の向こうで、源次《げんじ》が顔をしかめた。

「そのにやにやとしまりのねえ口許《くちもと》は、どうにかならねえか、新堀さん」

「……そんなつもりはなかったが……そんなにだらしない顔をしていたか？」

「ああ、紫屋であの侍を見てから、ずっとだぜ」

思い出したように、また新堀上総の唇がおかしそうにゆがむ。

平素なら、気持ちが顔に出ない男だ。大方の武士はそういうものだが、末生《うらな》りの瓢簞《ひょうたん》のような新堀の面には、笑いはおろか怒りさえひと筋も浮かばない。

なのに己を仇と狙う相手の、何がそんなに面白いのかと、源次は首をひねった。

「そういえば、旦那を紺屋に置いてきぼりにして、本当に良かったのか？」

新堀が、気づいたようにたずねた。

「手下は残してきたし、ちんぴらくれえなら、あの旦那は楽に伸《の》せる。あんたが紫屋の近くに長居する方が、よほど危ねえしな。あの侍に見つかったら、その場でばっさりってことにもなり兼ねねえんだろ」

そうかもしれないな、と新堀は、さっきとは違う笑いを乗せた。

ここは源次が行きつけている、浅草の料理茶屋だった。

「あんたも寮に蟄居《ちっきょ》の身じゃあ、いい加減しんどいだろ。たまには羽根を伸ばした方がよかろうと、旦那の心遣いだ。手当もたっぷりもらっているからな、遠慮なくやってくれ」

源次は機嫌よく、新堀の盃《さかずき》に酒をついだ。新堀も酒は強い方だ。串海鼠《くしこ》だの、新栗と芹《せり》の和《あ》えものだのを肴《さかな》に、二杯、三杯と盃を重ねる。

「ここは女も抱けるんだ。けっこうな上玉がそろっていてよ、好みを言えば、それなりの女をあてがってくれる」

「いや、おれは女はいい」

「何でだよ」

「今日は、そんな気になれないだけだ」

酒を舐めながら、源次は上目遣いにちらりと相手を窺《うかが》った。

「……ひょっとして、郷里《さと》に許嫁《いいなずけ》でも残してきてるのか？」

「許嫁などいない。何故、そんなことを」

「さっきの侍で、里心でもついちまったのかと思ってよ。敵とはいえ、見知りなんだろ？」

「里心か……そうかもしれんな」

源次が煙管《きせる》に火をつけて、そのあいだ話が止まった。

通りから外れた場所にある、木々に囲まれた閑静な料理茶屋だ。浅草寺《せんそうじ》前の賑わいも届かず、午後の時間がゆったりと流れる。

「阿波はいま時分、藍葉の刈り取りも終わって、蒅《すくも》作りを待つ頃だ」

新堀の目は、半分あいた窓の向こう、実りの色に染まった田畑に注がれている。

「阿波徳島で、どうしてこれほど藍作りが盛んになったかわかるか？」

いいや、と源次は、首を横にふった。

「阿波の北方《きたかた》を流れる、吉野川《よしのがわ》のためだ。毎年のように出水を起こす暴れ川でな、いくら田畑を拵《こしら》えても、ちょうど今頃、嵐が来るたびに流されてしまう」

治水をしようにも金も人手も足りず、吉野川の半ばから下流にかけては、米のとれない一帯だった。だが、暴れ吉野にも、ひとつだけ利がある。上流から流れてくる、よく肥えた客土《きゃくど》だった。

「葉藍をとる蓼《たで》は、肥食いと呼ばれるほど金肥《きんぴ》を食らう。一年作れば土地はすっかり痩せ細り、翌年は使いものにならない。だが、吉野川がもたらす土のおかげで、阿波では毎年、蓼を育てることができるんだ」

源次にとって、決して興《きょう》を引く話ではなかったが、この男が郷里の話をするのは初めてだ。めずらしいこともあるものだと、源次はそういう顔をして、新堀の話を黙ってきいていた。

吉野川の客土でさえも、肥食いの蓼にはまだ足りず、やはり干鰯《ほしか》や鰊粕《にしんかす》など大量の金肥が必要となる。百姓に購《あがな》える筈もなく、藍商がこれを前貸しするのが慣例となっていた。このため藍商は干鰯問屋などを併せて営《いとな》むことが多く、自ずと利はふくれ上がる。大藍商と呼ばれる大商人は、この仕組みで肥え太った。

「一方の百姓は、藍商の小作の地位に甘んじなければならない。藍作も手間のかかるきつい仕事だが、その後の蒅作りも輪をかけて難儀でな」

刈り取って粉にした葉藍を、寝床と呼ばれる小屋に山積みにして水をかける。これを筵《むしろ》に密封し発酵を待つのだが、万遍なく発酵するよう、山を切り返したりまた水をかけたりと、何日にもわたって世話をする。

「寝床の内には、きつい小便のような臭いが立ち込めて、目も開けられず息苦しいほどだ。おれが初めて寝床に入ったときなぞ、臭いにやられてぶっ倒れてしまった」

出来上がった蒅は、阿波に近い上方などではこのままでも取引されるが、江戸には運搬に便利な藍玉にして売られていた。

「蒅を臼でつき固め、平たく丸い塊にしたものが藍玉で……」

半ば無心で語っていた新堀が、源次のようすにようやく気づいた。源次の瞼《まぶた》は重そうに半分下がり、いまにも舟をこぎ出しそうだ。

「長々と、すまなかった。おまえには、つまらぬ話だったな」

銚子をとり上げて、源次の盃を満たす。源次が夢から覚めたように、目をしばたたかせた。

「博奕《ばくち》と女にしか、おまえは関心がなかったな」

「へへ、すまねえ、できたらそっちの話の方が有難いんですがね」

「おれは賭け事は、まるで不調法だからな」

「女なら、どうだい。決まった相手がいなくとも、関わった女のひとりやふたり、いたんじゃねえのかい？」

「そうだな……好いた娘はひとりいた」

「おっ、そうこなくっちゃあ。どんな娘だい。新堀さんとは、どういう間柄だったんだ？」

「決しておまえが喜びそうな、艶な経緯《いきさつ》など何もないぞ」

新堀が苦笑して、断りを入れる。それでも源次にせっつかれ、話し出した。

「相手は同じ御長屋にいた、幼なじみだ。小さい頃は私の後ばかりついて歩いて
……泣き虫でぴいぴい泣いてばかりいたが」

「好きな子は苛《いじ》めたくなるってえ、あれかい？」

「そうではない。その子はおれより五つ下だが、女のくせにおてんばでな、おれたち年嵩《としかさ》の男連中と遊ぼうとするのだが、いつもいつも置いていかれる。いつのまに

かその子の面倒を見るのは、仲間うちでいちばんとろかった、おれの役目になってしまった」

いかにも新堀らしい話だと、源次が笑いを嚙み殺す。

「それが、あちらが十を過ぎた頃から、立場が逆になってな」

娘は叔父の営む道場に通い出し、めきめきと腕を上げ、一方の新堀は、幼い頃から勉学ひと筋だった。学問所での成績も抜きんでていたが、その分、歯に衣着《きぬき》せぬ生意気な物言いもする。周囲のやっかみを買い、侍らしからぬひ弱なからだを種に、よくからかわれていた。

「殴る蹴るされたこともめずらしくはなかったが、いく度かその娘に助けてもらった」

「そりゃ、また、しまらねえ話だな」

「まったくだ。おまけにその度ごとに、説教を食らってな。『武士は武をもって武士となす』と、こんこんと説教を垂れてゆく。正直、二、三発殴られた方が、よほど楽だった」

堪え切れず、源次はとうとう吹き出した。武士は笑われることを何より嫌うが、新堀は気を悪くしたようすはない。

「それでもあんたは、その説教くさい娘が良かったんだろ？　いったい、どこに惚れたんだい」

そうだな、と新堀は、少し考えてから応えた。

「考えるより先にとび出していくような無鉄砲なところが、うらやましかったのかもしれないな」

「よく、わからねえな」

「おれは頭の中であれこれ思案しているうちに、日が暮れてしまうような男だからな。人は動いて事を成してこそ、価《あたい》が決まる。三左衛門や、おまえのようにな」

「難しいことを言われても、ますますわからねえや」

そうか、と新堀は、話を切り上げる素振りを見せたが、源次は先を促した。

「その娘と、どうして一緒にならなかったんだ？　同じ長屋にいたのなら、そう無理な話でもねえだろう」

「相手の家は、道場主の叔父上をはじめ、代々、武で鳴らした家柄だ。御城を守る番衆を務めてきた家が、おれのような算盤《そろばん》侍に娘を娶《めと》らす筈がない」

「そういうものかい？　お武家ってのは、面倒なもんだな」

源次は納得いかぬように、口を尖らせた。

「それにその娘には、早くから決められた許嫁がいた。道場主の叔父の息子だ」

「つまり、従兄弟ってわけか」

「ああ。おれとは逆に、筋骨たくましい立派な侍だ」

口にした瞬間、新堀の瞳の中に、はっきりと黒い翳《かげ》りが浮いた。

その色合いは、嫉妬というより嫌悪に近い。もはや憎しみかもしれないと、源次はかすかに眉をひそめたが、しかし素知らぬふりで、なるほどな、とうなずいた。

日が傾いてきたようで、座敷にさし込む光が色濃くなってきた。秋風があいた窓から冷たさを運ぶ。

「おれよりおまえの話の方が、よほど面白かろう。関わった女の数も、十や二十はいるんじゃないのか」

「まあ、それなりにな……けど、惚れた女は、おれもひとりだけだ」

ほう、と新堀は、意外そうに源次をながめた。

「だが、その女は、おれを百遍殺しても足りないほどに、憎んでいるだろうがな」

源次は立ち上がり、障子を閉めた。


日暮れを待たず、源次と新堀は料理茶屋を出た。落ちてゆく日を追いかけるように、浅草から根岸《ねぎし》への道を辿る。

「おれに気を遣わずとも、女を呼んで、ゆっくりしてきても良かったんだぞ」

「別に遠慮したわけでもねえ。何でかそんな気が、失せちまっただけだ」

ぶらぶらと歩く男ふたりより早く、やがて日は西へと翳った。

根岸へ入ると辺りは田畑ばかりで、刈り取りを待つ稲穂の群れが、残照を受けて金色に輝いている。稲から頭を半分出すようにして、風流な寮がぽつりぽつりと点在していた。

「あれ、あいつは……」

目指す平屋の建物が見えたところで、源次は足を止めた。

左前になった麴町《こうじまち》の太物《ふともの》問屋から三左衛門が巻き上げたもので、持ち主はもとの主のまま、東雲屋の隠し寮として使っていた。

「あの野郎、何だってこんなところに」

源次は道の先を歩いている、男女のふたり連れに目を凝《こ》らした。寮はこの道の先にある。間には似たような寮が二軒はさまっており、その一軒の前に立ち、中を窺っているようだ。

「知り合いか？」

「ああ、男はな。おれの下についてる若い奴だ」

「それなら、寮を訪ねてきたんじゃないのか？」

「いや、あの寮の場所を知っている手下は、さっき旦那と一緒に置いてきたふたりだけだ。他の連中には決してもらすなと、あいつらにもきつく言い渡してある」

源次の表情が、険しくなった。

「身なりからすると、横にいるのは商売女のようだが」

と、新堀が女を見遣る。こちらに背を向けて立っているから、女の顔はわからない。

向こうはまるで、こちらに気づいていないようだ。だいぶ離れている上に、道はゆるく弧を描き、道端に立つ数本の椎《しい》の木が、源次と新堀の姿をさえぎっている。

「野郎、妙な気起こして、隠し寮を探ってるんじゃあるまいな」

「男女ふたりがぶらつくには、ちょっと寂し過ぎる場所だしな」

「二度とそんな真似しねえよう、二、三発、灸《きゅう》を据えてやる」

源次は道に唾を吐き、肩を怒らせて椎の木蔭を出たが、ふいに女が向きを変え、横顔をさらした。

あっ、と源次が小さく叫び、その足が唐突に止まった。

「どうした？」

「……あの女」

言ったきり、呆《ほう》けたように女を見詰めている。

桔梗《ききょう》色の派手な着物は、なまめかしいからだの線を浮き立たせ、大きく抜いた襟《えり》から覗くうなじは、まぶしいほどに白かった。

「なんであいつが、ここにいるんだ……」

傍らの男に、艶《つや》っぽい笑みを向けているのは、お唄だった。

二

「いったい、どういうことだ？」

お唄の前に現れた源次は、挨拶もなしにそう切り出した。血走った目が、残照を浴びてぎらぎらと光っている。

「何でてめえらが、一緒にいるんだ！」

怒鳴られた源次の子分が、びくりと身をはずませた。怯《おび》えた視線が、源次とお唄のあいだを行ったり来たりする。

「あ、あの……兄貴はこの女を、知っているんですかい？」

源次の手が伸び、子分の胸座《むなぐら》をぐいとつかんだ。ひっ、と情けない悲鳴が喉から漏れる。

「おい、ようく覚えておけ。この女はな、おれの……」

「知らないよ、こんな男」

お唄の声に、源次がふり返った。ふたりの視線が絡み合う。

「見ず知らずの、赤の他人さ。そうだろう?」

何の気持ちもこもらない、冷たい目と乾いた声だった。

源次が、締め上げていた子分から手を離す。

激しく咳き込む男の傍に、お唄はなれなれしい素振りですり寄った。

「ねえ、もう行こうよ。せっかくの上野山のそぞろ歩きに、とんだ邪魔が入っちまった」

この根岸の里は、上野台地の裏手にあたる。上野まで男を誘い出し、ついでと称して根岸に連れ出した。だが、男はもう誘いに乗らず、お唄からとび退《すさ》った。

「い、いや、おれぁ……その、用を思い出して……」

源次の顔色を窺いながら、逃げる口実を必死に探しているようだ。

「用があんなら、さっさと行けよ」

「へ、へい! じゃあ、あっしはこれで」

源次に引導を渡されて、子分は一目散に逃げ去った。

その背中を見送って、お唄は別の男の姿に気がついた。

上等な羽織が身に合っていないような、ひどく貧相に見える商人だ。源次を待っているのだろう。少し離れたところで、こちらのようすを窺っている。

商人の姿をさえぎるように、源次はお唄の前に立ちはだかった。

「おい、あいつと、どこで知り合ったんだ」

「いまいる料理屋の客さ」

「どこの店だ？」

「あんたに告げる謂《いわ》れなぞない筈だ。知りたきゃ、あの男にきくんだね」

いきなり目の前に現れたときは、さすがにどきりとしたが、どうやら源次が拘《こだわ》っているのは、根岸をうろついていたことではなく、己の子分とお唄が一緒にいる、そのことだけのようだ。

「その店で、客をとってんのか？」

「あたりまえだろ。あたしが働けるところといったら、そういう店しかないからね」

「あいつとも、寝たのか？」

己のことは棚上げにして、つまらない焼餅を焼く。ばかばかしいと、お唄は鼻で笑った。

「その前に、逃げられちまった。どうしてくれるんだい」

「あんな野郎のどこがいいんだ。もっとましな奴いくらでも……」

「どんな男だって、あたしの前の亭主よりはましさ。そうだろう？」

お唄の表情に怒りはない。触れればたちまち指の先が凍えそうなほど、ただ冷たかった。源次はひどく傷ついた顔をして、押し黙った。

「そこの人、待たせちまって悪かったね」

お唄は源次の脇をすり抜けて、待っていた商人に声をかけた。

「すまねえ、とは、思ってるんだ」

お唄の背中で、絞り出すような声がした。ふり返ると、源次は棒杭のように突っ立ったまま、地面を見詰めて歯を食いしばっている。お唄はそれを見ても、眉ひと筋も動かさなかった。

「張子《はりこ》より実《じつ》がない。あんたの詫びは、きき飽いたよ」

「あの旗本が、あんな犬畜生な奴だとは知らなかったんだ！　だからおめえには本当にすまねえことをしたと、ずっと……」

「あたしが堪忍できなかったのは、そんなことじゃない！」

お唄の瞳に、初めて憎しみの火が灯《とも》った。

「あんたに二度売られたことなんて、いくらでも忘れてやるさ。だけど、あれだけは許せない……何を言っているか、わかるだろ？」

源次の張った喉仏が、ひくりと上下した。

お唄は踵《きびす》を返し、源次の連れの男の前を通り過ぎ、二度とふり返らなかった。

「お唄ちゃんが、源次に見つかったんですか！」

おくめから話をきいた環が、顔色を変えた。

お唄は根岸から戻ったその足で、おくめの長屋を訪ね、環への言伝《ことづて》を頼んでいた。

「お唄は無事なのか？　あの男に乱暴でもされたのでは……」

伊織も気がかりなようすでたずねたが、おくめは分厚い手をひらひらと振った。

「案ずることはないさ。なんでも、逆にやり込めちまったようだしね」

「それでも、一刻も早くあの店を辞めさせて、お唄ちゃんを匿《かくま》わなくては」

環の不安は晴れず、お唄の移り先をあれこれ思案しはじめた。

「それなんだがね、源次はどうやらお唄ちゃんに未練があるようなんだ。いっそ源次と縒《よ》りを戻してみようかと、お唄ちゃんが……東雲屋の内を探るには、いちばんの相手だって」

「冗談じゃありません！」

「それは、いかん！」

環と伊織が、同時に叫んだ。

「そんなことをさせるくらいなら、相手にすべてぶちまけた方がまだましです」

「おかみさん、落ち着いておくれよ。もちろん、真似だけの話さ」

「いいえ、お唄ちゃんはああ見えて情が深いんです。またきっと、前と同じ始末になってしまう。私は決して許しません！」

「たとえからだを張っても、それだけは止めてみせるからな」

鼻息が荒くなる一方のふたりを、おくめがまあまあとなだめる。

「お唄ちゃんも、おかみさんならきっと止めるだろうと、わかっていたみたいだし」

「あたりまえです！」

「それでね、新しい蔓《つる》をつかむための下拵《したごしら》えをしたいから、もう少しあの店に留まりたいって言うんだよ」

『浜いせ』は、東雲屋の子分たちのたまり場だ。他になじみの女もいる。たとえ源次との仲を疑《うたぐ》られても、すぐに足が遠のくとも思えない。お唄はそう見込んでいた。

「だが、源次に関わっている女だと、子分たちにはすぐに広まる。そうなれば、滅多なことは口にしないだろう」

「たしかにね、言い寄る度胸はないだろうけど、逆に気を遣ってはくれるだろうから、きける話もあるかもしれないって」

伊織の懸念にはおくめが応えたが、環の不安は拭《ぬぐ》えない。

「いったい、何をはじめるつもりかしら。無茶な真似をしなきゃいいけど」

「明日にでも私が行って、ようすを見てこよう」

　環の心配を払うように伊織が持ちかけると、それはやめた方がいいと、おくめは止めた。

「お唄ちゃんが紫屋と繋がっていると知れれば、それこそまずいよ。せっかくお唄ちゃんが、源次の前《ここ》でうまくごまかしてくれたのに」

　お唄と一緒にいた男は、根岸に隠し寮があることだけは兄貴分からきいていたが、肝心の場所はまるで知らなかった。それでも何か東雲屋に繋がるものに、男が気がつくのではないかと、お唄は根岸へ誘い出した。結局、役には立たなかったが、源次と出くわしたおかげで、思わぬ収穫もあった。

「源次と会ったのは、梅屋敷に近いところだ。そこからそう遠くはないだろうって、見当はついたみたいだよ。それにね、一緒に新堀らしい商人姿の男も見たって」

　伊織が、はっとなった。常なら新堀の名をきいただけで、そのまま根岸へ突っ走りかねない伊織だが、今日は違った。

「私がお唄に、無理をさせたのか……」

　伊織の横顔には、深い後悔だけが浮いていた。

「東雲屋の隠し寮を見つけてほしいと頼んだりしたから……お唄はあんな男と、また顔を合わせる羽目になったんだ」

「伊織さま、悪いのは私です。よい策を考えると言っておきながら、そのままにして……」

「まあまあ、互いに粗《あら》探ししても詮無《せんな》い話さ。お唄ちゃんもやっぱり、ひどくすまながっていたよ。ふたりの後をうまく尾《つ》ければ、寮の場所なぞ楽にわかったのにってさ。頭に血が上って、そこまで考えが及ばなかったらしい」

「なかなか表には出さないけれど、お唄ちゃんも必死なんです。初めて会ったとき、それがわかったからこそ、手を組まないかと誘ってみたんです」

「そういや、お唄ちゃんが言ってたよ。おかみさんみたいなお堅い商家のお内儀《ないぎ》が、よく声をかける気になったもんだってね」

色を売る商売のせいばかりでなく、己の持つ何かが、同じ女からは反感を買うことを、お唄はよく承知していた。

「女としての勝ち負けが、その場でついちまう。それが匂いでわかるから、疎《うと》まれるんでしょうね。本当は女なら誰だって、お唄ちゃんが妬《ねた》ましくてうらやましい。私も同じですけどね」

でもね、と環は、東雲屋の裏口で、初めてお唄を見掛けたときの話をした。

身なりはどこから見ても、下級の酌婦《しゃくふ》だ。最初は源次の手下の情婦《いろ》か、あるいはなじみ客を引きに来たのだろうと思っていた。だが環は、その横顔に胸を打たれた。

お唄は塀越しに、両替屋の二階を見上げていた。いや、にらみつけていた。日の落ち時で空は真っ赤に染まり、まるで怨みの籠《こ》もった女の情念が燃えているように環には見えた。

「私もきっと東雲屋の前では、同じ顔をしているんだろうって、そう思えました」

環は思わず、声をかけていた。だが、ふり返った瞬間、女はまったくの別人になった。

それまでの屈託はきれいに失せて、代わりにむせ返るような色気が香った。首の傾《かし》げ具合も、こちらに送る視線も、女の環がぞくぞくするほどなまめかしさにあふれていた。

「そのときはあんまりびっくりして、言葉さえ出ませんでした。お唄ちゃんはその間に行っちまって」

環は後になって、お唄を逃したことをひどく悔やんだ。東雲屋の悪行三昧は、人の噂に上るほどだ。己のように、三左衛門に怨みを抱いている者が他にいたとしても、少しも不思議ではない。

そしてあの途方もない色香は、男所帯の東雲屋に対しては、何よりの武器になる。だから数日後、ふたたび東雲屋の近くでお唄を見掛けたときは、迷わず呼び止めた。

「お唄ちゃんを買ったのは、そればかりではないんです。あの色気の中にすべてを包み込んで、己の肚《はら》の内を決して見せない。相手を探るには、うってつけです……ただ、その性分は、お唄ちゃんにとってはしんどいものでしょうけど」

「弱み辛《つら》みは、決して見せぬか……」と、伊織が呟いた。

その鬱憤《うっぷん》が、時折ひねくれた形で出てしまう。伊織に対する無礼な振舞は、そのためだろうと環は言った。おくめが、大きな口を横に広げた。

「あたしの前じゃ、ただの気のいい娘っ子だけどね。伊織さまには、ちょいと焼餅が入っちまうって、あの子もわかっているようだがね」

「焼餅、だと？」

「あんな風にきれいなままでいられたら、もっと別の暮らしができたかもしれないって、ちらりとそんなことを言ってたよ」

伊織の眉間《みけん》が、きゅっとすぼまった。うつむいた横顔に、十九の若さにはそぐわない、暗い影が落ちる。

「私は……そんな者ではない。たぶんお唄なぞより、ずっと汚い。私から言わせれば、おまえたちの方がはるかにきれいだ」

環とおくめは、思わず顔を見合わせた。伊織には、仇討ちだけではなく何か仔細《しさい》がありそうだと、環は気づいていた。だが、やはり口に出す気はないのだろう。伊織はすぐにお唄に話をもどし、冗談めかして言った。

「焼餅なら、私も同じだ。せめてお唄の半分も色気があればと、心の内では思っていた」

「そんな棒っきれみたいな細っこいからだじゃあ、たしかに色気の出ようがないねえ」

おくめは無遠慮に、伊織の平たい胸に目を落とした。

「これは晒《さら》しを巻いているんだ。とれば……少しはあるぞ」

ふたりのやりとりに、釣り込まれるように笑いながら環は言った。

「でも、伊織さまとお唄ちゃんには、ひとつだけよく似たところがございますよ」

「まさか。あの女と私では、水と油だ」

「弱み辛みを出さないのは、一緒ですよ」

言われた伊織が、虚を突かれた顔をした。

「伊織さまはそのために、男のお姿をしているのではありませんか？」

「……そんな風に、考えたことはなかったが……」

「なるほどね、お唄ちゃんは女の中に、伊織さまは男の中に、弱み辛みを閉じ込めているというわけか」

「婆《ばば》は、うまいことを言うな」

伊織はふたりをながめ、照れたように苦笑いした。

「若いもんが健気《けなげ》に頑張っているのなら、あたしもひと肌脱がないとね。おかみさん、隠し寮探しは、今度はあたしにやらせてもらえないかい？」

「おくめさんに？　何か考えでもあるんですか？」

環に問われ、おくめは自信たっぷりにうなずいた。

「いつも洗濯にまわる先に、日本橋の箪笥《たんす》問屋があるんだがね、やっぱり根岸に寮を持っているんだ」

おくめは、そう切り出した。これまで箪笥問屋の寮は、さる文人に貸していたそうだが、その男が故郷に帰ることとなり、代わりに先代の内儀が住まうことになった。

「その前のおかみってのが、すっかり惚《ぼ》けちまってね。つまりは厄介払いというわけさ」

寝間着姿で店に出てきたり、客にあらぬことをわめきちらしたりと、このところ奇行が多くなり手がつけられなくなってきた。

厠《かわや》にもひとりで行けぬから粗相《そそう》も多く、汚れものには事欠かない。根岸の寮まで洗濯に行ってくれないかと、おくめは嫁にあたるいまの内儀から頼まれていた。

それには、もうひとつ理由があった。

「その婆さんはさ、どうやらあたしのことを昔なじみと勘違いしているようなんだ。洗濯に行くたびに、あれこれと話しかけてきてね」

他愛ない思い出話ばかりだから、おくめは適当に調子を合わせて相槌《あいづち》を打ってやる。おくめがいるあいだは、先代の内儀も大人しくしているから、おつきの女中にも重宝《ちょうほう》がられ、わざわざ根岸へ行ってもらうからには、駄賃もはずむと持ちかけられていた。

「その行き帰りに、お唄ちゃんの言った辺りをうろうろしていれば、東雲屋の衆に出くわすことだってあるように思えてね」

会ったところで洗濯婆を気にするわけもなく、簞笥問屋の寮にいくと明かせば、まず疑われることはない。

「おくめさんが相手なら、向こうも用心せずに、つるりと何か漏らすかもしれない。いい案だわね、おくめさん」

環はすぐに話に乗ったが、伊織はやはり気遣わしげな目を向ける。

「くれぐれも、無茶はするなよ。婆にまで何かあったら、申し訳が立たないからな」

「そんな顔は、お侍さんらしくないよ。あたしなら大丈夫さ。なにせこの歳じゃ、無茶のしようがないからね」

大らかな笑いに、伊織はようやく表情をゆるめたが、

「お唄に、伝えてほしいことがあるのだが」

おくめが帰り仕度をはじめると、伊織は言伝を頼んだ。

「伊織さま、でもそれは……」

「相手にわからぬよう、十分に気をつける。だから今度ばかりは、私の好きにさせてくれ」

環は止めたが、伊織はいつになく静かな表情でそう告げた。

翌日の晩、お唄は客の切れ間を縫って『浜いせ』を抜けた。

店のある伊勢町《いせちょう》に面した堀端へと走る。小舟町《こぶなちょう》へと続く橋にほど近い場所に、うずくまるような黒い影があった。

笠をかぶった侍が、釣り糸を垂れている。そっと近づくと、相手がふり向いた。

「ちょいと、本当に来ちまったのかい？　あいつらに見つかったらどうすんだ

い！」

「声が大きい。静かにしろ」

　釣り人を装っていたのは、伊織だった。

　源次に居場所を知られたお唄を案じ、伊織は用心棒を買って出たのだ。

「ここにいれば、あの男が現れてもすぐに駆けつけられる。万一、奴がきたら、店の戸をあけて叫べばいい」

「馬鹿言うんじゃないよ。そんなことをしたら、あたしが紫屋と関わりあると、向こうに教えてやるようなもんじゃないか」

「案ずるな。そのためにこんな姿をしているんだ」

　よれた袴《はかま》に色のさめた羽織は、どこから見ても食い詰め浪人だ。頭の後ろに馬の尻尾のように垂らしてある髪も、今日は笠の中に突っ込んである。環が気を配っているから、伊織はいつも小ざっぱりとした格好をしている。たしかに夜目には、伊織とはわからないだろう。

「源次はああ見えて、勘がはたらくんだ。間近でやり合えば、ばれちまうよ」

「まあ、そのときはそのときだ。おかみも許してくれたことだし」

「頼むから、よしとくれよ。せっかくあたしが新しい蔓をつかもうとしてるのに、障《さわ》りが出たらどうすんだい」

「それなんだが。いったい、何をするつもりだ？　おかみもそれを案じていたぞ」

「まだ目星をつけかねていたから、話さないでおいたけど」

はああ、と仕方なさそうにため息をつき、お唄は伊織の横に腰をおろした。

「東雲屋の三軒の店の、手代の誰かを狙ってみようと思ってね」

源次と、そのすぐ下にいるふたりの子分も表向きは手代だが、店に詰めている者たちとは仕事が違う。三左衛門は汚れ仕事を源次たちに任せているから、逆に三軒の店の使用人は、真っ当な商いだけに関わっていた。大きな取引や金の流れなら、やはり彼ら表の番頭や手代の方がよく承知している筈だ。何か手掛かりになりそうな話を引き出せるかもしれないと、お唄は説いた。

「子分連中は肝心のことは何も知らないし、正直、手詰まりなんだ。やっぱり源次から引き出すのがいちばん早いけど……」

「それはだめだ！」

「わかってるよ。おくめさんを通して、おかみさんからもきつく止められたしさ」

口ぶりだけは不満そうだが、皆が心配してくれるのが、内心では嬉しいのだろう。声にはくすぐったそうな響きがあった。

「白鼠《しろねずみ》なら女にもあまり縁がないだろうし、手玉にとるのもわけはないさ」

主に忠実な商家の番頭や雇い人を、白鼠という。ひたすら主家のために尽くし、歳がいっても所帯さえ持てぬ者も、決してめずらしくない。真面目一方の男ほど、一度色恋に迷えば、どっぷりと浸かってしまうものだ。

「だが、お唄、そのためには、その……好きでもない男と、そういうことをしなければいけないのだろう？　嫌ではないのか？」

お唄は一瞬きょとんとし、それからけらけらと笑い出した。

「いまさらなに言ってんだい。あたしはさんざん、そういう商売をしてきた女なんだよ」

笑われた伊織が、むっとする。

「だいたい、浜いせだってそういう店さ。下の飲み屋で酌《しゃく》をして、話がまとまれば二階座敷で客の相手をするんだ」

「この前、おかみからきいた。それでも、いや、だからこそ、嫌なのではないかと……おまえばかりに無理をさせているようで、私は嫌なんだ！」

微笑んでいるようにも、小馬鹿にしているようにも見える、いつも少し細められたお唄の目が、闇の中で大きく広がった。

「恐く、ないのか？　よく知らない男と、閨《ねや》を共にするのは」

頼りない月明かりだが、互いの顔は辛うじて見える。伊織の表情は、真剣だった。

「そんなこと言われたの、初めてだよ」

いつもの憎まれ口とは違うものが、お唄の口からぽろりとこぼれた。

「あたしみたいな女に、まさかそんなことをたずねるなんて。世間知らずにも程がある」

「悪かったな」

ふふっ、とお唄が笑った。伊織が初めて目にする、ひどく無邪気な笑顔だった。

「初めての奴を相手にするときは、ちょっとね……気後れするよ」

「やはり、恐いのか？」

「大方の男は最初がいちばんがつがつして、獣じみて見える。いく度か情を交わせば、それなりこっちをいたわってくれる者もいるけど、初めはただ、欲だけが噴き上がるようで……もう慣れたから恐かないけど、あまり気持ちのいいもんじゃない」

そうか、と呟いたきり、伊織は黙り込んだ。

「いまからつまんないこと憂えていたら、いかず後家になっちまうよ。なにより、お武家さんには縁のない話さ」

「そんなことはない。武家の縁談は、親や親類縁者が決める。好いた男に嫁げぬのなら、身売りと同じだ」

お唄が驚いたように目を見張ると、伊織はばつが悪そうに、また堀へと顔を戻した。

「あんた、好いた男がいるのかい？」

お唄はそうたずねたが、伊織は何も応えなかった。

垂らした釣り糸のはるか先で、ぽちゃんと魚のはねる水音がした。


源次が浜いせに現れたのは、それから五日目の晩だった。

「あ、兄貴……」

店の一角に陣取っていた子分たちの前に、源次が立った。だが、子分衆には一瞥《いちべつ》もくれず、目はその真ん中で酌をしていたお唄だけに注がれている。

お唄の見込みどおり、子分たちは相変わらず浜いせに通っていた。もと女房だと源次からきいたらしく、最初は遠慮がちな素振りでいたが、三日もすると慣れてきて、以前と同じに、お唄の酌をやに下がりながら受けるようになっていた。

「どけろ」

六人の子分が上目遣いに見守る中、源次はお唄の隣の腰掛けを蹴りとばした。座っていた男が土間にひっくり返り、残る五人があわてて腰を浮かす。

「この女、借りるぞ」

「え、ちょっと、お客さん……」

「これで文句ねえだろう」

店の主人に一分銀を放ると、お唄の腕をぐいと引っ張り、腰掛けから引き剝がす。お唄は痛そうに顔をしかめたが文句は言わず、代わりに猫なで声を出した。

「話ならさ、ここの二階でしようじゃないか。ね、いいだろ？」

外に出れば、伊織がいる。やはりふたりをつき合わせるのはまずい。この場は大人しく従って、やり過ごすつもりだった。

だが、源次には余裕がないようだ。もとより決して気の長い男ではない。五日も経ってから足を運んだところを見ると、そのあいだうだ考えていたのかもしれない。

「いいから、来い」

有無を言わさず、お唄を引きずるようにして外に出た。

ふたりの後を追って、子分連中もぞろぞろと店の外に出てくる。辺りにいる客引きの女たちや酔客が、何事かとふり返った。いつ伊織がとび出してくるかと、お唄は素早くまわりを窺ったが、伊織の姿はない。

だが、伊織は先廻りしていただけだった。源次はお唄を連れて、堀沿いの道を北へ向かった。すぐに道浄橋《どうじょうばし》が見え、橋の手前に人影が立った。

「その女を放せ」

月はすでに沈んでいる。周囲の店々の灯りは届かず、笠をかぶった姿は黒い影としか映らない。声も低く殺しているが、危ない綱渡りには変わりないと、お唄は内心でひやひやした。

「なんだ、てめえ」

源次が影を睨みつけ、相手が何か言うより早く、お唄が応えた。

「あたしの、いい人さ」

「何だと」

源次がお唄をふり返った瞬間、伊織が剣を抜き、たちまち間合いを詰めた。

気づいた源次は咄嗟《とっさ》にからだを引いたが、わずかに遅かった。お唄のいる側とは反対の左腕を浅く斬られ、思わず握っていた右手がゆるむ。お唄はすかさず源次の手を逃れ、伊織の背後にまわった。

「この人は、腕が立つんだ。怪我しないうちに、さっさと帰るんだね！」

「てめえ、ふざけやがって……」

お唄の忠告も、耳に入らないようだ。源次は腰にさしていた長どすに手をかけたが、その後ろからばたばたと足音が近づいてきた。

「兄貴！　どうしやした！」

ようすがおかしいと、気づいたのだろう。店の前でいったん見送った子分衆が、駆けつけてきた。

「邪魔が入った。あいつを始末しろ」

源次が伊織に向かって顎《あご》をしゃくると、へい、と応じた男たちが次々と刃物を抜く。

「よしなって言ってるだろ！　この人は本物の侍なんだ。返り討ちに遭うのが関の山さ」

「うるせえ！　おい、さっさと片付けろ！」

いくら伊織でも、七人もの男が相手では無事では済まない。お唄は必死で止めたが、かえって源次を煽《あお》るばかりだ。

子分のひとりが、短刀を手にして真っ先にとび出した。先日お唄と一緒のところを、源次に見咎《みとが》められた男だ。汚名返上に躍起《やっき》なのだろう、がむしゃらに突っ込んでくる。

伊織の右手が動き、刃のうなる音がした。次の瞬間、こちらを向いた男の口が、ぽっかりとあいた。お唄に向かって泳ぐような真似をして、そのままばったりと前のめりに倒れる。

「ち、ちょっと、あんた……」

　お唄は倒れた男に駆け寄った。男は脇腹を押さえ、肩で息をしている。脇腹に手をやると、ぬるりとしたものがまとわりついた。暗くてはっきりしないが、傷は相当深いのだろう。尋常ではない血の出方だ。

　冷たい手に首の後ろをつかまれたような、得体の知れない恐怖に襲われ、お唄は伊織をふり返った。

「野郎！」

　男たちは怯《ひる》むようすがない。後ろのふたりがすぐさま続き、だが、伊織の動きは数段速かった。ふたりのあいだを縫うように走り抜け、ぎゃっ、と獣じみた悲鳴が上がった。

　相手の得物《えもの》が空《くう》を舞い、お唄の目の前に、ぼたぼたっと何かが落ちた。闇に目をこらすと、それは二本の指だった。

　お唄の全身が、総毛立《そうけだ》った。

三

　夜更《よふ》けに紫屋の裏口をくぐった伊織とお唄に、環は仰天した。

「いったい、何があったんです！」

ひとまずふたりを座敷に上げようとして、環は異臭に気がついた。

あわてて行燈《あんどん》の灯りの下でたしかめる。鉄くさい饐《す》えた臭気は、血のにおいだった。

伊織の着物には赤い水しぶきを浴びたように、点々と血の跡が残り、笠をとった顔を見ると顎にまでとんでいる。一方のお唄は膝と袂《たもと》の辺りに、まるで縞柄《しまがら》を墨で塗りつぶしたように、どす黒い大きな染《し》みがあり、さらに両手にも血糊《ちのり》がべったりとついていた。

「お唄ちゃん、あなた、怪我を……早く手当てをしないと！」

傷を見せるように促《うなが》すと、お唄は何も応えず、ただ無闇に首を横にふった。顔色は真っ青で、からだは真冬に冷水を浴びたかのように、がくがくと震えている。

「お唄に怪我はない筈だ。相手の血がついたのだろう」

低い声で、伊織が告げた。こちらはお唄とは逆に、気味が悪いほど落ち着いて見える。

「相手の血って……」

「あの店に源次が現れて、無理にお唄を連れ去ろうとしたから、私が斬った」

淡々とした口ぶりは、人形がしゃべっているようだ。環の首筋に、ざわりと悪寒《おかん》が走った。

「斬ったって、まさか源次を……」

「いや、殺してはいない。だが、子分衆を三人斬って、中のひとりは助からないかもしれない」

これは、誰だろう――。

環の胸に、奇妙な感覚がわいた。闊達《かったつ》で清々《すがすが》しく、少し短気で、けれどいつも一生懸命で。伊織はそういう若者の筈だ。

だが、いま目の前にいる侍は、まるで別人だった。

人を斬ったばかりの禍々《まがまが》しい殺気を未《いま》だまとい、浪人のような身なりと血のにおいが相まって、思わずとび退《すさ》りたいほどの、恐れとも嫌悪ともつかないものが込み上げる。

「伊織さまは……怪我は……」

乾ききった喉からようやく絞り出すと、伊織は心配ないと応えた。

「私も相手の返り血だけだ。洗ってくるから、井戸を借りるぞ」

環がどうにかうなずくと、伊織は座敷を出ていった。

伊織の姿が消えたとたん、呪縛《じゅばく》がとけたように、環は大きく息を吸い込んだ。

畳に座り込んだお唄は、まだ震え続けている。

環はお唄の前に膝をつき、顔を覗き込んだ。

「可哀相に……源次たちに、よほど恐い目に遭わされたんだね」

そっと肩に手を添えると、うつむいていたお唄が顔を上げた。

「ち、がう……恐かったのは、源次じゃない！」

環にしがみつくようにして、お唄が叫んだ。

「あの……あの人は……まるで夜叉《やしゃ》がとりついたみたいだった！」

「お唄ちゃん……」

艱難辛苦《かんなんしんく》を堪えてきたお唄が、これほど動揺するほどに、伊織は様変わりしたのだろうか。

先刻感じた禍々しさは、やはり気のせいではなかったのか。

混乱しながら、環は己もすがるように、ぎゅっとお唄を抱き締めた。

「ためらいが、微塵《みじん》もないんだ……人を斬ることに、人を殺すことに……」

環は、はっと目を見張った。

「あのろくでなしでさえ、人を手にかけるとなれば、ぶるっちまう筈だ。なのに……」

耳許で呟かれるお唄の声をききながら、環は初めて伊織と会った晩を思い出していた。あの夜も伊織は、源次から環を助けてくれた。問答無用に相手に斬りかかり、だがあのとき刀を抜いたのは、単なる脅しだと思っていた。

あのとき血を見ずに済んだのは、源次の素早い身ごなしのためだったのではないだろうか。並の者なら深手を負って、ひょっとしたら死んでいたかもしれない。

「あの人、初めてじゃない……きっと、前にもどこかで、人を殺してる！」

お唄の叫びに、環の背を戦慄《せんりつ》が走り抜けた。

伊織への怯《おび》えは抜けず、お唄は夜明けを待たずに、逃げるように紫屋を出ていった。

『浜いせ』には決してもどらぬよう念を押したが、こんな頼りないようすのお唄を、ひとりで置いておくわけにはいかない。ひとまずおくめの長屋で厄介《やっかい》になるよう、環は言い含めた。

前夜、お唄が示唆したことを、本人に確かめるべきだろうか。

環は迷ったが、常のとおり明け六つに起きてきた伊織を見て、やめることにした。

まだ疲れがとれないのだろう。いつもよりぼんやりして、かすかな憂《うれ》いのようなものは残っていたが、昨夜の忌《い》まわしい気配は消えていたからだ。

昨日、あんなことがあったばかりだ。源次たち東雲屋の連中も、環に嫌がらせをしかける元気もありはすまい。

「今日一日は、ゆっくりお休み下さいまし」

用心棒は不要だと、環はそれだけを告げた。伊織も素直に応じて、環を送り出した。

訪ねてきた三左衛門に釘《くぎ》をさされてから、東雲屋詣《もう》では控えている。環は紫屋の得意先回りを数軒終えると、同じ紺屋町《こんやちょう》にある型付師《かたつきし》のところへも顔を出した。

模様を抜いた型紙を生地《きじ》に置き、糊を塗って染めると、糊置きした部分だけ染料がつかず模様が浮き上がる。染めの前に必要な工程で、この良し悪しで仕上がりは大きく左右される。

型付師と染師は、いわば夫婦のようなもので、互いに協力し合いながら反物《たんもの》という子を生《な》すのである。

仕事の段取りを相談したり出来をたしかめたり、茂兵衛亡き後は延二郎が毎日のように通っていたが、環も五日に一度は顔を出すようにしている。型付師の看板が見えたちょうどそのとき、その延二郎が、血相《けっそう》を変えて中からとび出してきた。

「どうしたんだい、延二郎、そんなにあわてて」

「あ、おかみさん、大変なんです！」

延二郎は環の顔を見るなり、食らいつくような勢いでひと息に言った。

「阿波屋さんが、江戸の出店をたたむことになったと！」

「何ですって！　延二郎、それは本当なのかい？」

「へい、型付師の親方から、たしかにききやした。藍玉問屋の仲間内では、すでに噂になっているようです」

主人の八右衛門《はちえもん》が死んでから、阿波屋はずっと大戸を閉じたままだった。

他ならぬ紫屋茂兵衛を殺めた疑《あや》いをかけられて、商いを自重《じちょう》していたのだが、八右衛門の息子、久之介《くのすけ》はしっかりものである。たえず新しいことを試みようとする山っ気にあふれていた父親にくらべれば小粒に見えるものの、その分手堅い商いを心掛ける真面目な性分で、父親の件についても決して声高《こわだか》に騒ぎ立てることをせず、ひとまず商いを休んで奉行所の沙汰《さた》を待つという大人しいやり方を通した。

その一方で、客に迷惑はかけられないと、得意先である紺屋にはあらかじめ十分な量の藍玉を卸《おろ》し、おかげで紫屋にも、あとふた月は凌《しの》げるだけの藍玉があった。

「死んだ親方は、どこよりも阿波屋の藍を贔屓《ひいき》にしてたってのに……これから急いで次の仕入先を探しやすが、納得のいくものが見つかるまでには暇《いとま》がかかるかもしれやせん。できる限り急がせて、客に厄介が降らねえようにしねえと……」

仕入先が違えば、当然藍の質も変わる。延二郎はひたすらそれを案じているが、環の憂いは別のところにあった。

「そんな……阿波屋さんが……」

かくりと膝が折れるような、とてつもない喪失感が環を襲った。

延二郎と別れると、環はその足で、日本橋の表通りにある阿波屋に向かった。店は閉めているが、家人や主だった使用人は、奉行所の沙汰を待ちながら息を潜《ひそ》めるようにして暮らしている。八右衛門の女房や久之介に会って、詳しい話をきくつもりだった。

中野八右衛門が下手人《げしゅにん》ではないと、環は固く信じている。そのことは、遺された内儀や久之介には直《じか》に伝えてあった。

互いに力を合わせて、ふたりを殺した本当の下手人を見つけようと持ちかけてもみたのだが、町役人ににらまれている以上、阿波屋は表立っては動けない。それでも八右衛門の妻は、環に信じてもらえるなら何より有難いと涙をこぼし、久之介も何かわかれば必ず知らせると約束してくれた。

いわば阿波屋は、事の真相にたどり着くための大事な持ち札のひとつだった。失うのは、あまりにも痛い。

じりじりと身を焼くような焦《あせ》りばかりが募《つの》り、自《おの》ずと急《せ》いた足の運びになる。

環は脇目もふらず日本橋を目指したが、橋の北詰めが見えてきたとき、ふいに大きな壁に前をさえぎられた。

「どうしたんだ、おかみ、そんなにあわてて。何かあったのか？」

「旦那……」

環を見下ろしているのは、南町同心の山根森之介《やまねしんのすけ》だった。

今日は非番らしく、黒羽織ではなく着流しで、小者も連れていない。

「旦那、阿波屋さんが店をたたむという話は、本当ですか」

ろくな挨拶《あいさつ》もせずに環が切り出すと、急いでいた理由に気づいたのだろう。山根がなるほどと納得した顔になる。

「本当だ。息子と番頭は連日阿波上屋敷に詰めて、先々の相談をしている。内儀らは引越しの算段と挨拶まわりに明け暮れているそうだ。紫屋にも、おっつけ顔を出すだろう」

いま行っても無駄だと、やんわりと諭《さと》されて、からだ中の力が抜けた。

ぼんやりと佇《たたず》む姿に目をやって、山根は言った。

「伊豆屋《いずや》に新小豆《あずき》が入ったそうなんだ。あそこの汁粉《しるこ》はうまいからな、一緒につきあっちゃくれねえかい」

通りを一町《ちょう》入った甘味屋の奥座敷に落ち着いて、まもなく汁粉が運ばれてきた。

「おかみに会えて助かった。実は酒より、こっちの方が好きでな。だが、おれみたいにでかい図体《ずうたい》で甘味好きじゃあ、しまらねえだろ。饅頭《まんじゅう》や羊羹《ようかん》なら小者に買いに行かせるんだが、熱々の汁粉となると滅多に口にできない」

山根がさも嬉しそうに、椀《わん》のふたをとる。ふわりと湯気が立ち昇り、甘いにおいがただよった。山根が椀を持ち上げて、ひと口すする。

「うん、うまい！　これなら三杯はいけるな。今日はおれのおごりだから、おかみも遠慮なく代わりを頼めよ」

役人の立場など忘れたように、山根は美味しそうに汁粉をかっこむ。釣られたように環もふたをとり、箸をつけた。小豆の滋味《じみ》あふれる濃厚な甘さが、口の中いっぱいに広がった。

「美味しい……」

思わず呟くと、向かい側で山根が白い歯を見せる。

「疲れているときは、甘いもんがいちばんだろう？」

言われて初めて、ああ、そうか、と気がついた。昨夜はろくに眠っていない。目の下に浮いた隈《くま》も、化粧でごまかせなかったのだろう。

たしかにからだの疲れもあったが、何より心が知らずに張り詰めていたのだと、環はようやく思い至った。

茂兵衛の死後、気を抜いたためしなど、ただの一度もない。なにしろ相手は、あの東雲屋三左衛門なのだ。油断すれば、たちまちがぶりと噛みつかれる。

店の内証《ないしょう》、やかましい親類たち、跡継ぎの心配。ただでさえ頭の痛いことは山《さん》積《せき》している。さらに東雲屋退治の仲間となってくれた、三人の仲を取り持つのもまた環の役目だ。その重さが急にずっしりとのしかかり、己がひどく頼りない者のように感じられた。

何ひとつ、自分は満足にこなしていない。

店さえうまく切り回せぬのに、夫の仇討ちなぞにかかずらって、どちらも少しも進んでいない。固くてほどけぬ結び目を、躍起になって解《ほど》こうとするが、気づけばかえって糸の団子を増やしてばかりいるようなものだ。

甘い筈の汁粉が、いつのまにか口の中で塩辛くなっている。泣いていることに、環は気がついた。

頰を伝う涙が、唇の端から流れ込む。下を向き、袖で口許を押さえて、嗚咽《おえつ》がもれるのをどうにか堪《こら》えた。

もう己の手には負えそうにない。ひどく情けない気持ちに襲われた。

山根は黙って、洗いたての手拭《てぬぐい》をさし出した。

素直に受けとって目に当てると、また新たに涙がこぼれてきた。人前で泣いたのは、いつだったろう。茂兵衛の葬式でさえ、環は泣かなかった。

笹の葉模様の布からは、茂兵衛とは違う男のにおいがした。

やがて涙が収まると、環の前にはまた、湯気の立つ熱い汁粉が運ばれた。

ほとんど口をつけていない一杯目の椀は、これはもらうぞ、と山根が磊落《らいらく》に言って、己の胃の腑《ふ》に収めてしまった。

「すみません、見苦しいところをお見せしてしまって」

「阿波屋はおかみにとって、いわば相哀れむべき同類だ。心細くなるのも無理はねえやな」

「同類って……でもお役所では、阿波八さんを下手人だと……」

「その筋書きではどうもしっくりこねえという連中が、南町の中に出はじめてな」

「本当ですか？」

腫《は》れぼったい目をいっぱいに開くと、山根がうなずいた。

「でしたら旦那、いまの話を阿波屋さんにしてあげて下さいな。きっと店をたたまずに済むようになります」

「いや、それが……どうやらそうもいかねえようだ」

実は昨日のうちに別の同心から伝えてあると、山根は明かした。だが、息子の久之介は、やはり店仕舞いはせざるを得ないと応えたという。

「どうやら茂兵衛の件とは関わりなく、生国《しょうごく》の方で何かあったようだ」

そうですか、と環の肩からまた力が抜ける。

「そうしょんぼりするな。この件を洗い直すことになったのは本当だ。阿波八が下手人では腑に落ちねえと考えていたのは、おかみだけじゃなかったってことだ……正直言うと、おれもそのひとりでな」

「旦那……」

環の胸に、今日初めて明るいものが射した。うるんだ瞳に見詰められ、山根は照れたようにぽりぽりと頰を掻いた。

「まあ、おれのような下っ端同心じゃ、いくら騒いでもなかなか事は覆《くつがえ》らねえが、他ならぬ吟味方与力《ぎんみかたよりき》の田島《たじま》さまが待ったをかけてな」

吟味方与力は、事件の調べに際してはその先頭に立つ者だ。裁きを申し渡すのは奉行だが、白洲《しらす》の前に事の真相を明かし、咎人《とがにん》を決するのは吟味方与力だった。

「おかみの言い分は、おれもずっと引っかかっていてな。東雲屋の名を田島さまに申し上げてみた。だが、知ってのとおり三左衛門には、茂兵衛を己の手では殺していないという証《あか》しがある」

でも、と環が言いさすと、山根は手でその先を制した。

「ああ、わかっているさ。たしかに東雲屋には怪しげな雇い人が多いし、金さえ渡せば人殺しも辞さねえという輩《やから》は、世の中にはいくらでもいる」

三左衛門にはそれだけの財がある、と山根は言った。

「だが、どうにも動かせねえのが、茂兵衛のあの日の足取りだ。あの日、茂兵衛が根岸にいたのは、いわばたまたまだ。それだけはおかみも、よく承知しているだろう？」

環はきゅっと口許をしめて、うなずいた。

山根がふうっと息をつく。

「一方の三左衛門は、両替仲間と根岸へ出向くことは、数日前から決まっていた。同じ根岸にいたとはいえ、互いの動きも行き先も知り得なかった筈なんだ」

東雲屋三左衛門はあの日、両替商の仲間ふたりとともに、根岸に庵《いおり》を結ぶ、さる蒔絵師《まきえし》のもとを訪ねていた。同行した大口屋《おおぐちや》と備前屋《びぜんや》は、粋人《すいじん》として有名で、蒔絵師とも昵懇《じっこん》の間柄だった。三左衛門は蒔絵師への紹介をこのふたりに頼み、硯箱《すずりばこ》を注文した。

そして三人で日本橋へもどる道すがら、茂兵衛の死体に出くわしたのである。日暮れから一刻ほど、夜五つを過ぎた頃だった。

環は一緒にいたふたりの両替商を訪ね、このときの仔細を確かめていた。

蒔絵師の庵を辞し、駕籠《かご》を連ねて上野寛永寺《うえのかんえいじ》の方角へ向かっていたときだった。

先頭の駕籠には大口屋が乗っていたが、この駕籠脇に従っていた手代が、鈍い悲鳴のような声をきいた。駕籠かきのかけ声に邪魔されて、他の者たちには届かなかったが、道の先からだという手代の言に、いったん駕籠を止めさせて、ようすを見に行かせることにした。

大口屋は手代を、備前屋は小僧をひとり連れていたが、東雲屋は常のとおり、用心棒代わりの屈強な手代ふたりを同行させていた。悲鳴をきいた大口屋の手代に、東雲屋の若衆の片方をつけ、さらに駕籠かきふたりも従った。その四人が、一町も離れていない場所で倒れていた茂兵衛を見つけた。

すでに事切れてはいたが、血は乾いておらず、茂兵衛のからだはまだ温かかった。

役人にそう証言したのは、東雲屋三左衛門だ。

大口屋と備前屋は、こわごわ提灯《ちょうちん》をさし向けるのが精一杯で、すぐに死体の傍《そば》を離れた。

ふたりの両替商と、さらに一緒にいた手代や小僧、駕籠かきにまできいてまわったが、誰もが同じ経緯を環に語った。

このときの三左衛門には、不審なようすはどこにもない。

さらに三左衛門の潔白を確固たるものにしているのは、他ならぬ茂兵衛の足取りだった。

「あの日、茂兵衛が根岸に足を向けることは、当の茂兵衛ですら知っちゃいなかった。日本橋に行って初めて、行き先を根岸へ変えたんだ。これも間違いはなかろう」

「はい……」

これまでにない新しい色が出て、茂兵衛は子供のように喜んでいたと、延二郎たちはそう語った。手習所で褒められたことを一目散に走り帰って親に告げようとするように、茂兵衛は己の仕事のよき理解者であった阿波屋八右衛門のもとへと参じた。だが、阿波八は日本橋の店にはおらず、根岸の寮にいた。だから茂兵衛は、そのまま根岸を目指したのである。

「さらに言えば、あの日茂兵衛が新しい染め色を得るに至ったのも、やはりたまただ。そうじゃねえか?」

噛んで含めるように、山根が続けた。東雲屋三左衛門が、藍の新色を手に入れるために茂兵衛を殺した。環のその考えには、どうしても埋められない穴がいくつもある。ひとつひとつ示されて、環は返す言葉もなく、膝上で両手を握りしめた。

「そんな顔をするな。実はいまの話は、田島さまの受け売りだ。理詰めにされて、おれもいったんは引き下がったが、東雲屋が関わっていたかもしれない見当も、あるんじゃねえかと思えてきてな」
一縷《いちる》の望みにすがるように、環は山根の次の言葉を待った。
「ひとつには、茂兵衛が紺屋町を立ち、日本橋を経て根岸へ向かい、さらに骸《むくろ》とな
って見つかるまで、たっぷり半日あるってことだ」
茂兵衛は午餉《ひるげ》も食べずに紫屋を出て、阿波屋に現れたのは昼を半刻ほどまわった
時分だった。阿波八の不在をたしかめて、徒《かち》で根岸に向かったが、番頭相手に半刻
ほど、やはり新色を披露していって、阿波屋の寮に着いたのは、日が傾き出した頃
合だった。寮番の夫婦者は、そう証言している。茂兵衛は滅多なことでは駕籠を使
わず、これは歩いているあいだに、染めの工夫を思いつくことが多かったからだ。
「阿波屋の寮に着くまでに東雲屋の誰かに会い、新しい藍の話をしたとしたらどう
だ？　たとえば日本橋で、両替屋や薬種屋の者に会ったとか、あるいは紫屋を出て
すぐ、隣町の紺屋の連中と出くわしたかもしれない」
「有り得る話だと、思います」
思案通りの色が出たときは、茂兵衛はまるきり無防備だった。さすがに配合や工
夫の仔細を明かすような真似はしなかったが、途中で知った顔と行き合えば、それ
が同業の紺屋ならなおさら、間違いなく染め上がった布を見せた筈だ。
「もうひとつ、引っかかっていることがある。寮番夫婦の話によれば、茂兵衛は夜

五つよりかなり前に阿波屋の寮を辞した。仏があった場所は寮とは目と鼻の先なのに、三人の両替商が茂兵衛を見つけたのは、それから半刻ほども経ってからだ」

たしかにそれは、環も気にかかっていたことだった。

阿波屋の寮番夫婦は近隣の百姓家からの通いで、紫屋茂兵衛を送り出し、片付けを済ませてから家に帰った。主がいる折はこの夫婦も泊まり込むことが多かったが、ちょうど田植えの後の草取りに忙しい時期で、そうと知っている阿波八は彼らを帰した。

ふたりで家に帰り着いたとき、ちょうど五つの鐘が鳴ったと、寮番夫婦は役人に告げた。大口屋の手代が悲鳴を耳にしたのは、その五つの鐘からしばしの後だ。茂兵衛が阿波屋の寮を出てから、半刻近くも過ぎている。それなのに何故、寮のすぐ傍で死んでいたのか、未《いま》だに謎とされていた。

「阿波八の寮を出た後の、茂兵衛の足取りがわかれば、きっと手掛かりになる。そうは思わねえかい？」

「ええ、たしかに！」

先刻までぺしゃんこになっていた胸の内に、明るい希《のぞ》みが吹き込まれたような気がして、環は大きくうなずいていた。

「その辺りをくどくどと並べ立てると、それなら引き続き調べてみろと、田島さまからも許しをもらった」

「私からも、どうぞよろしくお願いいたします」

「だからな、おかみ、おまえさんはもう手を出すな」

え、と環は、山根を仰いだ。いままで見たこともないような、真剣な顔がそこにあった。

「おれの小者連中の目も、節穴《ふしあな》じゃない。おかみは未だに落ち着かないようすだと、おれの耳にも入ってきている」

「あの、決して、町方のお調べの邪魔はしませんから……」

「そうじゃねえ。あんたの身が案じられてならねえんだ」

眼差しはまっすぐに環をとらえ、その声はひどく切なかった。

胸の底がどくんと鳴って、頬がかっと火照《ほて》った。座敷が急に狭く感じられ、相手の息遣いがきこえてきそうだ。環はあわてて腰を浮かせた。

「旦那、すみません、もう、行かないと……」

「あ、ああ、そうか……長居させて、すまなかったな」

山根もどこかばつが悪そうに、立ち上がった。

店の外に出ると、東雲屋の件は己に任せるよう、山根はもう一度念を押した。

「頼むから、無茶はするな。それと、何かあったらおれに言え。たぶんまた、汁粉をおごるくれえしかできねえがな」

山根は前にも、似たような台詞《せりふ》を吐いた。町役人にありがちな忠告だときき流したが、あのときとまるで違ってきこえるのは、黒羽織を着ていないせいだろうか。

ゆっくりと遠ざかる背を、環はそれまでとは違う眼差しで見送っていた。


その三日後、いつものように紫屋に洗濯をしに来たおくめは、お唄の近況を告げた。

「あたしと一緒のところを、東雲屋の衆に見られちゃ元も子もないって、今朝早く出て行ったんだ。もう二、三日いるように言ったんだけど、きかなくてね」

もといた長屋には、源次の手がまわっている恐れがある。次の落ち着き先も決まらぬうちに、いったいどこへ行ったのか、と環は気を揉んだが、おそらく心配はいらないと、おくめは笑った。

「お唄ちゃんは、賢い子だ。ちゃんと当てがあるんだろうよ」

洗濯盥《だらい》の脇に、おくめと一緒にしゃがみ込んでいた環は、伊織の耳にとどかぬように素早くたずねた。

「お唄ちゃんは、まだ恐がっていたかしら？　そのう……」

と、環は、目の玉だけを伊織に向けた。伊織はここからは離れた縁側で、迷い込んできた野良猫とたわむれている。おくめは盥に顔を向けたまま、低い声で言った。

「あたしのところに来た日はね、まだ少し怯えていたけど、翌日からは口にしなくなった。滅多なことで、へこたれるような娘じゃないさ。おかみさんが案じているようなことにはならないよ」

今回のことで、お唄は東雲屋の探索に尻込みするのではないかと、環はひそかに案じていたが、杞憂《きゆう》に終わったようだ。

「昨日の晩なぞ、次の鴨を引っかける算段をしていたからね。あの調子なら大丈夫さね」

「そう、それならいいけれど……」

おくめの前にある大盥の水は、白く濁《にご》っている。米のとぎ汁を使っているためで、他には灰汁《あく》や石灰も使う。おくめの仕事ぶりをながめながら、環は言った。

「藍を染めるにも、やっぱり同じものを使うんですよ。なのに逆に汚れが落ちるなんて、不思議議なものですね」

「本当はいま時分なら、無患子《むくろじ》の皮が、いちばん汚れが落ちるんだけどね」

「ムクロジ？」

「実の皮を剝いてこすり合わせると泡が立って、びっくりするほど汚れ落ちがいいんだ。西国なら、山に生えているから手に入りやすいんだけどね」

「あら、おくめさんは、西の出なの？」

おくめの手許の水音が、一瞬途切れた。だが、盥の中の白い水は、すぐにまた大きく波打ち出した。

「あたしゃ、生まれも育ちも板橋さ。無患子の実は、たまに大店《おおだな》で見かけるんだ。なにせ伊勢屋も近江屋も、江戸の大商人の大方は、西からきた連中だからね」

「言われてみれば、そのとおりだわね」

半端に染まった銀杏《いちょう》の葉が、ひらりと一枚、環の足許に落ちた。

お唄が紫屋を訪ねてきたのは、その銀杏の葉がすっかり黄色く色づいた頃だった。

四

「おかみさん、大変だよ！」

朝早く駆け込んできたお唄は、息を切らせている。伊織を前にしても屈託はなく、それどころではないようだ。

「東雲屋が、新しい染物を売り出すんだよ。他では見ないくらい色の濃い藍染めで、東藍《あずまあい》と銘打って、明日にでも大掛かりに商いをはじめるそうなんだ！」

「馬鹿な……！」

呆然とする環の頭に、三左衛門の勝ち誇った顔が浮かんだ。

「おかみさん、大丈夫かい？」

気がつくと、お唄が心配そうに覗き込んでいた。

少しのあいだ、放心していたようだ。環はようやく我に返った。

「おかみ、これでも飲んで気を鎮めろ」と、伊織が水をさし出した。

礼を言って茶碗を受けとり、半分ほど飲み干して息を吐く。

「すみません、迂闊《うかつ》なところをお見せして……」

東雲屋が売り出そうとしている新しい染物が、茂兵衛が生前とり組んでいたひときわ濃い色の藍だとわかり、頭の中が真っ白になるほど動顛《どうてん》した。

だが、本当に驚いたのは別のことだ。

やはり夫を殺して染めの工夫を盗んだのは、東雲屋三左衛門だったのか。

これまでずっと疑い続けていた筈《はず》なのに、いざ目の前にその証しをさらされると、心の臓をわしづかみにされたような衝撃と、吐き気がするほどの悪寒《おかん》に襲われた。

茂兵衛の色を盗んだと、環はずっと三左衛門を責め続けてきた。にもかかわらず新しい染めを売り出すということは、すでに己は下手人の嫌疑から外れていると、高を括《くく》っているのだろうか。

その厚顔《こうがん》ぶりが、何よりも恐ろしい。

先日、山根に漏らしたときと同じ心弱さが、環を抱きすくめた。

「もっと迂闊であっても、私は少しも構わないぞ」

呪縛を解いたのは、伊織だった。肩に置かれた手が戒《いまし》めを外し、こちらに向けられたまっすぐな眼差しが、倒れそうな足許を支える。

「おかみはいつもいつも、気を張っているだろう。たまには抜いてやらないと、いつか裂けてしまうぞ」

「伊織さま……」

「厄介をかけるばかりで何の頼りにもならないが、こうしていつでも隣にいるんだ。愚痴《ぐち》でも弱音でも、好きなだけこぼしてくれていい」

邪気のない瞳は、清冽《せいれつ》な水のようだ。いましがた飲んだ水よりも、渇きが癒《いや》されるようで、からだの中に清々しい流れがいきわたる。

「この人の言うとおりさ」

お唄の声音《こわね》にも、労《いた》わるようなやさしい響きがあった。

「おかみさんから見りゃあ、あたしらの方がよほど迂闊で子供じみて映るだろうが、子供は子供なりに考えているものさ。一から十まで、親が面倒を背負い込む謂《いわ》れはないよ」

「決して、そんなつもりは……」

否定しながらも、環はその先が続かなかった。お唄の言葉は、的を射ていた。知らず知らずのうちに、伊織やお唄、おくめさえも、頼りにならないと心のどこかで侮《あなど》っていた。己ひとりが頑張っているような、そんな傲慢な気持ちに囚われていた。

環はようやく気がついて、それを深く恥じた。

「あたしらだって、てめえの尻くらいは拭けるってことさ。おかみさんはここで、でんと構えていればいい」

勘のいいお唄は、何か察したのかもしれない。気にするなと励ますようにそう言ったが、伊織はじろりとお唄をにらんだ。

「おまえのたとえは、どうしてそう下品なんだ」

「あんたの言い様はまわりくどいんだよ。わかりやすい方がいいじゃないか」

「だいたい私らとは何だ。おまえとなぞ一緒にして欲しくないわ」

「ああ、そうでしたね。あたしよりさらに危なっかしいひよっ子は、どこぞのお侍さんでござんしたね」

「この女、言わせておけば……」

堪《こら》え切れず、環の喉から笑いがもれた。先日の夜の屈託《くったく》など、どこかに置き忘れてきたかのようだ。ふたりの諍《いさか》いが、いまはじゃれ合いに見えて、微笑ましくて仕方ない。

「お唄ちゃん、話してちょうだい。東雲屋の染物の話を、どこできいたのか」

環はしゃんと背筋を伸ばした。肩の力だけが、すっきりと抜けていた。

「東雲屋の薬種店に、善七《ぜんしち》って手代がいてね」

善七は三十半ばの男で、薬種屋の手代の中では上から二番目にあたる、とお唄は言った。

「とにかく真面目一方の男でさ、薬には滅法《めっぽう》詳しいものだから、番頭からの思《おぼ》えもいい」

「お唄ちゃんが言ってた当てというのは、その手代のことだったのね」

「ああ。薬のことより他は、ひどい口下手でね。おかげでまるきり女っ気がないんだ」

「それでまんまと、たらし込んだというわけか」

伊織の憎まれ口には棘《とげ》はなく、半ば感心しているようだ。

善七は、茅場町《かやばちょう》の長屋からの通いだった。『浜いせ』にいた頃、源次の子分たちからそうきいて、お唄は周到に撒《ま》き餌《え》だけは放ってあった。善七は毎朝、同じ道を辿って店に向かう。お唄は道の途中で待ち伏せて、わざと善七にぶつかった。

それから三日に一度ほど、やはり朝に顔を合わせ、挨拶だけはする仲になっていた。

そして源次との悶着《もんちゃく》の後、おくめの長屋にいたあいだに最後の仕上げにかかった。今度は帰り道を狙い、偶然を装って善七の前に現れた。

お唄に提灯を向けた善七は、たちまち青くなった。お唄の白い頬は真っ赤に腫れあがり、着物の袖も肩から破れていたからだ。唇の端には血がついていて、手の甲にも傷があった。

「行く前にちょいと、おくめさんに頼んでさ、頬を張ってもらったんだ」

「何てことを」

環と伊織は仰天《ぎょうてん》したが、お唄は平然と言った。

「用心深いお店者《たなもの》を欺《あざむ》くには、それくらいしないと」

お唄の哀れな姿に、善七はすっかり騙された。薬種屋奉公の本領を発揮して、良い傷薬があるからと己の長屋に連れていった。

酒癖の悪い父親に、毎日のように殴る蹴るされている。

お唄の嘘を、善七はまるごと信じ込んだ。毎朝、顔を合わせるときも、お唄はきっちり芝居をしていた。日頃のあばずれぶりなどおくびにも出さず、おとなしやかな女を装い、時折屈託ありげな表情をしてみせた。そんなお唄は男の庇護《ひご》欲をそそり、善七は気にかけていたようだ。

「で、もう家には帰りたくないとごねて、まんまとそいつの長屋にころがり込んだというわけさ」

お見事と、思わず手を叩きたくなるのを環は堪え、口では無茶をするなとたしなめた。

「その男も不憫《ふびん》だな。おまえのような女を背負い込むとは」と、伊織が軽口を投げる。

「可哀相なのはこっちの方さ。あいつときたら、薬のこととなるとひと晩中でもしゃべくるくせに、肝心なことはさっぱりでさ。こっちの都合のいい話に、持っていくまでがひと苦労なんだ」

新しい染めについてもなかなか埒《らち》が明かず、昨夜ようやくきき出すことができたという。

「もっと早くにつかめていれば良かったのに。こんな間際になっちまって」

すまなそうに詫《わ》びて、その代わり耳よりな話をふたつ仕入れたと、お唄は言った。

「三左衛門が新しい染めの工夫にとりかかったのは、ここの旦那さんが殺されて、すぐ後のことなんだ」

環は一瞬、息をのみ、「やはり、そうでしたか……」と呟いた。

茂兵衛の葬式が済んだ頃、三左衛門は紺屋の職人頭とともに薬種屋を訪れた。東雲屋の紺屋には職人しかおらず、勘定は両替店が引き受けて、藍玉をはじめとする仕入れの一切は、薬種店がその役目を負っていたからだ。

さらに三左衛門は、藍をもっと色濃く出すために、使えそうなものはないかと善七にたずねたという。

「そのときにさ、三左衛門は帳面を持っていたそうなんだ」

「本当なの、お唄ちゃん！」

顔色を変えた環に、お唄はこくりとうなずいた。消えた茂兵衛の帳面と濃藍《こあい》に染まった試しの布のことは、環からきいてお唄も気に留めていた。だからどういう帳面だったかと、善七に仔細をたしかめた。

布についてはわからないがと、お唄は断りを入れて、帳面についてだけ語った。

「黄表紙くらいの大きさの薄い帳面で、表と裏に赤い千代紙が貼ってあったって」

ひゅん、と一瞬、環の息が詰まった。梅模様の赤い千代紙を貼ったのは、環自身だ。

「それは……あの晩失《う》せたあの帳面に、違いありません……」

茂兵衛が遺した帳面は、ざっと五十冊はある。そのどれもが、いわゆる覚えを書き留めておいただけのもので、知らぬ者が検《あらた》めても、落書きにしか見えぬ代物だ。職人は己の勘だけが頼りだから、たとえ染料の配合を記したところで何の役にも立たない。茂兵衛は常々そう言っていて、何か新しい工夫を思いついたとき、頭の中のあれこれを整理するためだけに、帳面を使っていた。

書くだけ書いて、あとはほとんど顧《かえり》みられることもないのだが、ごくたまに、思い出したように以前の工夫をたしかめようとすることがあった。その度に五十冊の帳面を、端から検めることになる。毎度、環や延二郎も駆り出され、大騒ぎするのが常だった。

その労苦を少しでも減らそうと、環はすべての帳面に別々の色柄の千代紙を貼って、どの年のどの時期に書いたものだと、わかるように拵《こしら》えた。この頃に記した筈だと、それさえ茂兵衛が覚えていれば、ずっと探しやすくなる。

梅模様の赤い千代紙は、今年の正月、まっさらの帳面に環が貼ったものだ。死ぬ間際まで、茂兵衛が大事に懐にしていた、いわば形見の品だ。

何としてもそれをとり返さなくてはと、環は改めて心に誓った。

明日にでも売り出すと、お唄は言っていたが、新色の東藍にお目にかかるまでには、それから数日待たされた。

東雲屋が大掛かりに宣伝を打ち、披露目《ひろめ》の会を催したからだ。紫屋にもぜひお運びいただきたいと、使いの者が訪れた。

「おかみさん、こいつは東雲屋の果し状ですぜ。堂々と真っ向から受けてやりやしょうや」

大いに息巻く延二郎とともに、環は大きな料亭で催された、披露目の会に出席した。

広い座敷には衣桁《いこう》に掛けられた着物が三枚、並べられた反物《たんもの》は三十にものぼる。無地、小紋《こもん》、縞《しま》、格子《こうし》と、柄は様々ながら、いずれも東藍を用いて染めあげたもので、これまで見たこともないほどくっきりとした濃藍は、誰の目にもひときわ鮮やかに映った。

藍染めの模様や柄は、白抜きと色の濃淡で作られる。東藍の深い色味は、色柄を引き締めて、さらには色の幅を大きく広げることで、より多くの変化を生む。

「この東藍は、まさに宵闇《よいやみ》のようだ。模様の御所車《ごしょぐるま》が、月に照り映えるようじゃないか」

「こちらの縞も、たいそう粋《いき》なものですなあ。濃藍が一本入るだけで、ぴりりと締まる」

大広間に集まった客たちは、座敷に並べられた着物や反物に見入っては、ひとつひとつに感嘆の声をあげた。もっとも多い顔ぶれは、やはり大店《おおだな》の呉服商・太物商《ふともの》だが、紫屋と同じ紺屋を営《いとな》む同業者も数多く招かれている。

「せっかくの東藍を、うちだけで抱え込むのはもったいない。甕《かめ》でお売りいたしますから、どうぞ皆さま方の藍染めに役立てていただきたい」

三左衛門の太っ腹な口上に、座敷中からどよめきがもれた。商売にかけては、この男ほど抜け目のない者はない。東雲屋は商売敵《がたき》さえ巻き込んで、東藍を広く世に売り出すつもりのようだ。

「これは紫屋さん、よくおいで下すった。いかがですか、東藍は。ぜひ紫屋さんにも、お試しいただきたいものですな」

三左衛門は客への土産に用意した、東藍で染めた手拭をさし出した。環にちらと目配せされて、延二郎がこれを受けとる。

三左衛門が、満足そうににたりと笑った。頬のあたりをたっぷりとゆるめ、だが、目だけは獲物をなぶり殺す獣のように、嫌な光を帯びている。

東藍を賞讃する声があがるたび、環は己の身を切られるようだった。本当ならここで称《たた》えられるのは、夫の茂兵衛だった筈だ。いまさらながらその無念が胸に迫り、いたたまれない思いがする。

眩暈《めまい》がしそうなほどの怒りは、それまで抱いていた三左衛門への恐れを払った。

環はしっかりと目を据えて、相手の目を見詰め返した。

「うちは遠慮させていただきますよ。たいそうな評判のようですが、正直申し上げて品がない。染物にはどうしても、つくった者の心根が出てしまいますからね。このように濁った藍を使っては、死んだ亭主に申し訳が立ちません」

性根を据えた皮肉は、三左衛門の分厚い面の皮を突き破ったようだ。つくり笑いが瞬時に消えて、獰猛《どうもう》な気配がただよった。それでも、環の覚悟は崩れなかった。

「東雲屋さん、せいぜいいまのうちに、儲けておいた方がよろしいですよ。きっとその首を、土壇場《どたんば》に据えてみせますから。どうぞ首を洗って待っていて下さいな」

押し殺した声音で恫喝《どうかつ》めいた台詞を吐いて、環はくるりと背を向けた。延二郎に声をかけ、人いきれで蒸した座敷を後にする。

料亭を出たところで、延二郎が足を止めた。引出物の手拭を、しげしげとながめている。

「おかみさんは、親方の出した濃藍は見ていない筈でしたね」

「見なくたってわかりますよ。親方ならもっと良い色を、出せたに違いありません」

「実は、そのとおりなんでさ」

え、と環は、延二郎をふり返った。

「たしかに色の濃さなら、親方のものに引けをとりません。ですが、深みというか、こくというか、大事なものが欠けてやす」

糸や布から染めたのではなしに、上から顔料でも塗ったようだ。延二郎は東藍をそうたとえた。

「これは贔屓目《ひいきめ》でも何でもねえ。あのとき一緒に親方の色を目にした職人なら、こいつと引きくらべて同じことを言う筈です」

「それはつまり、東藍はまるきりの別物だと、そういうことかい、延二郎？」

「いえ、そうは言ってやせん。同じ材を同じ目方で使っても、親方と同じ色は出せねえということでさ」

どんなに配合の具合を真似ても、仕上げを左右するのは職人の腕と勘だ。茂兵衛に匹敵するほどの職人は、東雲屋にはいない。だから薄っぺらな色味しか出せないのだろうとの、延二郎の見当だった。

「おかみさん、すぐには無理かもしれねえが、もっと上物の色をきっと出してみせます。それまで待っていてくだせえ」

「待つのは構わないけどね、せめて私が生きているうちに拝ませておくれよ」

軽口を返しながら、披露目の席で溜め込んだ気鬱《きうつ》が、拭われていくように環には思えた。


阿波屋の倅《せがれ》、久之介が訪ねてきたのは、その翌日のことだった。

「話の前に……まずはこちらをお納め下さいまし」

環は久之介の前に、袱紗《ふくさ》包みをすべらせた。中を改めた久之介が、おや、という顔をした。

「次の限りまでには間がありますし……それに、一枚多うございますよ」

袱紗の中身は、数枚の小判だった。阿波屋から借りた金は、年に二度、盆と暮れの掛取りの後に少しずつ返済している。暮れの期日にはまだ早いと、久之介は固辞《こじ》する素振りを見せたが、環はそれを押しとどめた。

「阿波へ戻られる前に、少しでもお返ししなければと……わずかばかりでお恥ずかしい限りですが、せめてものお見舞いにと、色をつけさせていただきました」

阿波屋の身代《しんだい》は、かつてないほどの窮地に陥っている。それでも大店《おおだな》にとっては、紫屋への貸金も腹が痛むほどの額でもなかろうし、まして数両の小判など何の足しにもならない。環もよく承知してはいたが、やはり何かせずにはいられなかった。

久之介には、その気持ちが伝わったようだ。謝意のこもった眼差しを、環に向けた。

「ありがとう存じます……おかみさんの心遣いこそが、いまの私どもには何よりの慰めです」

母親の内儀《ないぎ》は、すでに何日も前に紫屋を訪れて挨拶を済ませている。久之介と三人の番頭だけを残し、内儀をはじめとする家人や雇い人は、ひと足早く国許へと立った。

慌《あわ》ただしく江戸を引き上げざるを得なかったのは、阿波藩の江戸家老から直々《じきじき》に命が下ったからだ。

「先日、おかみさんからも伺いましたが、なにやらお国許で悶着《もんちゃく》が起きたようですね」

「はい。いまはまだお調べの最中ですが、一刻も早く江戸店をたたみ、国許で謹慎するようにと仰せつかりました」

「いったい、何があったのですか?」

主人の死に続いて藩との揉め事が持ち上がり、商いは大きく揺らいでいる。老いた内儀には、心労が重なったのだろう。内儀は以前よりさらにひとまわりも小さく見えて、あまりの痛々しさに、詳しい話をきき出すのははばかられた。

久之介は、環には事の次第を明かすつもりでいたようだ。沈鬱《ちんうつ》な面持ちで、仔細を語り出した。

「私どもには寝耳に水の話なのですが……実は、葉藍の取れ高を偽って、俵掛《たわらがか》りの払いをごまかしたと、その疑いをかけられております」

藍玉にかけられる税を、俵掛りという。藩外に卸《おろ》される藍玉から、俵ごとに租税を徴収したためにこの名がついたと、久之介は説いた。

「しかも、一年や二年の話ではございません。遡《さかのぼ》ってみると、七年も前から葉藍の作付けと藍玉の量が合わないと……」

「まさか……阿波八さんに限ってそのような……」

中野の苗字を許された八右衛門は、決して利にばかり走る商人ではない。ちょうど環の亭主と同様に、儲けよりもむしろ新しい工夫や仕組みを手掛けることに、商いの面白さを見出してきた男だった。

「はじめは私もそう思いました。ですが、国許の本店に調べさせたところ、うちが葉藍を作らせている中に、たしかに作付けと取れ高が合わない村があることがわかりました」

無念の文字が大書されているような、久之介はそんな顔をした。

阿波の本店は八右衛門が見ていたが、国許にいるのは秋冬だけで、春夏は江戸に留まった。阿波八はこの暮らしを、何年も続けていた。

秋口に葉藍の刈り取りがはじまって、蒅《すくも》と藍玉を製し、師走《しわす》には諸国の藍問屋や仲買人が徳島城下に招かれて、藍の大市が開かれる。

八右衛門は師走までは阿波にいて、年明けには江戸へと下った。実質、江戸店を切りまわしていたのは息子の久之介で、八右衛門の目的は、別なところにあった。

江戸には諸国から、あらゆる織物、染物が集まってくる。八右衛門はこれらを集め、糸や布による藍の染まり具合などを研鑽《けんさん》するために日々を費《つい》やしていた。

「ですが、久之介さん。八右衛門の旦那は作藍にも力を入れていたと、死んだ亭主からもそうきいております。なのに何故、そのようなことに」

「父はひたすら、藍の質を上げることだけに腐心して参りました。それがいわば、裏目となって出てしまいました」

阿波八は藍にかけては、何よりも質を重んじた。実際、八右衛門の代になってから、阿波屋の藍は格段にその名を上げた。

「裏目とは、どういうことでしょうか？」

「私ども阿波屋は、二郡八村にわたる村々に、葉藍を作らせて参りました。ですが、村が違えば土も変わります。八村すべての村から、良い葉藍が取れるわけではありません。父は質の高い葉藍を作る村には目をかけてきましたが、逆にいくら肥やしを費やしても、うまくいかない村もあるということです」

阿波屋は、押しも押されもしない大藍商だ。自前の船を持ち、その船で藍玉を諸国に卸し、帰り船には干鰯《ほしか》などの金肥を大量に積んで阿波に戻る。阿波の豪商たちは、その二重の富を得ることで生まれた。やがて金融にも携わり、借金の形《かた》に押さえた土地を己のものにすることで、大地主ともなっていった。阿波屋が名主を務める八つの村も、何代にもわたって商売を広げていくうちに、手に入れた土地だった。

八右衛門は、殊《こと》に葉藍の出来の良い村には自ら足を運び、金肥の施し具合から葉藍の寝かせ方まで、こと細かに指示を出し、百姓たちにも様々な便宜《べんぎ》をはかった。だが、その一方で、土壌が悪く作柄のよくない村のことは、ほとんど構うことがなかったという。

今回の不始末は、八村のうちでもっとも出来の悪い三つの村で起きた。同じ地主のもとで同じ手間ひまをかけても、入る金高はずっと少ない。三村の百姓たちは、長年にわたってその不満を溜め込んできた。

「良からぬ藍師の甘言《かんげん》に、うかうかと乗ってしまったのは、そのためのようです」

久之介は言って、長く苦しいため息を吐いた。

「藍師というのはたしか、葉藍から蒅を拵える職人のことでしたね？」

「そうです。阿波屋には抱えの藍師が何人もいて、八村の葉藍はすべて、その藍師たちに渡されます。けれど先程申した三村では、他所《よそ》から来た得体の知れぬ藍師に、葉藍の一部をひそかに高値で横流ししていたのです」

「そんなことが……！」

環はひとたび言葉をのんだが、すぐに矛盾に気がついた。

「でもそれなら、阿波屋さんが仕組んだことではなく、その甘言を弄《ろう》した藍師たちの仕業ではありませんか」

久之介は、小さな頭を重そうに横にふった。

「私どもではないという証しが、どうしても見つからないのです。去年まで三村を訪れていたという藍師がふたたび現れない限り、阿波屋の潔白は証しようがありません」

噂はすでに、国許の城下にも流れている。当の藍師たちは、とっくに逃げを打っているかもしれぬ。どちらにせよ、葉藍の収量を監督しきれなかった罪だけは免れようもない。

「私どもの不手際は重々承知しておりますが、相手のはかりごとの巧みさがわかるほどに、余計に悔しくてなりません。七年前からはじまったのも、三村にまたがって話を持ちかけたのも、すべては阿波屋とお役人を欺くためと思われます」

「七年前に、何かあったのですか？」

「あの年は、日差しが弱く蒸し暑い天気が続きました。そのために虫のつきようが尋常ではなく、藍の葉が食い荒らされて、取れ高が大きく減ったのです」

奸計《かんけい》を企《たくら》んだ藍師は、そこに目をつけた。

収量が大きく下がったその時期ならば、一割ほどを抜いたところで目立ちはしない。

その翌年もやはり、前年ほどではないにせよ、やはり虫害は多かった。二年にわたって不作が続き、それが三村の出来高の悪さの理由づけになった。もともとが質も量もふるわない村々だ。三年目以降も以前の収量にもどることはなかったが、一割ほどならごまかせる枠だ。

そのようにして都合六回、三村から、一割の葉藍が他所の藍師に渡った。平たく計算すれば、まるまる二村の一年分に近い量の葉藍を、かすめとられたことになる。

藍作はとかく金肥がかかる。葉藍を盗んだ者の正体はわからないが、何れにせよ、肥え代を費やすことなく葉藍だけを得れば、ぼろ儲けとなる。藍作農家から相場の五割増しで買っても、十分に元がとれる。

「そのような大きな損をこうむって、この上さらにお咎《とが》めを受けるなんて……」

阿波屋の口惜しさはいかばかりかと、環は胸が痛んだ。

「八右衛門の旦那も久之介さんも、まるで与《あずか》り知らぬことだというのに」

環は慰めの言葉を口にしたつもりだったが、久之介はこれに異を唱えた。

「いえ、実は、どうも父は、知っていた節《ふし》があるのです」

「本当ですか？」

「むろん、この件に手を染めていたわけではありません。おそらくはどうもおかしいと、遅まきながら気づいたのだと思います。今年の正月くらいから、三村の出来高を記した帳面などを調べていたと、本店の者たちからききました」

八右衛門は、三つの村の顔役のところへも、今年の初めに足を運んでいたという。事が公《おおやけ》になれば、阿波屋も三村の百姓たちも重い咎めを受ける。それを恐れてひそかに調べていたのではないかと、久之介は己の見当を告げた。

「それならそうと、せめて私にひと言なりと相談してくれれば……何も言わずに逝《ゆ》くなんて、薄情な親父です」

泣くのを堪えているのだろう。声がかすかに震えていた。己ばかりが何も知らずにいた。久之介は、何よりそれが悔しいのかもしれない。

「八右衛門の旦那は、責めのとり方を心得ているお方でした。己が蒔《ま》いた種だと、息子さんに迷惑はかけられないと、考えていたのでしょう」

「そうかもしれません……父にはもうひとつ、嫌疑がかけられておりまして。何やらキナ臭さを感じて、あえて私どもには告げなかったのかもしれません」

「もうひとつの嫌疑とは？」

「藍方役人への賂《まいない》です。何年にもわたって藍方役所の目を欺いてきたのには、当の役人の中に通じていた者がいたからだろうと」

「藍方の役人……」

環の頭に、ふいに伊織の顔が浮かんだ。まるでそれが見えているかのように、久之介が続けた。

「藍方勤めの役人の中に、ひそかに阿波領外へ抜けた者がございます。今年の二月のことで、逃げる際に御番方をひとり刺し殺したそうです。その者が父の所業を目こぼししていたのではないかと、ご家中からはそのように……」

環は思わず腰を浮かせ、久之介の言葉をさえぎった。

「それはもしや、新堀上総という侍ではありませんか？」

「たしかに、そのとおりです……ですが、おかみさんは何故それを……」

浮かせた尻が、ふたたびすとんと落ちた。

新堀上総はいま、三左衛門の許にいる。阿波屋の件にもまた、東雲屋は関わっているのだろうか。

環の胸の動悸《どうき》が、急に激しくなった。

第三章

一

「こうして四人が顔をそろえるのは、初顔合わせのとき以来だねえ」

いちばん遅く紫屋《むらさきや》に現れたおくめは、三人の顔をながめてにこにこした。

「あら、ほんと」

「言われてみれば……」

と、お唄《うた》と伊織《いおり》も、初めて気づいたように互いに顔を見合わせた。

「私もそう思いまして、せっかくだからと隣の座敷に膳を仕度させました。ほんの気持ちですが、遠慮なく召し上がって下さいな」

環《たまき》が襖《ふすま》をあけると、わっと歓声があがった。

四つの膳が箱形に据えられて、ふっくらと焼けた厚焼卵や小鯛の味噌漬け、かぶらのおろし汁と、初冬のいまにふさわしい皿が並んでいる。すべて環が手ずから拵《こしら》えたものだった。

　環が三人を引き合わせたのは、秋が盛りを迎える少し前の頃だった。四人が仲間となってから、すでにふた月以上が過ぎていた。

「酒もたっぷりあるじゃないか。さすがおかみさん、気が利いてるねえ」

　お唄がはずんだ声をあげ、酒好きなおくめも相好《そうごう》をくずす。呑めない口の伊織には、五目飯が用意されていた。

　この夜、お唄とおくめを呼んだのは、慰労を兼ねた酒宴を催すためばかりではない。これまでに得たさまざまな話を整理して、今後の方策を立てるためだ。

　まるで環の目論見《もくろみ》を察するように、盃《さかずき》を旨そうに干《ほ》して、おくめがまず言った。

「そういえば、見つけたよ、東雲屋《しののめや》の寮の在処《ありか》を」

「本当か、おくめ！」

　箸をとりあげた伊織が、たちまち血相を変えた。

「ああ、根岸《ねぎし》の梅屋敷に近い辺りをうろついていたら、東雲屋の若い奴と行き合ってね」

　梅屋敷と呼ばれる場所は、向島《むこうじま》をはじめ江戸にはいくつもある。根岸の里の西側にも、村人が開いた梅園があった。

　おくめは日本橋の簞笥問屋《たんすどんや》に乞われ、その寮まで洗濯に通っていた。当初は三日に一度だったが、ボケてしまった先代内儀《ないぎ》の相手を良くしてくれると重宝《ちょうほう》がられ、いまでは一日おきに根岸まで出向いている。源次《げんじ》の手下と会ったのは、その帰り道だという。

「初めは向こうも用心してね、野暮用でたまたま根岸に足を向けただけだと、ごまかしていたんだが」

「そういや、あの寮ばかりは、下っ端の子分連中にも明かされていなかったね。源次と、そのすぐ下にいるふたりの兄貴分しか、出入りを許されていないって」

以前、『浜いせ』でき知ったことを、お唄は口にした。

「あたしが会ったのは、たぶんそのふたりのうちの片方なんだろう。簞笥問屋のためだけに根岸へ通うのも何だから、この辺で得意先を探していると話したんだ。洗濯の用がありそうな家は知らないかいと水を向けてみたら、ちょいと考える顔になってね」

三左衛門《さんざえもん》と源次の許しを得るためだろう。その場は何も言わなかったが、数日後、東雲屋の両替店で洗濯をしていると、同じ男が声をかけてきた。

「そいつはさ、妙なことを言ったんだ。麴町《こうじまち》の太物《ふともの》問屋の寮が根岸にあって、そこで洗濯を頼めないかというんだ。初めはまったく別口の話かと思っていたんだけどね」

「そこが東雲屋の、隠し寮だったというわけかい？」と、お唄が身を乗り出した。

「どうやら、そうらしいね。そいつに連れられて行ってみたら、中から源次が出てきてね、洗濯賃ははずむから、代わりにこの家のことは決して外にもらすなと恐い顔で脅してきた」

三左衛門は、裏では金貸しもやっているときく。太物問屋の寮は、その借金の形《かた》として巻き上げたものかもしれないと、環は推測を口にした。

「あの用心深い東雲屋が、よく隠し寮に他人《ひと》を入れる気になりましたね」

環が感心混じりに言うと、おくめは卵焼きを箸で切り分けながらにんまりとした。

「どうやらあの寮には、女手がないようなんだ。歳のいった爺さんがひとりいてね、もと板前だから飯の仕度は上手いそうだが、今年の春先に腰を痛めて、以来、掃除と洗濯に難儀していたそうなんだ」

「それでおくめさんを、雇うことにしたんですね」

かたん、と音がして、それまでやりとりを交わしていた三人がはっとなった。

伊織が、膳に箸をおいた音だった。

「婆《ばば》、明日その寮に、案内《あない》してくれるか」

伊織の面《おもて》はことさら静かで、まるで少しの狂いもなく研ぎすまされた刀を見ているようだ。環の背中がぞくりとなった。

張り詰めた空気を無理に裂くように、おくめが場違いな明るい声をあげた。

「まだあの寮には、通ってもいないんだ。この前は肝心の旦那も、新堀《しんぼり》とかいう侍も見かけなかったし、本当にあそこにいるものか確かめてあげるからさ」

「そうだよ。なにもそんなに慌てなくとも……向こうも曲がりなりにも侍なんだ。やっとうの稽古くらいはしてるだろうし……」

と、お唄も便乗して止めにはいる。

「案ずるには及ばない。新堀の剣の腕前は、子供よりひどいからな」

「そうは言っても、あっちには源次や手下連中がいるんだよ。仇討ちってのは、どちらの側にも助っ人が立つことが、よくあるっていうじゃないか」

刀を交えるとなれば、どんな不測の事態が起こらぬとも限らない。お唄もおくめも、伊織の身を案じているのだ。

「それならなおさら、根岸の寮はうってつけだ。せいぜい、源次と手下がふたりだけだ」

「新堀と合わせて四人じゃないか！　それに三左衛門も、腕っぷしは強いってきいたよ」

「お唄、私の腕は知っていよう」

ひたと伊織に見詰められ、お唄は口をつぐんだ。おくめも諦めたように、短い首を横にふる。まるで通夜の膳でも囲むように、座敷がしんとした。

環は膳から身ひとつ分後ろに下がり、畳に手をついた。

「伊織さま。もう少し、もうしばらくのあいだだけ、仇討ちを待っていただけませんか」

「おかみまで、余計な心配をしているのか」

「そうではございません。新堀という侍が、東雲屋を倒す足掛かりとなるやもしれないからです」

「どういうことだ？」

伊織がいぶかしげに眉をひそめ、お唄とおくめも不思議そうな顔になる。

環は、阿波屋八右衛門《あわやはちえもん》の息子、久之介《くのすけ》からきいた話を三人に語った。

ひとまずじっと耳をかたむけていた伊織だが、新堀の名が出ると即座に叫んだ。

「では、新堀が賂《まいない》を受けていた相手というのは、阿波屋であったのか！」

「まだ、そうと決まったわけでは……ですが伊織さま、やはり新堀にはそのような……賂に関わる噂があったのですね？」

「奴が領外に逃げた後、城下ではもっぱらそうささやかれていた」

藍方役人としての地位を利用して、大藍商から金をもらい便宜を図った。久之介が言ったのと同じ話を、伊織は語った。相手の藍商は幾人か名があがったが、伊織が阿波を出たときは、まだ明らかにはなっていなかった。

「あの頃は須垣屋《すがきや》という藍商がもっとも怪しいと、その噂が勝《まさ》っていたが」

「須垣屋、ですか」

「ああ、何代にもわたる他の藍商とは違い、主人が一代で身代《しんだい》を築いた店で、妬《ねた》みもあるのだろうが良くない噂が多い。そういえば、ちょうど東雲屋に似ているな」

三左衛門は、阿波に行ったことがある。新堀とはそのときに見知りとなったのだろうが、それならば須垣屋とも顔を合わせていたとしてもおかしくない。同じ立場の成り上がり者なら、互いに手を組むこともあるかもしれない。

環は頭の中ですばやくそう考えて、伊織には別のことをたずねた。

「伊織さま、新堀は逃げるとき、御番方《ごばんかた》を殺《あや》めたともききました。それはもしや……」

「そうだ。殺されたのは私の兄……蓮沼《はすぬま》伊織だ」

え、と意味をとりあぐねた三人が、まったく同じ顔で口をあけた。まじまじとこちらを見詰める眼差しを避けるように、伊織は申し訳なさそうに下を向いた。

「……伊織は、兄の名なんだ。私の本当の名は、伊予《いよ》という」

「そう、だったのですか……」

聞き手の三人から、思い思いのため息がもれた。

伊織と名乗っていたのは、男に扮していたためばかりではなく、考えあってのことだった。

「兄の名が伝われば、新堀が姿を現すのではないかとそう考えた。名で呼んでほしいと、わざわざおかみに頼んだのもそのためだ」

初めて会った晩のことを思い出し、環はなるほどと納得した。

「だからこれからも、いままでどおりに呼んでもらいたい」

「それは構わないけどさ」と、お唄が唇を尖らせた。「新堀って奴のことを、ちゃんと話してもらえないかい。こうまで深く関わってこられると、仔細《しさい》をきいといた方がこっちも動きやすいんだけどね」

たしかにもっともだと、環とおくめが同時にうなずいた。

「伊織さま、お辛いこととは承知しておりますが、お兄さまと新堀というお侍との経緯《いきさつ》を、おきかせ願えませんか」

それが阿波八や、ひいては亭主の死にも繋がるかもしれない。

環が乞うと、わかったと、伊織は低く承知した。

「兄と新堀は歳も同じで、昔から仲が良かった」と、伊織は話しはじめた。

阿波徳島城にほど近いところに、藩からたまわった御長屋がある。伊織と伊予の兄妹と、新堀上総《かずさ》はそこで生まれ育った。

その長屋は御番方のためのもので、どこの家も代々、城を警護する役目についている。

蓮沼家も新堀家も同様で、父親はいずれも番方の組頭を務めていた。学問よりも武を重んじる家風があたりまえとされ、伊予の兄、蓮沼伊織もまた、剣と槍術《そうじゅつ》にすぐれていた。

だが、新堀上総だけは違っていた。生まれつき、そちらの才がなかったこともあろうが、子供の頃からむしろ武を疎《うと》んじるきらいがあった。父親はたいそう気を揉んで、暇さえあれば息子を鍛え直そうと試みたが、それがかえって剣術嫌いに拍車をかけたようで、学問所にはいる頃には竹刀《しない》を持とうとさえしなくなった。

だが、この頃から、新堀上総の神童ぶりは学問所で評判になっていった。

——いまにきっとご子息は、阿波国になくてはならない人材となりましょう。

学問所の師範を務める学者にも、そのように太鼓判を押され、ついに父親もあきらめて息子の好きにさせることにした。

とはいえ、長屋にいるのは武張《ぶば》った連中ばかりで、その中で新堀上総はあきらかに浮いていた。揶揄《やゆ》嘲笑《ちょうしょう》はもちろん、乱暴を働かれることも少なくなかった。

「そんなとき、いつも新堀を助けていたのは兄だった。あいつはいずれ、偉い学者になる。この阿波国が進むべき道を、示してくれる灯《あか》りになる……よく、そう言っていた」

いったん口を開けば、誰も新堀にはかなわない。視野の広さ、考えの深さは子供とは思えぬほどで、それがいっそうまわりには小面《こ》憎《づら》く思えるようで、嫌がらせは頻々《ひんぴん》と続いた。

「十《とお》を過ぎたくらいから、私にはそれが歯がゆくてならなくなってな、どうしてやり返さない、剣を修行して相手の鼻をあかせばいいと、たびたび新堀に食ってかかった。だが、あの男はいつも、黙って笑っているだけだった」

「では、伊織さまとも、お親しかったのですね？」

環がたずねると、伊織は少しだけ困ったような顔をした。

「……兄のもとをよく訪ねてきたし……私も小さい時分は、いちばん懐《なつ》いていた……兄の仲間うちで、女の子の相手をしてくれた者は他にいなかった故、よく碁の相手なぞをしてくれた」

歯切れの悪い物言いに、お唄がちらりと伊織に目を向けたが、口ははさまなかった。

長火鉢に据えた銅壺《どうこ》から、銚子をとり出しておくめの盃に注《つ》ぐ。環は伊織の話に真剣にきき入っており、お唄は気をまわし、最前から燗酒《かんざけ》の世話を引き受けていた。

「兄が城門の番方に、新堀が藍方役所に、それぞれ役目を得てからも、仲の良さは変わらなかった……正直、あのようなことになり、新堀の仕業だときかされても俄《にわ》かには信じ難かった」

「おふたりのあいだに、何があったのですか？」と、環が問うた。

「実を言えば、はっきりとしたことは未だにわからないんだ」

後で思い返して、繋がりそうなわずかな手掛かりや、人の噂から推測したものに過ぎないと伊織は断りを入れたが、話してくれるよう環は乞うた。

「たしか、兄が亡くなる半年ほど前だ」と、伊織は言った。「兄と新堀は前にも増して、一緒にいることが多くなった」

ふたりでともに出かけていく機会が急に増え、翌朝まで戻らぬことも少なくなかった。それまでは新堀が家に訪ねてくれば、妹も交えて談笑するのが常だったのに、座敷にも入れてもらえなくなって、男ふたりでこそこそと密談をはじめる。

「つまはじきにされたようで腹が立ったが、歳頃の娘がいつまでも殿御《とのご》の話に加わるものではないと、母からは逆に諭《さと》された」

若い男同士で出かけるところといえば、色町が相場だ。ふたりともそういう歳なのだから、邪魔をするのは無粋だと、母親からは戒《いまし》められた。

「お兄さまが亡くなられたのは、たしか今年の二月でございましたね？」

環が念を押し、伊織がうなずいた。仇討ちの旅に出たのは、それから半年近くも過ぎてからだ。嫁入り前の娘にそんな真似はさせられないと、両親が承知しなかったためだが、ちょうどその頃、新堀を見かけたという知らせが江戸表にいる知人から届き、不承不承許しを与えたのである。

亡くなる半年前ということは、伊織の兄と新堀が、妙な素振りを見せるようになったのは、去年の八月くらいからということになる。八月といえば、ちょうど葉藍が収穫されはじめる時期だ。阿波屋所有の村が、葉藍の収穫をごまかした一件と、ふたりは関わっていたのだろうか。

環はそこまで考えたが、さすがに伊織の前では口にできない。

「ひょっとすると兄は、新堀の悪事に手を貸していたのやもしれぬ」

まるで環の心中を見透かしたように伊織が言って、環は内心でどきりとした。

「兄の死後、そんな噂も耳に入った。父母は相手にしなかったが、私には単なる風説とも思えなかった」

「何か心当たりが……気にかかることでもあったのですか？」

「御番方というお役目に望みが持てぬと……兄は私にだけはそうもらしていた」

有事の際には城や主家を守る要《かなめ》ともなる役目だが、この太平の世では閑職《かんしょく》に他ならない。

殊《こと》に若い番方には、重要な場所の守りは任されず、蓮沼伊織が詰めていたのも、人さえ滅多に通らぬような城の裏手にあたる小門だった。番士は交代制で、一日出仕して二日休む。出たところでたいした仕事があるわけでもなく、弁当や酒などを持ち寄って、日がな一日詰所でくすぶって愚痴《ぐち》をこぼす。蓮沼伊織は、そんな暮らしぶりに飽いていたようだ。

「それで新堀の誘いに乗ってしまったと……」

「だが、兄は、新堀を止めようとしていたんだ！」

環をさえぎるように、伊織は声を荒らげた。

「……お兄さまは、そのように？」

「しかとはきいていない……ただ、兄が亡くなる前日、私のところに来て言ったんだ……『やらなければいけないことがある』と……『蓮沼の家にもおまえにも迷惑がかかるかもしれないが、このまま黙って見過ごすわけにはいかない』と、そう言われた」

ひどく思い詰めた顔をして、それが兄を見た最後となった。

「何をするつもりかと問うたが、応えてはくれなかった。ただ、『ある男を止めにいく』とだけ言って……」

「ある男とは、新堀上総だったのですね？」

環がたずねると、伊織は小さくうなずいた。

「兄の死と、新堀の遁走《とんそう》を知って、初めて兄の言葉に合点《がてん》がいった」

お唄が気を利かせ、伊織のために茶の仕度をはじめた。

「ひとつ、わからないことがあるんだけどね」

急須に湯を注ぎながら、お唄が言った。

「兄上さまは、剣術の腕があったんだろう？　なのにどうして、新堀にあっさり殺《や》られちまったんだい？」

「兄は背中を刺され、喉をかき切られていた。おそらく油断しているところを後ろから刺され、それから喉を切られたのだろう……」

侍にあるまじき卑劣なやり口だと、伊織は唇を噛みしめた。

凄惨な死にざまに、さすがに三人が息を呑む。男に身をやつしてまで、江戸へ仇討ちに下った伊織の胸中が、あらためて察せられた。

蓮沼伊織の遺体は、藍方役所で見つかった。

その夜、宿直《とのい》にあたっていたのは、新堀ともうひとりの役人だった。

仮眠をとっていたところ、人の悲鳴をきいたような気がして目を覚まし、役所の表座敷に駆けつけてみると血まみれの男が倒れていた。

新堀の同輩だった男は、そう証言した。あわてて声を張り上げると、やはり泊まり番をしていた下男が走ってきたが、新堀上総の姿はどこにもなかった。

「藍方役所は城中ではなく、町屋に近い城下にある。新堀は誰にも見咎《みとが》められることなく、領外へと逃げおおせたのだろう」

話を終えた伊織に、お唄が湯気の立つ茶をさし出した。

「どうぞ、伊予さま」

またからかうつもりかと、ちらりと伊織は視線を向けたが、

「あたしたちの前でくらい、ほんとの顔に戻っちゃどうだい？」

お唄は親しみのこもった笑みを浮かべた。環とおくめも、やはりにこにこしてうなずいたが、

「もとの己《おのれ》など、半分忘れてしまった。これまでどおり、伊織でいい」

きまり悪そうに下を向いたまま、伊織は茶碗を受けとった。

伊織の話が終わると、環はもう一度これまでのことを整理して、三人に話してきかせた。

「要は東雲屋が、阿波屋と紫屋、両方の旦那殺しに関わっているかもしれないって

こったね？」と、おくめが納得した顔になる。

「ええ、何とかその証《あか》しをつかみたいのです……伊織さまの仇である新堀が、きっと鍵を握っている筈《はず》なのですが」

「私が新堀に会えば、何かきき出すことができるだろうか……」

伊織は考え込んだが、

「己を狙う相手と、のんびり話などするもんかね。あたしならまずは逃げを打つね」

と、おくめは顔の前で手をひらひらさせた。

「ねえ、おかみさん、ちょいと思いついたんだけど」

言い出したのは、お唄だった。三人の注視がお唄に集まる。

「ああ、ごめんよ。良い手立てが浮かんだわけじゃないんだ。ただね、おかみさんのご亭主の死は、これまでの見当とは逆だったんじゃないかって、そう思えてさ」

「逆って……どういうことなの、お唄ちゃん？」

「おかみさんはずっと、新しい染めの技を盗むためにご亭主が殺されたと、そう思っていたろう？」

ええ、と環はうなずいた。

「話をまるきり、逆にしてみちゃどうだい？　東雲屋は初めからここの旦那じゃなく、阿波屋の旦那を狙ってた。巻き込まれたのは、ご亭主の方だったってことさ」

あ、と環の口が広がって、だが、声は喉から出てこない。

茂兵衛の無念さばかりが先に立ち、いまのいままでちらとも思い浮かばなかった。

呆然となった環の代わりに、伊織が冷静に後を引き取った。

「そういえば阿波八は、首を吊って自害したとされていたな。どちらも殺められたとすれば、自害に見せかける細工をした方が先ということにならないか」

茂兵衛の遺体は、往来に放り出されていた。いつ誰が見つけるかわからない中で、すぐ傍《そば》にある阿波八の寮で、のんびり細工している暇はなかった筈だ。阿波八を天井に吊したのは、茂兵衛の殺害より前と考える方が辻褄《つじつま》が合う。伊織はそう説いた。

「ひょっとするとおかみのご亭主は、阿波八の寮で下手人《げしゅにん》と鉢合わせてしまったのかもしれない」

「なるほどね、下手人から逃げようとして往来にとび出して、ばっさりってわけかい」

おくめもふむふむとうなずいた。

「ね、その方がしっくりくるだろう?」

どうだろうと同意を求めるように、お唄は環に首をふり向けた。

たしかにお唄の言うとおりだ。以前、南町同心の山根《やまね》も指摘していた。

――あの日、茂兵衛《もへえ》が根岸に足を向けることは、当の茂兵衛ですら知っちゃいなかった。

それが東雲屋の犯行を証すには、何よりの障壁となっていた。だが、お唄が述べた筋書きなら、その壁も楽に突き崩せる。

「うちの人は……ついでに殺されて……ついでに帳面を奪われて……精魂かたむけた新しい色さえ、東雲屋に……」

環の脳裏には、先日見た東藍《あずまあい》の色だけが、べったりと張りついていた。

「おかみさん、ごめんよ、おかみさんを悲しませるつもりはなかったんだ」

気がつくと、お唄が傍らに寄り、環の顔を覗き込んでいた。頭の中を占めていた濃藍《こあい》が少しずつ晴れていき、棘《とげ》のような痛みだけがくっきりと残った。

「ただの思いつきだし、深い考えあってのものじゃ……」

いいえ、と環は、いつの間にか前のめりになっていたからだを、ゆっくりと起こした。

「きっとお唄ちゃんの言うとおりだわ。その方が、辻褄が合うのだもの」

「おかみさん……」

「それに、東雲屋がうちの人の色を、あの帳面を盗んだのも間違いのないところです。やはりあの梅模様の帳面こそが、ふたりを殺した何よりの証しになる筈です」

誰も目にした者はいないが、消えた濃藍の試し布も、やはり三左衛門が握っているに違いない。

環の顔には、それまで以上に強い覚悟がみなぎっていた。

「おかみさん、それはあたしが探ってみるよ」と、おくめが請け合った。

帳面を隠すとしたら、やはり根岸の寮がうってつけだ。人も少ないし、洗濯の合間に中に忍び込んで探してみるという。

伊織が案じるように眉根《まゆね》を寄せた。

「大丈夫か、婆。見つかればただでは済まぬぞ」

「なに、こっちもそれなりの手は打つさ。寮番の爺さんが腰を痛めていると言っただろう？　洗濯ばかりか掃除も覚束《おぼつか》ないようだから、手伝いを買って出るんだよ」

おそらくは障《さわ》りのない厠《かわや》や廊下がせいぜいだろうが、万一家探しを見つかってもずっと言い訳がしやすいと、おくめは笑った。

そうか、と伊織はひとまず納得したが、

「阿波屋の死にも、何か証しになるものがあれば良いのだが……」と思案する顔になった。

　そういえば、と環はふっと思い出した。

「あの藍玉が、何かの手掛かりになるやもしれません」

「藍玉だと？」

「あ、いいえ、染めに使う藍玉ではなく、前に三左衛門がここを訪ねてきたとき持っていた、藍方石《らんぽうせき》のことです」

「ああ、あれか」

　伊織は思い出したようだが、藍方石と言われても、その場にいなかったお唄とおくめは腑《ふ》に落ちない顔をする。三左衛門の煙草入れについていた根付《ねつけ》の飾りだと、環はかいつまんで説いた。

「南蛮渡りの珍しい石で、ご禁制の品だと言ってました」

「それが、阿波屋の死と関わりがあるのか？」

「いいえ、そこまではわかりませんが……ただ、いま思うと三左衛門は、あの石に関わる何かを探っていたような気がします」

「それは、どんな代物なんだい？」と、お唄がたずねる。

「瑠璃《るり》に似た深い藍色ですが、瑠璃とは違い光を通します。ちょうどこのくらいの、藍色の丸いとんぼ玉みたいな……」

　環が指で輪の形を作ってみせたとき、がたん、と大きな音がした。

ふり向くと、おくめの膳の上の銚子が倒れ、残った酒がぽたぽたと畳にこぼれていた。

「ああ、ああ、やっちまった……ごめんよ、おかみさん」

こぼれた酒を、己の着物の袖で拭《ぬぐ》おうとする。環はそれを止め、己の懐から手拭を出したが、おくめの傍へ寄ってはっとした。赤黒く健康そうに日焼けしたおくめの顔が、妙に青白い。

「おくめさん、加減でも悪いんですか？」

「ちょいと調子に乗って、飲み過ぎちまったかもしれないね」

いつもの大らかな笑みが、中途半端に途切れたまま張りついている。

夜も更《ふ》け、気づかぬうちに結構な時が経っていた。

元気そうにしているが、おくめも歳だ。昼間はからだを酷使する仕事をして、合間に探索もこなしているのだから、夜も長々とつき合わされたのでは具合が悪くなるのもあたりまえだ。己の配慮が足りなかったと、環は宴を切り上げることにした。

「木戸が閉まる前に、さっさと塒《ねぐら》に戻ることにするよ」

座敷で休むように言ったがきき入れず、環は伊織とお唄をつけて、おくめを見送った。

おくめを無事に新材木町《しんざいもくちょう》の長屋に送り届けると、伊織は気がかりなようすでたずねた。

「お唄はまだ、薬種屋の手代のところにいるのか？」

「まあね、でもそろそろ潮時だね。これより長く居ても、新しい話は拾えそうにないし」

「だったら、このまま紫屋に一緒に帰らぬか？」

思わずきょとんとするお唄に、伊織は懸命に説いた。

「おかみに新しい落ち着き先を、探してもらうんだ。見つかるまでは紫屋にいればいい。おかみもきっと許してくれると……」

「他人《ひと》の心配をしている場合じゃないだろ。あんたの方が、よほど心配だよ」

きく耳持たぬというように、お唄はさっさと手代の長屋に足を向けた。伊織があわてて後を追う。

「私の腕なら、案じることはないと言ったろう」

「腕の話じゃない、ここのことさ」

お唄はくるりとふり返り、伊織の胸の真ん中を、人差し指でこつんと突いた。

意味がわからないようで、伊織の眼がとまどうように瞬《またた》いた。

「新堀って侍に、惚れてるんじゃないのかい？」

「な……にを……！」

月が明るいから、提灯《ちょうちん》は携えていない。青白い月明かりの下でさえ、赤面したのがはっきりとわかる。

「馬鹿なことを言うな！　どうして私が、兄の仇を！」

「兄さんの仇になる前から、ずっと一緒にいたんだろ？　そのときも嫌いだったのかい？」

「それは……昔の話で……兄を騙し討ちにした男に気持ちを寄せるなど、断じて……」

「好いた男が身内を殺したときいて、はいそうですかと納得したのかい？」

びくりと伊織の肩が揺れた。

「あんたはまだ、新堀を信じているんじゃないのかい？　男の形《なり》をしてまで江戸に下って来たのも、相手を討つためじゃない。ただ、ひと目、会いたかった。そうなんだろう？」

「……違う……私は……本当に、新堀を討つつもりで……」

「会って話をして理由《わけ》をきいて、本当は殺していないと、仇なんぞじゃないと、そう言って欲しいだけじゃないのかい？」

容赦なく追い詰められて、伊織はとうとう口をつぐんだ。

黙秘を通すというよりも、認めることを己で恐れているようだ。

これ以上つついても、伊織はさらに殻の奥に逃げ込むだけだ。お唄はそう見てとって、ひとまず話を切り上げた。ぶらぶらとした足取りで、手代の長屋のある茅場《かやば》町《ちょう》へと向かう。伊織は黙って、お唄の後に従った。

日本橋を渡り左に曲がって、ふたりはやがて楓川《かえでがわ》に出た。茅場町は楓川の対岸になるが、お唄は橋を渡らず、その手前の川端へと歩いていった。

「あたしと源次のことなんだけどさ」

お唄は岸辺に腰を下ろすと、唐突に言った。何を言い出すつもりかと、不審な顔をしながらも、伊織も隣にしゃがみ込んだ。

「あいつと手を切ったのは、売られたからじゃないんだ」

「……何か他に、ひどい仕打ちをされたのか？」

伊織がようやく、遠慮がちに口を開いた。

「一度ね、子供ができたことがあったんだ」

お唄は源次に、二度売られた。最初は賭場《とば》の胴元を経て岡場所に、それから畜《ちく》生《しょう》のような旗本に。子ができたのは、一度目に売られてまた源次のもとに戻ったときだという。

「だけどあいつは堕《おろ》せと言った。決して産むな、産んだらその子を殺すって脅された」

お唄は堕胎《だたい》薬を飲んだふりをして、三月《みつき》になるまで腹の中で大事に育てた。流せぬほどまで大きくなれば、源次も諦めてくれるだろうとそう考えていた。

「だけどある日、見つかっちまってね」

「源次は……どうしたんだ?」

「あたしの腹をさんざん蹴った」

お唄の横顔はぼんやりとして、怒りも悲しみも浮いていない。逆に伊織が、辛そうな表情で、お唄を黙って見詰めていた。

お唄が子を産むつもりだと知ると、源次は烈火のごとく怒り狂った。もともと気の長い方ではないが、その怒りようは常軌を逸していて、まるで鬼か狂犬のような有様だった。どのくらい蹴り続けられていたのか、半ば気を失っていたお唄は覚えていない。気がつくと、騒ぎをききつけた長屋の者たちが、五人がかりで源次を押さえつけていた。

からだ中の痛みよりも、足のあいだに冷たいものが流れていることに慄然《りつぜん》とした。急に己がからっぽになってしまったようで、その空虚さに、ふいにやりきれないほどの孤独に襲われた。

しばらく遠ざかっていた賭場へと、源次が足を向けたのは、その翌日からだった。

ごくり、と伊織の喉が鳴った。かける言葉が、どうしても見つからないのだろう。途方に暮れたその顔は、常よりいっそう幼く見える。

ちらと伊織に目をやって、お唄は薄い笑いを浮かべた。

「何て顔をしてるんだか。そんな情けない面《つら》は、お侍には似合わないよ」

「げん……じは、どうしてそこまで……」

からからに渇いた伊織の喉から、ようやくそれだけがこぼれ出た。

「あいつは……源次はね、ふた親に疎《うと》まれて育ったんだ。父親には始終折檻《せっかん》されて、母親には産むんじゃなかったと責められて……だからてめえのことが、嫌いでならないんだ」

お唄は、つい、と空を仰いだ。伊織にではなく、白い月に愚痴るように静かに言った。

「この世でもっとも忌《い》み嫌っている男の分身なんて、どうあっても我慢ならない……己もまた親と同じように、子供を憎んで生きることが恐くてならない……そんなところかねえ」

「そんなところって……」

「生い立ちはきいたけど、終《しま》いのところはあいつと離れてから見当しただけさ」

さばさばと言って立ち上がり、辛気くささを払うように着物の裾をぱたぱたと払った。

そのまま行こうとしたが、伊織はその場にしゃがみ込んだままだ。

「どうして、そんな話を私にしたんだ」

「さっきは偉そうに言ったけど、あたしも同じなんじゃないかって気づいたのさ」

お唄は伊織の背中に向かって言った。伊織がそろそろと窺《うかが》うようにしてふり返る。

「あたしもあの男にきいてみたい。あたしが見当したとおりの理由《わけ》なのかいって……きいてどうなるものでもないけど、あいつの口からきいてみたい」

伊織はしばしじっとお唄を見上げ、それから顔を楓川へと戻した。

川を相手にひとり言を呟《つぶや》くように、小さな声で告げる。

「お唄の、言ったとおりだ……私も新堀に、ききたいことがたくさんある。兄のことも新堀自身のことも……それに、私のことも……」

「故郷《くに》にいた頃、そういう話をしたことはないのかい？　新堀とさ」

顔を見られながらでは、本音も語れないだろう。お唄はそう察して、伊織の背後に腰を落として膝をついた。

「ない……私には、従兄にあたる許嫁《いいなずけ》がいたから」

「……江戸へ下るときに、離ればなれになった人とは、そういう間柄だったんだね」

おくめを通してきいた話を、お唄は思い出した。得心《とくしん》がいって、こくりこくりとうなずく。

「じゃあ、誰も……親兄弟もあんたの気持ちは知らないのかい？」

「いや、兄だけは気づいていたか、あるいは願っていたのかもしれない。『伊予があいつのもとに嫁げば』と、思い出したように口にすることがあった」

「ひとつ、きいていいかい？」

「何だ？」

「新堀って侍の、いったいどこが気に入ったんだい？　話にきいた限りじゃ、何やらぱっとしないし、たいして面白そうな男にも思えないけどね」

「おまえに言われたくないわ」

伊織が思わずふり向くと、すぐ間近にお唄の顔があった。よく見る薄ら笑いでなく、案外まじめな表情で、じっと応えを待っている。伊織はまた、川の方を向いた。

「碁盤《ごばん》だ」

「え？」

「新堀は、他人とは違う、ことさら大きな碁盤を持っている。そんな風に思えるんだ」

新堀は阿波国はもちろん、江戸・大坂から陸奥《みちのく》や九州、果ては遠い異国に至るまで、同じ尺度で測り、同じものとして語る。それはちょうど、海の向こうにまで届くような、大きな碁盤の上で話をするのに似ていた。その盤上で新堀は、遠くだけではなく、番方長屋や家内なぞの卑近なことも、やはり同じ目線と尺をもって話す。

それは意外なほどに大らかで、新堀の盤の上でだけ、伊織は思いきり両手を伸ばし、存分に息を吸い込めた。人一倍おてんばに育ち、親や周囲や、時には兄さえも眉をひそめるようなことをしでかしても、新堀上総だけはかえって面白がるようなところがあった。

「蓮沼伊予をありのまま認めてくれたのは、新堀上総だけだった。だから私はずっと……」

伊織は耳まで真っ赤にしてぽつぽつと語っていたが、それが途切れると、お唄は後ろから伊織の首ったまにしがみついた。ぎゅっと抱きしめられて、伊織が、わっ、と声をあげる。

「な、何だ、お唄！」

「まったく、あんたときたら、時々妙に可愛くなっちまうね」

「ば……可愛いとは何だ！」

「いいじゃないか。あたしの方が、三つお姉さんなんだしさ」

「三つくらいで威張るな。おい、離せ、離せと言うに」

じたばたする伊織を、お唄が抱え込み、しばしのあいだじゃれ合っていたが、やがてどちらからともなく笑いがもれた。源次と立ち回りとなった夜以来、互いにわずかな屈託《くったく》は残していたが、一緒になって笑い合うふたりの顔からは、それがすっきりと拭われていた。

「さ、そろそろ行こうか。ぼやぼやしてると伊予さまが紫屋に行きつく前に、木戸が閉まっちまう」

「伊織でいいと言ったろう。本当にお唄は、意地が悪いな」

遠慮のない軽口を交わしながら、ふたりは茅場町へと向かった。

すっかり気を抜いていたお唄が、手代の長屋の木戸が見えたところで、ぎくりと足を止めた。気づいた伊織が、木戸の辺りに目をこらした。長身の男が木戸に背中をあずけ、所在なげに立っている。

「あれは、源次ではないか！」

手代と一緒のところを見られたか、あるいは当人から何かきいたかして、お唄を訪ねてきたのだろう。お唄が戻っていないと知って、帰りを待っていたに違いない。

酔っているようすもなく、さっきのお唄と同様に、ぼんやりと月を見上げる横顔は、何かを祈っているような、ひどく真面目なものに映った。

「お唄、行こう。ひとまず紫屋に匿《かくま》ってもらい、後のことはおかみと……」

伊織は、ぐいと手を引いたが、お唄はそこを動かない。

「何をしている、源次に見つかっては元も子もない」

「話を、きいてくるよ……言ったろう。あたしはあいつに、きいてみたかったんだ」

お唄はかかっていた伊織の手を、静かに外した。

「あんたこそ、あいつに見つかったらまずい。このまま紫屋に帰ってくれないかい」

「あんな男と、ふたりきりになどさせられぬ。おかみだって、許す筈がなかろうが」

「後生だから、一度だけ、ふたりで話をさせとくれ」

「だが、お唄！」

精一杯、小さな声で叫んだが、人の気配に源次が気づいたようだ。こちらに顔を向け、闇に透《す》かすようにふたりを窺っている。思わず刀に手をかけた伊織の右手を、お唄が押さえるように上から握りしめた。

「あんたにはあんたの、話をつける相手がいるだろう？」

「お唄……」

「あたしはあたしで、片をつける。お互いそうしないと、先へ進めない」

伊織が初めて見る、必死の形相《ぎょうそう》だった。

「そうだろう、伊織さま」

お唄がそう呼んだのも、やはり初めてのことだ。

固い決心を見てとって、伊織がついに折れた。それでも後ろ髪を引かれるように、遠ざかりながら何度もふり返る。

最後に伊織がふり向いたとき、向かい合う男女の影が月明かりに浮いていた。

二

「見つけたよ、おかみさん！」

興奮した面持《おもも》ちで、おくめが紫屋を訪ねてきたのは、十月も半ばを過ぎた寒い晩だった。

　四人が二度目に顔をそろえてから、半月ほどが経っている。その間おくめは一日おきに根岸へ出向き、簞笥問屋の寮の帰りに東雲屋の隠し寮にも足を運んでいた。

　東雲屋の方は、二日に一度通うほど洗濯物があるわけではない。それでもおくめは、親切ごかしに寮番に近づき何くれとなく手伝いを買って出て、腰を痛めている老爺に頼りにされるようになっていた。おくめは女にしては力があり、気働きもいい。薪割り、水汲みと何でもこなし、ことに重宝がられたのは掃除だった。拭き掃除は、腰痛持ちには難儀な仕事だ。廊下はもちろん、近頃では座敷の方も任されるようになっていた。

　ただ、奥のふた間だけは、主人の三左衛門の部屋だからと出入りが禁じられている。寮の中では一度も目にしたことのない新堀も、おそらくはそこにいるのだろうと、おくめは言った。

　なかなか手出しができなかったが、おくめは廊下掃除のついでに隙を見て、何度か忍び込んでみた。まるで空巣狙いでもするように部屋内を物色したが、ほんのわずかな時間に限られるために、なかなかうまくはいかず、だが、四度目になる今日になって、おくめはようやく目当てのものを見つけた。

「床の間脇に凝《こ》った造りの違い棚があってね、かねがね怪しいとは思っていたんだが、前に探ったときはたいしたものは出てこなかった」

　他には箪笥がひと棹《さお》と、あとは押入くらいだが、どちらも不首尾に終わった。試しにもう一度、違い棚を覗いてみて、おくめはあることに気がついた。

「棚の奥行きがね、内と外で合わないんだ。よくよく見てみたら、奥にもう一枚扉があって、その奥に隠し戸棚があったんだ」

「もしや、そこに……」

　環が息をのみ、傍らの伊織も身を乗り出した。おくめは、ゆっくりとうなずいた。

「梅模様の赤い千代紙が貼ってある、おかみさんが言ってた通りの帳面があった」

　ああ、と環は思わず両手で顔を覆った。

「やはり三左衛門が、うちの人を……」

　ずっと疑い続けてきたが、いざ間違いないとわかってみると、からだが震える。

「それだけじゃないんだ。帳面を繰《く》ってみて気づいたんだがね……血がついていたんだ」

　え、と環が顔を上げた。

　赤い地に紅梅が描かれた千代紙なので、目を凝らさねばほとんどわからないが、裏表紙の内側が、濡れた跡のようにごわついていた。妙に思ったおくめは、いったん暗い座敷を出て、明るいところで確かめてみた。まるで朱を混ぜた墨でも塗ったように、そこだけ梅模様がつぶれて黒っぽくなっていたという。

「うっすらとだけど、においも残っていた。あれは、血が乾いたものに違いないよ」

「その血は、もしや、おかみのご亭主の……」

「おそらくはね」

おくめは少しばかり辛そうに、伊織に向かってうなずいた。

「……三左衛門は……あの男は……あの人の血糊《ちのり》がついた帳面から藍の合わせ方を盗み、東藍として売り出したというのですか……」

いまさらながら、三左衛門の厚顔と非道が恐ろしく思えてならない。環は込み上げる不快さを押し留めるように、己の口を袂《たもと》で覆った。

「で、婆《ばば》、その帳面は、どうしたんだ？」と、伊織がたずねた。

「もと通りに、棚の奥にしまってきたさ。盗んじまったら、いのいちばんにあたしが疑われるだろ？」

「それもそうだな……だが、せっかく証しが見つかったというのに、手が出せないとは歯痒《はがゆ》いな」

とはいえ、こちらが帳面を手に入れてしまえば、逆に東雲屋が下手人だという証しをわざわざ消してやるようなものだ。どうしたものかと考え込んで、伊織は思いついたようにおくめにきいた。

「他には……帳面の他には何か、目ぼしいものはなかったのか？　隠し戸棚なら人目に触れてはまずいものを、色々としまい込んでいてもおかしくはない。たとえば帳面と一緒に失せた試しの布や、あるいは、おかみが先に言っていた青い石はどうだ？　たしか、藍方石といったか」

おくめは一瞬、大きく目を見開いて、だがすぐに首を横にふった。

「いや、他には何もなかったよ。あの帳面が、置かれていたきりさ」

「おかみのご亭主の帳面だけが、仕舞われていたというのか？」

腑に落ちぬようすで伊織は眉を寄せたが、考えをさえぎるようにおくめは言った。

「そんなことより、いま帳面があそこにあるのは間違いないんだから、いっそお役人に頼んで、家探《やさが》ししてもらうってのはどうだい？」

「東雲屋の寮を、役人に改めさせるということですか？」

それまでじっと気持ちを落ちつけていた環が、弾かれたように応じた。

「だが、確たる証しを見つけたといっても、それはこちらの言い分に過ぎぬ。町方がおいそれと信じてくれるとも思えぬし、ましてや捕方《とりかた》を出張《でば》らせるとなれば大事《おおごと》だ。そうやすやすと、動いてくれるだろうか」

「南町の、山根の旦那がいるじゃないか。あの旦那ならきっと、動いてくれるさ。おかみさんのためならね」

おくめが意味深に、にんまりしてみせる。伊織が、ぽんと膝を打った。

「ああ、たしかにあの同心なら、おかみの頼みとあらば城の天守にも登りかねないな」

「伊織さままでが、そのような軽口を。それに千代田のお城には、天守はございませんよ」と、環が軽くにらんでみせる。

明暦《めいれき》の大火で焼失して以来、江戸城の天守は再建されていなかった。

「あの同心が、おかみに岡惚《おかぼ》れしているのは明白だ。婆も、気づいていたのか」

「山根の旦那には、あたしも挨拶くらいはするからね。それに、だいぶ前に見ちまったんだよ。おかみさんとあの旦那が、甘味屋で逢引するところをね」

おくめが、にいっと黄ばんだ歯を見せて、伊織が、ほう、という顔をする。

「伊織さま、真《ま》に受けないで下さいまし。あのときは阿波屋さんのことなぞが色々と重なって、相談に乗っていただいただけでございます」

あわてて打ち消しながらも、頬に血が上るのがわかり、環は話の筋を無理に戻した。

「それより、お役人の手を借りるとあらば、こちらにも相応の覚悟が要《い》ります。ことに伊織さま、新堀への仇討ちはどうなさいます？」

おくめとのやりとりで、表情をゆるませていた伊織が、口許を引きしめた。

「もしも三左衛門が捕まれば、新堀も一緒にお縄になるということか？」

「おそらくは……伊織さまがお上に申し上げれば、お国許での新堀の罪も改めて裁かれることになりましょう。一切の真実《まこと》は解き明かされて、新堀にも相応の刑が下ることになるでしょうが……ただ……」

「私の手では、討てぬということか」

「お武家の習わしには、私も疎うございますし、江戸とお国許とのあいだで、どのようなやりとりがなされるのかはわかりかねますが……そうなるやもしれません」

伊織はじっと、己の膝元を見詰めている。

その顔はひどく切なくて、日頃の男まさりな伊織とは、どこかかけ離れて見える。

おや、と環は気がついた。伊織が迷っているのは、仇討ちとは別のことではないだろうか。何故だかそのように思えた。

「伊織さま、いますぐにとは申しません。どうかゆっくりとお考えになって……」

「いや、おかみ、婆の言ったとおり、役人の手を借りるのが最上の策だ。進めてくれて構わない」

こちらをしかと見据える目からは、それまでの曖昧《あいまい》な気配は消えていた。

「ですが、伊織さまのご本懐が……」

「たとえ新堀を討ったとて、仔細が何もわからぬままではやはり納得がいかない。私は事を詳《つまび》らかにして、どうして兄が死ななければならなかったのか、その理由《わけ》を知りたい」

憎い仇に私怨をぶつけるのではなく、事を公《おおやけ》にし一切を明らかにして、公儀や藩の手で咎人《とがにん》を裁いてもらう。そちらの方が理にかなっていると、伊織は説いた。

「どのみち新堀は、死罪は免れまい。故郷《くに》のふた親は、むしろ喜んでくれるだろう」

娘の手を汚させるのは忍びないと、伊織が阿波を出る折も、両親は最後まで止めようとしていた。

だが、伊織があれほど執着していた仇討ちを諦めたのは、やはり他の三人を慮《おもんぱか》ってのことなのだろう。環の三左衛門への怨み、お唄の源次へのこだわり、己が勝手を通せば、それらを晴らす機会を逃すやもしれず、おくめを含めたこれまでの労苦も一切が無駄になる。

「お心遣い痛み入ります。伊織さまのおかげで、私も腹をくくる覚悟ができました」

　環は伊織の心中を察し、畳に手をついた。

　翌日、環は南町奉行所の山根森之介《しんのすけ》に会い、東雲屋の隠し寮の手入れを頼み込んだ。

　おくめが関わったことだけは伏せて、茂兵衛の帳面の在処《ありか》を伝えると、山根はまず、危ない真似を続けていた環を叱ったが、帳面に血がついていたことを知ると、急にまじめな顔になり、しばし考え込んでから言った。

「捕方を出すとなれば、お奉行の許しも要る。ひとまず、吟味方《ぎんみかた》与力の田島《たじま》さまに相談してみよう」

　それでも二、三日のうちに返事をすると、山根は約束してくれたが、その代わりこれ以上東雲屋に手出しをせぬようにと、固く環に言い含めた。

「まったく、こればかりは何遍同じことをくり返したか、我ながら嫌気がさすほどだ」

「東雲屋の寮にお出張りいただければ、それで終《しま》いでございます」

　そうあって欲しいものだな、と山根はぼやき気味に呟いた。

　そして約束どおり山根は、翌々日には奉行所からの返事を持ってやってきた。

「お奉行と田島さまが許しを下さった。日取りは三日後、真夜中を待って捕方を踏み込ませる」

その日、根岸の寮に、三左衛門がいるという保証はない。そのため東雲屋の三軒の店と、芝金杉橋《しばかなすぎばし》近くの寮にも、真夜中の鐘を合図にいっせいに御用改めが出張るという。事の大きさに、思わず環は息を呑み、すでに引き返せないところまで来ていると改めて感じた。

「おかみ、本当に大丈夫なのだろうな。茂兵衛の帳面が出てこなければ、おかみもただでは済まないぞ」

「その覚悟がなければ、山根さまにお願いしたりはいたしません」

少しの揺らぎもないまっすぐな瞳で、環は山根を見返した。

ふっと山根が、苦笑いをこぼす。

「そんな目で見詰められると、どうも違う欲が出ちまいそうだ」

「山根さま、私はまじめな話をしてるんですよ」

「すまん、すまん。そう怒るな」

あわてて平謝りする姿に、環も釣り込まれるように笑っていた。

「じゃあ、いよいよ明日、捕物が見られるというわけだね」

東雲屋への手入れを翌日に控えたその日、洗濯に訪れたおくめは、興奮に満ちた眼差しを環に向けた。

「ええ、段取りはすべて整ったのですが……」

「嫌だよ、おかみさん、ここに来て尻込みしてるんじゃなかろうね」

「いえ、私はすでに腹を決めました。ただ、伊織さまが……」

「そういや、さっきあたしと入れ違いに出ていったけど、なんだか顔つきが暗かったね」

「そうなんです。日が経つごとに憂《うれ》いが深くなるようで……」

ほうっと、環はため息をついた。この前の夜は決心がついたように見えたが、奉行所の御用改めが決して以来、伊織は考え込むことが多くなった。環はひどく案じていたが、すでに事は動き出し、もはや止めようがない。

「お武家の考えることは、あたしらとはどこか違うからね。やっぱり己の手で、仇を討ちたかったんじゃないのかい？」

「私も初めはそう考えていたのですが、どうも違うようにも思えてきて……」

あの晩、ちらりと見せた切なさが、しだいに色の濃さを増すようで、伊織の物思いには別の理由があるような気がしてならない。

「あれではまるで、恋患《こいわずら》いと同じです」

「恋、ねえ。可愛さ余って憎さ百倍とは言うけれど、その逆もあるのかね」

「やっぱり一度、お唄ちゃんに相談してみようかしら。私はそういうことは、どうも疎くて」

「そういや、お唄ちゃんは、達者にしているのかい？」

思い出したように、おくめは盥《たらい》から顔を上げた。

「ええ、この前一度ようすを見に行きましたけど、よく働いてくれると、私の昔馴染みも褒めていました」

環が昔、仲居をしていた頃の同輩が、板前と所帯を持ち、芝三田町《しばみたちよう》に料理茶屋を開いた。環はそこに、お唄を預けていた。

『あいつとはちゃんと話をつけたから、もう案じることはないよ』

お唄にはそう告げられたが、どのみち源次のおかげで、薬種屋の手代のもとにはいられなくなった。

「おれの女房をどうするつもりだと、手代のところに怒鳴り込んだんだって？」

「ええ、おかげで手代さんは怖気《おじけ》をふるってしまいましてね」

「それでひとまず、おかみさんの知り合いのところに預けたというわけかい」

構えは小さいが客筋のいい料理屋で、女将として切り盛りしている昔馴染みは、お唄をしばらく女中として働かせてほしいという環の頼みを、快く承知してくれた。

「けれど、お唄ちゃんが話をつけたと言ったのは、本当かもしれないね。源次はこんとこ、めずらしくしょぼくれて見えるからね。ようやく諦めたのかもしれないよ」

「だったら、いいんですけどね」

またため息をこぼした環を、おくめはちらりと見遣った。

「おかみさんも、そろそろ考えてみちゃどうだい？」

「何をです？」

「山根の旦那のことさね」

「おくめさんたら、その話はもう……」

環は受け流すつもりでいたが、おくめは案外まじめな調子で続けた。

「この前、甘味屋から出てきたふたりを見たと、そう言ったろ。あのときにね、ああ、お似合いだなと思ったんだ。いまは東雲屋のことで頭がいっぱいだろうけどさ、それが片づいたら……」

「私は紫屋の内儀です。東雲屋の一件が終わっても、店や職人たちを守っていかなくてはなりません。うわついた色恋なぞに、かまけている暇《いとま》なぞないんです」

「それでおかみさんは、幸せになれるのかい？」

おくめは相変わらず、盥に顔をうつむけたままだ。たくましい両の腕は、同じ調子で盥の水に波を立てていた。

「己の幸せなんて、二の次です。いまは死んだあの人の無念を晴らして、あの人の店と技を守って、引き継いで……」

口からつむぎ出すほどに、言葉は何故か空々《そらぞら》しくきこえる。それを見抜いたように、おくめは静かにたずねた。

「亡くなった旦那に、そんなに惚れていたのかい？」

咄嗟《とっさ》には返せず、環は内心ひどく狼狽《ろうばい》した。

「そりゃあ……大事にされて、優しくされて、嬉しくないわけが……」

あいてしまった間を埋めるように、懸命に続けたが、これでは答えになっていない。

唐突に、環は気がついた。

たしかに茂兵衛を慕ってはいたが、それは歳の離れた夫に甘えていただけなのかもしれない。貧しい浪人の家に生まれ、働き詰めであったから、安らいだ暮らしを与えてくれたことを何より有難く思っていた。慕ってはいたけれど、決して惚れていたわけではない。

だからこそ、いきなり死なれて、申し訳なさでいっぱいになった。三左衛門を下手人と疑って、ことさら執着したのもそれ故だ。

己の仇討ちの正体に思い至り、環は愕然とした。

「これじゃあ、親類たちに財産目当てと蔑《さげす》まれても、仕方ありませんね」

知らず知らずに、環はその胸の内を、おくめに吐露《とろ》していた。

「別におかみさんを、責めるつもりはないんだよ。惚れた腫れただけの色恋なんて、ろくな始末にならないと知っているしね。こう見えてあたしも、若い頃はそんな色恋に嵌《は》まっちまった口でね」

環の気を引き立てようというのだろう。あまり湿っぽくない口調で、おくめは昔語りをはじめた。

「相手はお武家さまの嫡男《ちゃくなん》で、あたしはその家で女中奉公をしていた。いま考えると、よくある『お手がついた』って、ただそれだけの話さ。子供ができたと知れると、さっさとその家をお払い箱になったしね」

「まあ、子供まで……」

「男の子だったけど、その子はとり上げられて、里子に出されちまった」

それっきりだ、とそのときばかりは、おくめは調子を落とした。別の男と所帯を持ったのは、その後だという。

「そのお子さんのことは、さぞかし気がかりでしょうね」

「忘れたことはなかったが、いまになってどうしているかと無性に気になってね、居場所を探してみたんだよ」

幸い、昔一緒に働いていた男が、いまも同じ屋敷で下男をしていた。おくめはこの男にしつこく粘り、里親をきき出した。

「存外近くにいたもんで、正直驚いたよ」

「実の親だと、名乗ったんですか？」

「まさか。こんな薄汚い洗濯婆が母親だなんて知れたら、がっかりさせちまうだけだもの。遠くから見ているだけで十分さ」

環にはやはり哀れな身の上に思えたが、おくめの声には幸せそうな響きがあった。

「亭主と娘に先立たれてから、何の生き甲斐もなかったけれど、その子の行末を見守るのが、いまじゃただひとつの楽しみになった」

「あら、だって娘さんは戸塚に嫁いだと、そうきいて……お孫さんも、いらっしゃるのでしょう？」

盥に伏せられたままのおくめの目が、かすかに広がった。だが、すぐに朗らかな調子で先を続けた。

「戸塚に嫁いだのは、妹の方でね。上の娘と亭主は、火事で一緒に亡くしたんだ」

いつのまにか、つまらない話をしてしまったと、おくめはそこで己の話を切り上げた。

「山根の旦那といたときのおかみさんは、肩の力がそっくり抜けていたんだよ」

甘味屋の前で、ふたりを見かけたときのことだ。老婆心ながらよけいな節介を口に出したのもそれ故だと、おくめは明かした。

あのとき環は、山根につい弱音を吐いてしまった。人前では決して脱がない鎧《よろい》を、そっくりどこかに置き忘れていた。

「おかみさんは、こんな顔もするんだなって、ちょっと嬉しくなってね。いつものきりっとした姿もいいけれど、正直、いままでいちばんきれいに見えた」

てらいのないおくめの褒め言葉は、そのまま環のかたくなさを映し出す鏡だった。

目の前にはやるべきことが山積している。それにかまけるふりをして、自身の素直な気持ちからは目を背《そむ》け続けてきた。山根といるとほっと力が抜けて、だが同時に鼓動が大きくふれるような落ち着かなさが、折にふれて込み上げる。それは夫には感じたことのない、焦りに似た切なさだった。

ふいに頭の中に、伊織の横顔が浮かんだ。伊織が抱えている物思いの正体も、やはり同じなのではないか。環は遅ればせながらそのことに気がついた。

「私、やっぱり、これからお唄ちゃんに会ってきます」

驚いているおくめを残し、環はその足で芝三田町に向かった。

「伊織さま。明日の朝、新堀さまにお会いなされませ」

その晩、芝から戻った環は、伊織の前でそう告げた。

「おかみ……」

「明日の真夜中には、捕方が東雲屋に向かいましょう。その前に新堀さまから直《じか》に、おききになりたいことを伺って下さいまし」

伊織は親を窺う子供のような目で、じっと環を見詰めている。

「今日、三田に行って、お唄ちゃんからすべてききました」

「そうか……」

伊織と新堀上総を会わせてほしい。隠し寮への手入れの話をきかされたお唄は、すぐさま環にそう頼み込み、伊織と新堀の関わりを明かした。

やはり、という思いとともに、もっと早く気づいてやればよかったと、己の至らなさを環は悔やんだ。

「私は色恋には疎いものですから、そのために伊織さまのお心を長く煩《わずら》わせてしまいました。申し訳ございませんでした」

「いや、それは私も同じだ。どうにも扱いに困るというか、昔から苦手でならなくて……」

「では、私たちは、似た者同士というわけですわね」

環の軽口に、伊織の口許がほころんで、顔を見合わせてふたりは笑った。

「だが、おかみ。私が新堀に会えば、東雲屋にも知れるだろう。御用改めを前に、要らぬ用心をさせることになれば、皆のこれまでの労苦が無駄になる」

「それもお唄ちゃんが、知恵を授けてくれました。新堀さまは、よく朝釣りに行くそうにございます。ほとんど毎朝、竿《さお》を持って近くの川に出かけてゆくと」

「そういえば、あの男は昔から釣りが好きで……だが、お唄はどこからそんな話を……」

あ、と気づいた顔になった伊織に、環はにっこりとうなずいた。

「ええ、お唄ちゃんは、源次からきいたそうにございます」

「お唄にはやはり、かなわぬな」

己の話をつけに行くと言いながら、抜かりなくそんなこともきき出していたのかと、伊織が苦笑する。

「お唄ちゃんから、言伝《ことづて》です。今度は伊織さまが、片をつける番だと」

伊織は環にうなずいて、久方ぶりに晴れやかな笑顔を見せた。

「それともうひとつ、さしでがましいとは思いましたが、明日のお召し物をご用意させていただきました」

環はいっとき中座して、隣座敷から乱れ箱を抱えてきた。載っているのは、薄藍の着物だった。

「おかみ、これは……」

伊織が大きく目を見張った。

根岸には、音無川《おとなしがわ》が流れている。

三ノ輪《みのわ》を経て、やがて隅田川《すみだがわ》へと注ぎ、河口の辺りは山谷堀《さんやぼり》と呼ばれる。その両側の土手を日本堤《にほんづつみ》といって、ここからだらだら坂を下ると吉原大門《よしわらおおもん》へ行きつく。

新堀上総は、風雨が強くない限りは毎朝、この川に出かけていた。

日の出前の時分だが、東の空に朝焼けは見えない。

「今日はどうやら、晴れそうにないな」

ひとり言ちて、定席《じょうせき》にしている岸辺に腰を下ろした。魚がかかるのはせいぜい日に一、二度《ご》という場所であったが、おかげで他に釣り人もおらず、ゆっくりとひとりきりの時間を楽しめる。新堀にとって魚釣りは、頭の中のさまざまな考えを整理するためのものだった。

このところ、朝晩はめっきり冷え込むようになった。白い息を吐きながら、水面に餌と針をつけた糸を投げ入れて、あとは寝て待つばかりだ。頭の下に両手を組んで、仰向けに寝転んだときだった。こちらへ近づいてくる足音が、地面をとおして耳に届いた。

源次たち東雲屋の若衆とも、寮番とも違う。もっとかるい足音で、男のものではないとわかった。こんな朝早く、この寂しい界隈《かいわい》を通る者などめったにいない。

ゆっくりと身を起こし、足音のする方をふり返ると、小柄な女の姿が見えた。武家娘の装《よそお》いの女は、まっすぐこちらに向かってきて、やがて新堀のすぐ傍らで止まった。

「伊予殿……」

何度も夢に見た姿がそこにある。夢と同じに儚《はかな》く消えてしまいそうに思えて、新堀はそろりそろりと立ち上がった。

前に一度だけ見た侍の姿ではなく、薄藍に白い千鳥《ちどり》を抜いた着物に、池の水を映したような薄い緑の帯をしめている。

「美しゅうなられたな」

十月《とつき》も経っていないのに、以前とはまるで違う清冽《せいれつ》な美しさがある。新堀は深く感じ入り、思わずそのまま口にしていた。

「私を討ちに、来られたのですか？」

刀は持っていないが、守り刀は帯に手挟《たばさ》んでいる。伊予の腕なら、それだけで十分己の息の根を止めることができる筈だ。

「私を討ち果たせば、あなたは郷里へ帰り、許嫁《いいなずけ》の従兄殿と心おきなく祝言《しゅうげん》を挙げられる。その心積もりで、ここへ来たのではないのですか？」

それまで無言で新堀を見詰めていた瞳が、にわかに曇った。目に見えてわかるほど顔色が変わり、苦しそうに眉間《みけん》をしかめる。

「章三郎《しょうざぶろう》殿は……死にました……」

「まさか……蓮沼章三郎が……それは、本当ですか？」

ぎゅっと目をつぶり、首だけでうなずく。

「それは、いつのことですか？　いったい、どうして……急な病ですか？　それとも……」

「私が……殺しました」

ひゅっと新堀の喉が鳴り、その目が大きく見開かれた。

「馬鹿な……そんな、筈が……」

「本当です！　江戸へ下る折に、旅の途中で、章三郎殿を殺めてしまいました……私が、私がこの手で！」

「伊予殿！　どうか、落ち着いて！」

とり乱した小さなからだを、新堀は夢中で腕の中に抱え込んだ。

やがて嗚咽《おえつ》がもれ、その悲しい声が、胸の中に直に響く。

一切の闇からかばうように、新堀は細いからだをしっかりと抱きしめた。

三

新堀上総の心音が、からだに響く。

さっきまで忙《せわ》しなかったその音が、少しずつ落ち着いて、いまはのどかな小川にかかる水車のように、ことんことんと鳴っている。耳をすませているだけで、気持ちがゆっくりと鎮《しず》まってくるのがわかる。

――あったかい……。

ぬくもりを頬に感じながら、伊予は目を閉じて、新堀の鼓動だけをきいていた。

蓮沼伊予にもどって、新堀に会いに行くように。そう言ってくれたのは環だった。

昨夜のうちに髪結いを呼び、己の着物を貸し与え、今朝、紫屋から送り出してくれた。

短く切った髪だけはどうにもならぬように思えたが、呼ばれた女髪結いは髢《かもじ》をたっぷりと用いて、どうにか格好がつくよう整えてくれた。

女の姿になるのは久方ぶりだ。環の前では気恥ずかしさばかりが先に立ったが、こうして新堀の腕の中にいると、やはりこの姿で来てよかったと、素直にそう思えた。

同時に、己自身でもはっきりとはわからなかった、色々なことが見えてきた。

「あのとき、上総殿の顔が浮かんで……そうしたら、からだが勝手に動いていました」

「あのとき？」

「章三郎殿を、殺めたときです」

新堀は両肩に手をおいて、そっとからだを離した。

伊予が顔を上げると、どこか悲しげにも見える、優しい目とぶつかった。子供の頃から見慣れた、変わらない眼差し。濁《にご》っても荒《すさ》んでもいない瞳に、心の底から安堵した。

この男は兄を殺し、己の信頼を裏切った。その怨みだけを抱えてここまで来たのに、そんな筈はないという望みがどうしても消えなかった。胸の中では絶えずふたりの新堀が、せめぎ合い、戦っていた。

いま目の前にいるのは、信じたいと願っていた新堀そのものだった。

「何があったか、話してくれますか？」

泣いたり怒ったり、何でも顔に出す少女の伊予に向かい、新堀上総はいつもそうたずねてくれた。伊予はまるで昔にもどったような錯覚を起こして、うなずいていた。

「箱根を越える少し前の山道で、山賊に襲われました」

新堀に促され、川岸に腰を下ろすと、伊予はそう切り出した。


相手は十人ほどもいたが、武門で鳴らす蓮沼家に育ったふたりだ。許嫁である従兄の章三郎も、そして伊予も、大人しく金品を渡すつもりなどさらさらなかった。

だが、武家の女の旅姿をしていた伊予は、袴《はかま》をつけていない分、思うように動けなかった。加えて慣れない山道で、足場も悪い。章三郎が三人ほど片付けて、相手がひるんだ隙に逃げるより方途がなくなった。途中で雨も降り出して、ふたりは山の中の道をやみくもに走った。

「伊予殿、ひとまずあそこへ」

篠突《しのつ》くほどの激しい降りになったとき、章三郎が竹藪の陰に古い堂を見つけ、ふたりはそこへ逃げ込んだ。次の宿場への道程も見当がつかず、雨脚はひどくなる一方だ。その晩は、堂に泊まることになった。

夏の終わりとはいえ、ふたりともずぶ濡れで、火を熾《おこ》して暖をとることもできない。

おそらく、風邪をひかせぬようにとの気遣いだったのだろう。章三郎は傍らに来て、伊予の肩を抱いた。

雨に濡れた章三郎のからだから、いつも以上に男くさいにおいが立ちのぼる。それがひどく厭《いと》わしく、思わず顔を背けていた。

新堀同様、幼い頃から見知っていた相手だ。恋慕う気持ちはなかったものの、決して嫌っていたわけではない。それでも晴れて夫婦になるまではと、その方便で、許嫁としてのあたりまえの行為からいつも逃げてきた。それは生娘《きむすめ》らしい潔癖さ故だと、章三郎も、伊予自身さえ、そう思い込んでいた。

だが、そのとき初めて、伊予ははっきりと章三郎を嫌悪した。己のからだがこの男を受け入れる気がないことを、はっきりと自覚した。

まるで伊予の心中を察し、離すまいとでもするように、肩にかかった章三郎の腕に力がこもった。

「このまま江戸へは行かず、阿波に戻らないか?」

ふいに章三郎が言った。

「新堀上総を追うのをやめて、郷里《くに》へ帰り、私と祝言を挙げないか？」

「それはできません」

間髪を容《い》れずに応えていた。兄の仇を討つと、両親にも章三郎の父である叔父にも誓ってきた。藩にも願い出て、仇討免状も受けた。いまさら空手で戻るわけにはいかないと、伊予は改めて決意を語った。

「だが、女子《おなご》の身であるなら、本懐を遂げずとも許されるやもしれぬ。幸い、私の父は、いまの江戸家老さまと知己《ちき》の間柄にある。ご家老さまに申し上げれば、きっと……」

「そういうことではございません！」

思わず相手を睨《にら》みつけると、章三郎は悲しそうに顔をゆがめ、肩にあった手をどけた。

すでに日没に近い刻限で、雨天のために空は暗い。堂の内はさらに暗く、扉の格子からわずかに差しこむ外光で、かろうじて互いの表情が読みとれる。

そう遠くないところから、雷鳴が轟《とどろ》いた。

「江戸に新堀がいるとは限らない。もし探し当てることがかなわねば、事を成すまでこの先いったい何年かかることか」

「何年でも何十年でも、新堀を見つけ出すまでは、私は諦めません」

「つまりは私もまた、何年も何十年も待たされるというわけか」

本懐を遂げるまでは、祝言を挙げるつもりはないと、はっきりと申し渡してある。

章三郎も承知してくれたものと、そう思っていた。

もともとこちらから、助太刀を頼んだわけではない。新堀相手なら己ひとりで十分であろうし、向こうが助っ人を引き連れてくるというなら、その覚悟もできていた。

伊予ひとりでは心許《こころもと》ないと、同行を申し出たのは章三郎だ。いまさらのように愚痴をこぼされて、腹を立てる気にもならない。からだ以上に気持ちが冷えて、この男があたりまえの顔をして隣にいることすら疎ましくなった。

「わかりました。ここから先は、私ひとりで参ります。章三郎殿は、どうぞ阿波へお帰り下さい」

「伊予殿、何を……」

「むろん、待っていてくれなどと、虫のいいことは申しません。私との縁はなかったことにして、郷里《くに》でどなたか良い方を見つけて下さりませ」

「私を遠ざけて、ひとりで新堀に会うおつもりか！　それがあなたの本心か！」

両肩をがっとつかまれて、相手と向き合う形になった。

それまで見たこともない従兄の姿が、そこにあった。

からだは大きく武張ってはいるが、中身は案外気の小さいところがある。強い者には大人しく従う従順さがあり、それは父親をはじめとする目上の者に対してばかりでなく、負けん気の強い伊予にも、昔から逆らうことをしなかった。伊予は男としての章三郎を、侮《あなど》っていた。

「兄上の仇討ちも、ただの口実なのではないか？　本当は新堀と、会いたいだけではないのか！」

「馬鹿な……ことを……」

伊予はとまどいながら、相手を見詰めた。頭の中では章三郎の言ったことが、破《われ》鐘《がね》のように響いている。

「あなたが昔から、あの男を慕っていたことは知っていた。だが、あなたは私の許嫁だ。決してあやつのもとへなど行かせない。あなたは、私のものだ！」

章三郎の大きなからだが、のしかかるように伊予を押しつぶした。

扉の格子越しに、かっ、と一瞬稲光がさして、相手を浮かびあがらせた。

その姿に、伊予は心の底から恐怖した。目の前にいるのは、慣れ親しんだ従兄ではなく、ただの獣だった。獣の手が着物の襟許《えりもと》をひらき、顔が首の横に寄せられる。まるで喉笛に嚙みつかれるような錯覚を覚え、ひっ、と喉が鳴った。

地を射るような雷が、そう遠くない場所に落ち、堂が震えるほどの音と衝撃があった。

後のことは、よく覚えていない。

獣に食われまいと、伊予は必死で戦った。虫が肌を這《は》うようなおぞましさに慄《おのの》きながら、ただひたすらに抗《あらが》った。

脳裏にあったのはただ、新堀上総、その人だった。

ふいに章三郎のからだの重みが増して、伊予の上に乗ったまま、ぐったりとなった。

己の右手に懐剣《かいけん》が握られていたことも、その刃が深々と章三郎の胸を貫いていたことも、そのとき初めて知った。

章三郎のからだを仰向けてどかし、拍子に剣が胸から抜けた。噴き出した血が己の手を濡らす感触だけは、はっきりと覚えている。

口と首に手を当ててたしかめてみたが、章三郎はすでに息をしていなかった。

呆《ほう》けたように座り込み、どのくらいそうしていただろうか。キナ臭いにおいとともに、パチパチと木の爆《は》ぜる音がした。雷が裏手の木に落ちて燃え上がり、火が堂にも移ったのだと、そこまで考えが及んだのは、ずっと後になってからだ。

流れ込んできた煙にいぶり出されるようにして、伊予は堂の外へと逃れた。

「では、章三郎殿は……」

「堂と一緒に、燃えてしまいました」

空が白みはじめるまで、それをずっとながめていたと、伊予は語った。

ふたりは川岸に並んで、腰を下ろしていた。まだどこか幼さを残した伊予の横顔を、新堀は痛ましそうに見詰めていた。

「その場で私も自害すべきだったのでしょうが……できませんでした。上総殿を討ち果たすまではと、それを言い訳にして……」

同じ過ちを犯した己が、新堀上総を仇と責めるのもおかしな話だと、自嘲めいた苦しい笑みを浮かべる。

「私を討って、その後は？」

「阿波へ帰り、叔父上にすべてを明かして……許されるなら、自ら身の始末をつけるつもりでした」

新堀を探して仇を討つ。その目的より他に、己を永らえさせる理由が見つからなかった。人を殺し、己も遠からず死ぬ身だと、暗い覚悟だけをたずさえて江戸へ来た。

一切を諦めてしまうと、人を斬ることにもためらいを覚えなくなった。己のすべてがただ厭わしく、男の姿になったのもそのためだ。己が女だったからこそ、章三郎に邪《よこしま》な気を起こさせた。女でいる煩《わずら》わしさとともに、蓮沼伊予という存在を、この世から消し去りたかった。

あのままでいれば、間違いなく修羅道《しゅらどう》に落ちていた。

源次のような無頼《ぶらい》の輩《やから》と、誰かれ構わず斬り合って、そのうち命を落としていた。

ぎりぎりの縁《ふち》にいた、そんな己を食いとめてくれたのは、一緒にいてくれた三人の女たちだ。環やお唄やおくめが与えてくれたあたりまえの日常が、もう一度人らしい息吹を吹き込んでくれた。だからこそ章三郎にも、そしてお唄にも見抜かれた、己の本当の気持ちに気づくことができたのだ。

「私はただ、死ぬ前にひと目、上総殿にお会いしたかったのです」

言葉にしたとたん、急に気恥ずかしさが込み上げて、伊予は下を向いた。膝上で両手を握りしめ、新堀がその手を、そっととった。

「あなたが生きていてくれて、本当によかった」

新堀は、しみじみと有難そうに呟いた。伊予がそろりと顔を向けると、泣き笑いのような笑顔があった。

「私も……阿波を離れてみて、思い知りました。あなたが私にとって、どんなに大事な方だったのかを」

新堀にも、遂げるべき本懐があった。それを成し遂げて汚名をすすぎ、故郷へ帰る。阿波を出奔《しゅっぽん》したのも江戸へ出たのも、すべてはそのためだ。だが、頭に掲げた目当てとは別に、気持ちでは狂おしいほど別のものを求めていたと、新堀は静かに言った。

「思えば私も、あなたともう一度会うためだけに、いままで永らえてきました。それがあなたの兄との、伊織との約束でもありましたから」

「兄上との……約束？」

「あなたを、妹を頼むと、私を藍方《あいかた》役所から逃がすとき、伊織はそれだけを言い遺しました」

「兄上が、上総殿を逃がした？　どういうことですか？　兄上を手にかけたのは……」

「私ではありません」

そうであって欲しいと、ずっと願ってはきたが、そうと告げられても信じるだけの証《あか》しはない。だが、新堀上総の瞳の色は、冬の朝の大気と同じに痛いほどに澄んでいた。

「では、誰が……いったい、誰が兄上を……」

新堀の眉間に、かすかにしわが寄った。

「こんなことが……本当にあるのですね。正直、驚きました。伊予殿、あなたは兄上の仇を、この手で討ち果たしたのですよ」

新堀の両手が、伊予の手を握りしめた。

「まさか……」

「蓮沼章三郎。伊織を、あなたの兄を殺したのは、あの男です」

伊予の両目が、大きく広がった。信じられないと、その顔は言っている。

「そして、それを命じたのはあなたの叔父上、章三郎の父親の蓮沼修玄《しゅうげん》です」

蓮沼道場は十六年前、伊予の叔父の修玄が立ち上げたものだ。

徳島城下では新参の部類に入る道場だが、修玄が阿波藩の剣術指南役に就いていることもあり、門人の多さでは三指にはいる。

相応に名のある道場主とその息子が、縁者にあたる伊織を殺したと言い立てても、誰も信じてはくれまい。新堀が阿波を抜けたのは、証しが何ひとつなかったからだ。

だが、己を闇討ちしたのは章三郎で、おそらくは修玄の指図であろうと、新堀にそう告げたのは他ならぬ伊織だった。背に深手を負いながら最後の力をふり絞り、伊織はどうにか藍方役所までたどり着き、新堀に危急を知らせてくれた。

「逃げろ！　おれたちの動きを封じるために、刺客が放たれた。叔父上と、従弟の章三郎だ。ふたりは我らの敵方に与《くみ》していたんだ」

その半月前、城下の色街に近い川岸で、ふたりの藍師が死んだ。喧嘩の揚句《あげく》の刃傷沙汰《にんじょうざた》で、相討ちになったとされたが、新堀は違うと踏んだ。その藍師たちこそ、新堀が伊織の協力のもと、探りを入れていた者たちだからだ。おそらく口封じのために、トカゲの尻尾よろしく切り捨てられたのだろう。新堀はそう推測した。

「すまん……おれはおまえに、話していなかったことがある」

藍方役所に突然現れた伊織は、肩で息をしながら、まずそう詫びた。その夜、新堀は、もうひとりの同輩とともに、藍方役所で宿直《とのい》の役目に当たっていた。

医者を呼ぶという新堀を、伊織は押しとどめ、

「あの晩、おれは、叔父上の道場にいたんだ」

と、ふたりの藍師が死んだ夜のことを語り出した。

伊織もまた、蓮沼道場の門下生だ。その日は興《きょう》が乗り、夜遅くまでひとりで闇稽古をしていた。

「井戸端で水音がして、こんな遅くに誰だろうと覗いてみたら、章三郎だった」

声をかけるとひどくうろたえて、眠れないから水を浴びていただけだと、言い訳を口にしてそそくさと母屋《おもや》に引っ込んでしまった。

「だが、においだけは、ごまかしようがなかった。あいつは、血のにおいをさせていた」

ふたりの藍師の死を知って、即座に伊織は章三郎と結びつけた。新堀に知らせぬまま、ひとりで証しをつかもうと動いていたのは、身内から下手人を出すことをためらったからでもあり、何より章三郎が、妹の伊予の許嫁であったからだ。

伊織はそう口にして、もう一度、新堀に詫びた。

新堀は首を横にふり、改めて燭台《しょくだい》の灯りを向けて、伊織の傷を確かめた。背中の右脇腹に近い、腰の辺りを刺されている。傷は深く、当てた布が見る間に黒く染まる。新堀は、ぎりと奥歯を嚙みしめた。

「そんなことはいい。それより傷の手当てをして、事の仔細をしかるべき筋に訴え出ねば」

「たぶん、無駄だ。おまえも共に殺されて、あのふたりの藍師たちと同じに、喧嘩沙汰の果てと始末されるのが落ちだ」

「馬鹿な！　そのような無体《むたい》な言い抜けが、何遍も通じるものか」

「通じるぞ……江戸家老の力をもってすれば」

「何だと！」

血止めのために新しい布を当てようとしていた、新堀のその手が止まった。

「この企みの一切を、裏で糸を引いているのは、江戸家老の鵜野幸大夫《うのこうだゆう》さまだ」

「鵜野さまだと？　それは確かか？　何故、そのようなことがわかる」

「叔父上を、蓮沼修玄を剣術指南役に推《お》したのは鵜野さまだ。あのふたりは歳も近く、道場も学問所も同じ竹馬《ちくば》の友だ」

友の話をききながら、新堀は必死で頭をはたらかせた。

新堀が疑いを持ち、探りを入れたのは阿波屋だった。阿波屋所有の三村の葉藍の収量が、不作の年以来落ちたままになっている。帳面上は、決して目立つ量ではない。だが、算盤に長《た》けた新堀は、不審を抱いた。

上役や同僚にも告げず、ひとりで調べを進めることにしたのは、当の藍方役人が加担している恐れがあったからだ。遡《さかのぼ》ると五年もの長きにわたり、三村の葉藍は不作のままだ。藍方役人なら気づいてしかるべきだと、新堀には思えた。

葉藍の収穫がはじまる去年の八月を待って、新堀は密かに調べをはじめた。だが、己ひとりではどうしても限りがある。誰よりも信頼している親友の、蓮沼伊織に頼むことにしたのはそのためだ。ちょうど伊織も、閑職《かんしょく》である御門の番方勤めに嫌気がさしていた頃だ。喜んで新堀の頼みを引き受けてくれた。

新堀と伊織は、収穫された葉藍から蒅《すくも》が作られるまでの約四月《よつき》のあいだ、阿波屋所有の三村に赴《おもむ》き、交替で見張りを行った。

三つの村には阿波屋抱えの藍師が出張り、蒅を作るまでの一切の世話をしている。

だが、それとは違うふたりの藍師が出入りしていることに、新堀は気がついた。おそらく他国者《よそ》なのだろう。藍方役人の新堀も、知らぬ顔だった。

このふたりの後をつけ、雇い主を突きとめてくれたのは伊織だった。剣術にすぐれている分、身軽で足も速く、気配を殺すのもうまい。ふたりの藍師は、阿波屋の商売敵である藍商と繋がっていた。

「おれたちが辿り着いたのは須垣屋だ。同業の阿波屋が罪をかぶるよう、三つの村に葉藍を横流しさせていたのは、あの藍商で……」

言いながら、新堀がはっとなった。須垣屋と江戸家老の鵜野が、やはり昵懇《じっこん》の間柄だということを思い出したからだ。新堀の頭の中が、急に忙しくなった。

藍商としては新参にあたる須垣屋が、一代でここまで身代《しんだい》を太らせたのは、鵜野幸大夫の引きがあったからだ。鵜野は身分にこだわらず能力のある者を取り立て、新しい試みをためすのにも躊躇《ちゅうちょ》しない。若い家臣たちのあいだでは評判が良く、新堀も内心ではひとかどの人物と認め、一度話をしたいものだと思っていた。

一方で、いささか強引なところがあり、藩内でのいざこざもよく耳にする。もっとも表立った諍《いさか》いは、鵜野が江戸家老の地位を手に入れたときのことだ。

次の江戸家老には、鳴沢大善《なるさわたいぜん》という古参の中老が就くと、半ば決まっていた。その鳴沢の良からぬ噂を、藩主の耳に入れたのは、他ならぬ鵜野幸大夫だと言われている。酒席での酒癖の悪さをことさらに言い立てて、江戸家老には適していないと進言した。実際、江戸家老のもっとも大きな仕事は、幕府や他藩の重臣と折り合いをつけることにある。この話し合いの場となるのが頻々《ひんぴん》と開かれる宴席であり、万一粗相《そそう》でもあらば、とり返しのつかない事態を招くことにもなり兼ねない。

藩主はその忠告を重くとり上げ、鳴沢の就任をとりやめて、当の鵜野を江戸家老に就けた。

鳴沢大善は憤怒《ふんぬ》のあまり御役を退き、隠居してしまったが、未だに鵜野を深く怨んでいる——。徳島城内では、まことしやかにその噂がささやかれていた。

鵜野のその手の噂は、枚挙《まいきよ》に暇《いとま》がない。出る杭は打たれるの倣《なら》いで、鵜野を小面《こづら》憎く思う者も多いから、半分は嫉妬混じりの中傷だろうが、少なくとも敵にまわせば誰より厄介な相手で、また深慮遠謀《しんりよえんぼう》に長《た》けた剛の者であるのも確かなところだ。

「鵜野さまは昔から、ご家中の改革を掲げられている。古くからの藍商が仕切る藍市にも、新風を入れるべきだと申されて、須垣屋を取り立てたのもそれ故だと

「……」

呟きながら新堀は、必死で考えをまとめていた。

「阿波屋は、古い藍商の筆頭にあたる。阿波屋に不届きありとなれば、他の藍商たちを見直す足掛かりになる。いまの藍市をいったん崩し、己の目指す形へと新しく造りなおすために須垣屋と謀《はか》ったのだとしたら……」

ようやくこたえが見えてきたとき、伊織がこれをさえぎった。

「上総、どうやら考える暇はないようだ」

うつ伏せになっていた伊織のからだが緊張し、外を窺うように耳をすませた。

「おそらく、章三郎だ。どうにか撒《ま》いてきたのだが、ここを嗅《か》ぎつけてきたのだろう」

すでに真夜中に近い刻限だ。一緒に宿直についた同輩は奥の間で仮眠をとっており、藍方役所で灯りがついているのはこの座敷だけだ。庭を横切り、まっすぐにこちらに近づいてくる足音が、新堀の耳にも届いた。

背に何貫もの荷を背負っているように、ひどく重たそうに伊織がからだを起こした。

「おれがここで奴を食いとめる。その隙におまえは逃げろ」

「おまえを置いて、行けるわけがないだろう。肩を貸すから、一緒に逃げよう」

「このからだでは、遠くへは行けない。どのみち、おれはもう駄目だ」

わかっているだろうと言いたげに、伊織は新堀を見遣った。いつ意識を失ってもおかしくないような血の出方だ。新堀は今更ながら、この友の強靭《きょうじん》な気力に恐れ入った。おそらく最後の力をふりしぼり、新堀を逃がそうというのだろう。伊織はゆらりと立ち上がった。

まるでそれを待っていたように、たっ、と土を蹴る音とともに足音がひと息に迫り、庭に面した障子戸がすらりとあいた。

「やはりここだったか、伊織殿」

伊織も決して小さくはない方だが、従弟の章三郎の体躯の良さは抜きん出ている。退路をふさぐように入口に立たれて、思わず新堀の喉がごくりと鳴った。

「ちょうど新堀殿もご一緒とは……余計な面倒はなくなったが……だが、伊織殿、たとえ父の命とはいえ、あなただけは殺したくはなかった」

蓮沼章三郎が、ずいと一歩前に出て、腰から脇差を抜いた。屋内では長刀《ちょうとう》をふり回せない。心得ている伊織も、同じく己の脇差を抜身にした。

「伊織殿は、おれにとっては兄同然だ。何より伊予殿が、どんなに嘆き悲しむか。それを思うと、どうしてもためらいが先に立った。それなのに……何故あのようなことを口にされたのですか」

辺りの闇よりもいっそう昏《くら》い声で、蓮沼章三郎は淡々と語った。燭台の灯りは、立ちふさがる男の顔には届かない。なのにその目だけが、炯々《けいけい》と瞬いて見える。

「町人ふたりを殺めたのだ。潔《いさぎよ》く責めを負うのは、あたりまえだ」

「あれはご家老さまからの命《めい》、いわばご上意《じょうい》です。武士なら従ってしかるべき……」

「あの藍師たちが何をしたのか。どうして殺せとの命を受けたか、章三郎殿はわかっておいでか！」

たまりかねてさえぎった新堀に、章三郎はゆっくりと顔を向け、いいえ、と応えた。

「上意というだけで、どんな無法もまかり通るというものではない」

「私はあなたと違って、知恵も学問もありませんから。ご上意であり、父の命である。それだけで私には十分なのです……それなのに、あなたがいけないのですよ、伊織殿」

章三郎が、伊織に顔を戻した。何かに憑《つ》かれているように、そのからだがゆらりと揺れる。

「伊予殿にすべてを打ち明けて、縁談を白紙に戻すと、そのような世迷言《よまいごと》を言い出すから……」

相手がもう一歩、伊織との距離を縮め、その顔を蠟燭《ろうそく》の灯りが下から照らした。仰いだ新堀は、心底ぞっとした。章三郎はすでに狂気に取り憑かれていると、新堀にはそう見えた。

「あなた方を斬るより他、もう仕方ないのです」

その大柄なからだからは、想像できないすばやさだった。章三郎はわずかに腰をかがめ、伊織に向かって斬りつけた。一方の伊織も、手負いとは思えぬ淀《よど》みのなさでこれを受けた。刃の交わる固い音が、座敷に響いた。

「逃げろ！　上総！」

力では章三郎にかなわない。刀ごとじりじりと押されながら、伊織が叫んだ。だが、新堀は、どうしても動くことができなかった。

「おまえを見捨てるなんて、できる筈が……」

「ここでおれたちがやられれば、伊予はどうなる！」

その名は天啓《てんけい》のように、新堀の眼前で光を放った。

兄とその親友が相討ちの末に果てたときかされて、その傷が癒《い》えぬまま、伊予はその下手人のもとに嫁ぐだろう。あの勝気で潔癖な娘が、真実を何も知らされぬまま、一生を兄の仇にささげるのか。

そんなことになれば、伊織も新堀も、死んでも死にきれない。

「行け、上総！　伊予を、妹を頼む！」

章三郎と対峙しながら、伊織はふり返りもせずに叫んだ。

それが新堀が見た、伊織の最後の姿だった。


「兄上が、そのような……」

それまで懸命に堪えていた涙が、とうとう伊予の目尻からこぼれ出た。

「命に替えても必ずと、伊織に応えて、私は藍方役所を逃げ出した……」

どう言い訳をしたところで、友を見捨てたことには変わりない。

苦い悔いとともに、何度思い出したかしれないと、新堀は辛そうに告げた。

「伊織が死んだのは私のせいだ。葉藍の調べを手伝わせ、事に巻き込んだばかりか、その命を楯にして己だけが生き永らえた。伊織を殺したのは、紛れもなくこの私だ……」

その無念は、業火《ごうか》のように新堀の身を焼いた。

蓮沼伊織を殺したと、口にしていたのもそのためだ。

己を責め、戒《いまし》めることしか、罪の意識から逃れる術はなかった。

新堀のその述懐に、伊予はきっぱりと首を横にふった。

「いいえ、いいえ！　私には、兄上のお気持ちが痛いほどわかります。相手が上総殿だからこそ、兄上は一切を託して逝くことができた。上総殿ならきっと、己の無念を晴らしてくれると信じていたに相違ありません！」

「伊予殿……」

「こうしてふたたび上総殿と私がめぐり会えたのも、きっと兄上のお導きです」

「……そうかもしれぬな」

新堀の口許に、ようやく淡い笑みが浮かんだ。ほっとした拍子に、つい怨み言が口をついた。

「そのような経緯がおありなら、阿波を抜ける前に、せめて私にだけはお伝えいただきとうございました」

「そのつもりでいたのだが、かなわなくてな」と、新堀は先を続けた。

ともかく伊織の危急を、伊予や両親に知らせねばと、新堀はすぐさま番方長屋に向かったが、すでに蓮沼家や新堀家の門前は、蓮沼道場の門弟らしき者たちに固められていた。

修玄は、甥を息子に始末させるにあたって、周到に用意をしていたのだろう。このままあちらに捕まれば、有無を言わさず斬り殺されるか、あるいは伊織を殺めた下手人に仕立てられるに違いない。新堀には、相手方の意図するところが、手にとるように読めた。

伊織を失ったいま、この世にただのひとりも味方はいない。頼りない身の上を、新堀はいまさらながら思い知った。

「あのときくらい、己の無力さを感じたことはない」

ぽつりと言って、新堀は孤独な横顔をうつむかせた。

「恥をさらすようにこれまで生き延びてきたのは、伊織との約束があったからだ。あいつとの約束だけが、私を支えてくれた。だから、伊予殿」

と、新堀は、あらためて伊予に向き直った。

「あなたを思い出さない日は、本当に一日もありませんでした。朝に夕に胸に描くその姿だけが、私のよりどころであり道標《みちしるべ》だった」

ふわふわと、からだが浮くようなうれしさが、伊予のからだを包んだ。同時に、子供時分の甘えが頭をもたげた。

「だったら、どうして便りのひとつも、寄越してくれなかったのですか。私があのまま章三郎殿と祝言を挙げてしまっていたらと、案じて下さらなかったのですか」

「案じていました、とても。だからそうならぬよう、私なりに布石《ふせき》を打っておきました」

新堀は、苦笑めいた笑みを浮かべた。文を送ったところで、修玄に邪魔されて、伊予のもとには届かない。そして己が阿波から消えれば、伊織を殺した下手人に仕立て上げられることは目に見えていた。新堀はそれを、逆手にとった。

「あなたのご気性なら、兄上を裏切った男を許す筈がない。腕に覚えがあるならなおさら、きっと仇を討つために、私を追いかけてきてくれる。そう考えて、行き先がわかるようにしておきました」

「では、江戸へ逃げたという噂は……」

「はい、私がわざと流しました」

新堀は夜明けを待たず阿波を離れ、その際、漁師舟を使った。乗合船や藍商たちの有する廻船《かいせん》の泊まる港には、追っ手が配されている恐れがあったからだ。

阿波の海岸にはいくつか、藍商が所有している浜があった。

蒅から藍玉を作るときには、砂が混ぜられる。砂粒の細かさが藍玉の出来を左右するために、よい砂の採取場は、藩から許しを得て藍商たちが私有していた。

中でももっとも上質な砂が採れる浜は、阿波屋が所有している。その浜の張り番も兼ねている漁師に、新堀は舟を出させた。

『急に江戸行きを命ぜられてな、火急《かきゅう》の御用故、船待ちの時さえ惜しい。漁へ出るついでに、対岸の紀伊《きい》まで送ってほしい』

藍方役所に勤める新堀は、それらの浜にもたびたび出入りし、見知りの漁師も多かった。朝の早い漁村は、夜明け前から多くの漁師たちが行きかう。知った顔に出会うたび、新堀は江戸行きを吹聴《ふいちょう》し、漁師舟で紀伊和歌山へと渡った。

「私は上総殿の術中にまんまと嵌《は》まり、江戸へ下ったというわけですね」

思わず口を尖らせた伊予に、新堀が笑う。

「ただ、東雲屋の両替店に、あなたがいきなり現れたのは誤算でした。江戸での居場所だけは、ひた隠しにしておりましたから」

江戸上屋敷の者が、東雲屋三左衛門と一緒にいた新堀をたまたま見かけた。伊予がそう告げると、なるほどと新堀が合点した顔をする。

「本当はすぐにもお会いしたかったのだが、伊織と約束した事を為すまでは、あなたに討たれるわけにも参りませんから」

「まあ！　私が問答無用で斬りつけるような浅はかな女子だと、上総殿は侮っていたのですね」

たちまち頭から湯気を出しそうな勢いに、新堀が苦笑をこぼす。

「そう怒らずに。あなたを江戸で初めてお見かけしたときは、本当にからだが震えるほど嬉しかったのですから」

「……私を、江戸で？」

「はい。ふた月ほど前だったか、紫屋の前で」

「まさか……あの姿を……」

「若衆姿も、なかなかに凛々《りり》しくてお似合いでしたよ」

とたんに伊予が、真っ赤になった。穴があったら入りたいと言いたげに、肩をすぼめる。

「上総殿のことだから、きっとうんとお笑いになったのでしょう?」

「はい、相変わらず突飛《とっぴ》な方だと」

新堀が正直に応え、くくっと思い出し笑いをする。伊予が気づいたようにたずねた。

「では、私が紫屋で世話になっていると、上総殿はその頃から……」

「ええ、東雲屋が教えてくれました。蓮沼伊織という侍が、私を探して訪ねてきたと。てっきり章三郎殿が名を偽っているのかと、初めはそう考えました」

「上総殿は、どうして東雲屋の世話に?」

「江戸に着くまでは、阿波屋八右衛門を頼り、助力を乞うつもりでした。ですが阿波の者のところでは、早晩ご家中から手がまわる」

「それで阿波屋を避けて、東雲屋に……」

納得したようすの伊予に、新堀はうなずいた。江戸には他に見知りもなく、何より藩から追われているような厄介な身の上を、匿《かくま》ってくれそうな男は、三左衛門より他に新堀は思いつかなかった。

「あの主人は欲得ずくでしか動かぬが、肝《きも》は太い。私が事の仔細を公《おおやけ》にし、阿波屋と己にかけられた濡《ぬ》れ衣《ぎぬ》を払えば、東雲屋は阿波屋とご家中、どちらにも大きな貸しができる」

良質な藍玉を手に入れ、うまくいけば藍玉の卸《おろ》し業にも食い込めるかもしれない。それは三左衛門にとって、十二分に魅力のある話だった。

「ですが、あの男は、その欲のために人を殺しました。紫屋と阿波屋、二軒の主人を手にかけて……」

「伊予殿、ふたりを殺したのは、東雲屋三左衛門ではない」

「え？」

「阿波八が死んでは、恩を着せる相手がいなくなる。東雲屋にとっては、一文の得にもならない」

「でも、東雲屋は……紫屋のご亭主の、染めの技を盗んで……ああ、ですが、殺されたのは阿波八が先で……」

混乱する伊予をなだめるように、新堀はその顔を覗き込んだ。

「伊予殿、紫屋のおかみに伝えてくれぬか。東雲屋ではない、本当の下手人の目星がついたと」

「本当の、下手人……」

「あのおかみにはとりつく島がないと、三左衛門が嘆いていたからな。こちらが言ったところで、到底信じてはもらえまい」

世話になったせめてもの礼に、橋渡しくらいはしてやりたいという。

「どうか話だけでもきいてもらいたいと、おかみを説き伏せてもらえぬか。明日にでも、主人と一緒に紫屋に出向く故……」

「明日では、間に合いません！」

新堀がぎょっとするほどの大声で、伊予がさえぎった。

「どうしよう……どうしたら……」

先刻よりいっそう困惑しているようすをじっとながめ、新堀は静かに問うた。

「今日、何かあるのですね？」

今夜、東雲屋の寮に町方の手入れが入ることだけは、新堀にも決して告げないと、環と約束した。違《たが》えるわけにもいかず、伊予は首を縦にも横にもふれないまま、おろおろしている。新堀は、その決心を促《うなが》すように、口を開いた。

「もうひとつ、言っておかねばならないことがあります。あなた方のお仲間に、その下手人に通じている者がいます」

伊予の目が、驚愕に広がった。

第四章

一

「まさかおかみさん自ら、こうして訪ねてきて下さるとはな」

東雲屋三左衛門《しののめやさんざえもん》のふてぶてしい薄ら笑いは、相も変わらず不快きわまりない。

環《たまき》はきつい目つきで相手を見返しながら、早くも後悔しはじめていた。

「その上、おかみさんの用心棒が、まさかこのように可愛らしいお嬢さまだったとは」

環の横に座す伊予《いよ》を、さも面白そうにじろじろとながめる。伊予がやはりむっとしてにらみつけると、蓮沼伊織でいた頃の、侍の顔が一瞬のぞいた。座敷の内に、ぎすぎすした空気が立ち込めて、見かねて新堀《しんぼり》が口をはさんだ。

「いい加減にしないか、東雲屋。おまえの濡《ぬ》れ衣《ぎぬ》を晴らしてやろうと、わざわざおかみに足を運んでもらったというのに……言っておくが、おかみは未《いま》だにおまえが下手人《げしゅにん》だと、固く信じているのだぞ」

日本橋にある、両替店の奥座敷だった。念入りに人払いをして、途中の廊下には源次《げんじ》が張り番に立っている。

今朝、日の出る前に送り出してやった伊予は、昼を待たずに紫屋《むらさきや》に戻った。ひたすらその身を案じていた環は、安堵のあまり思わず伊予にしがみついてしまったが、一緒に仇《かたき》の男を連れ帰ったことには仰天《ぎょうてん》した。

ひょろりとした、一見脆弱《ぜいじゃく》そうに見える侍は、いったん口を開くとその印象が変わった。

口調は淀《よど》みなく、だが、決してひとりよがりの長口舌《ちょうこうぜつ》にはならない。阿波八《あわはち》が所有する三村で起きた葉藍《はあい》の横流しとそのからくり、そして伊予の兄の死の真相に至るまで。新堀は環が理解できるよう余計な枝葉《えだは》をとって、その大本だけを要領よく筋道立てて説いた。

茂兵衛《もへえ》を殺したのは、三左衛門ではない。

鵜野幸大夫《うのこうだゆう》という阿波藩の江戸家老が、阿波屋八右衛門《はちえもん》を殺すよう命じ、茂兵衛はたまたまその場に行き合わせ、口封じのために巻き添えを食って殺されたのだ。

新堀の語る真実には、きちんと裏打ちがなされ無理がなかった。それでも環は、やはり鵜呑《うの》みにすることなぞできなかった。環にとって新堀は初見《しょけん》の相手で、東雲屋の世話を受け、いわば敵方に与《くみ》している男だ。伊予とは違い、信用できる拠所《よりどころ》はひとつもない。

何より環には、どうしても譲れないものがある。

「では、うちの亭主が編み出した濃藍《こあい》の技が、東雲屋で東藍《あずまあい》として売り出されたのは、どういうことなのですか？」

「おかみがこだわっているのは、やはりそこか」

新堀も、これには困った顔になり、そして言った。

「こればかりは、東雲屋の口からきいた方が良かろう。どうか三左衛門と会《お》うてやってはくれぬか」

新堀に乞われても、環はやはり良い返事をしなかった。

今夜半、東雲屋には南町奉行所の手入れが入る。こればかりは伊予も新堀に明かしていない。どのみち真相は、役人が解き明かしてくれるだろう。いまさらあの厚《こう》顔《がん》を前にして、三左衛門の言い訳をきく気には、どうしてもなれなかった。

だが、そのとき伊予が口を開いた。

「おかみに、きいて欲しい話がある」

江戸へ下《くだ》る道中、許嫁《いいなずけ》を殺《あや》めたと、その経緯《いきさつ》を包み隠さずすべて語った。

「そんな……まさか、そのようなことがあったなんて……」

　環はしばし、声も出なかった。女の姿をさせてみると、まだ十九の多感な娘なのだと、改めて胸を突かれる思いがする。その伊予が、修羅道《しゅらどう》に落ちる一歩手前にいたのかと、いまさらながら冷や汗が出た。同じ屋根の下で、ふた月余も共に暮らしてきたというのに、己のことに手一杯で、その苦悩を察してやることができなかった。環は己の迂闊《うかつ》さに恥じ入り、伊予に心から済まなく思った。

「本当はこの着物も、固辞《こじ》するつもりでいました」

　伊予は薄藍に千鳥《ちどり》模様の着物の胸に、手を当てた。

「私はもう二度と伊予に……女の姿に戻るつもりはなかった故……」

「いいえ、あなたさまがなさったことは、武家の女子《おなご》として何ら恥じる行いではございません」

「おかみ……」

「伊予さまは、本気で好いた殿方のために誠を通した。そのお姿にふさわしい、真の女子の証《あか》しにございます」

　あからさまに新堀への気持ちを語られて、伊予は仄《ほの》かに頬を染めたが、あえてそれを否定せず環にたたみかけた。

「それならどうか、この上総《かずさ》殿のことも信じてはもらえませんか」

　己のすべてを預けると、伊予が決めた相手が新堀だ。

こうまで言われては、環とて意地の張りようがない。ここへ来たのも、伊予の顔を立ててのことだった。

三左衛門は今日、日本橋の両替店にいると、新堀はきいていた。だから環が承知すると、新堀はそのままふたりの女を連れて、ここに赴《おもむ》いたのである。

せっかくのお膳立てを、ふいにするつもりかと、新堀はふたたび三左衛門を促した。

「ここで身の潔白を明かさぬことには、一生おかみに怨《うら》まれることになるぞ。もとはと言えば亭主、おまえにも非はあるのだからな」

「そうめくじらを立てなさるな、新堀さま。こちらにも、怨み言のひとつやふたつあるのですよ。なにしろこのおかみのおかげで、とんだ手間ひまをかけさせられたのですから」

三左衛門は薄笑いを浮かべながらも、忌々《いまいま》しげな視線を環に送った。

「おかみさん、あんたの執念には恐れ入ったよ。私は人の耳目《じもく》なぞ気にかけない気質《たち》でね。何をどう疑われようと、放っておくつもりでいたんだ」

もとより下手人ではないのだから、痛くもない腹を探られたところでどうということもない。しかし環が諦めないものだから、町方までもが東雲屋の周囲をうろつくようになった。決してきれいごとだけでは済まない商売をしている東雲屋にとっては、やり辛いことこの上ない。三左衛門は仕方なく、神輿《みこし》を上げることにした。

「あんたの疑いを晴らすためには、真の下手人を探すより他はない。まったく東雲屋三左衛門ともあろうものが、己の利にもならない真似をしなければならんとは」

先にしびれを切らし、自ら犯人探しに乗り出す羽目になった。結局は環の思う壺に嵌《は》められたようで、三左衛門は癪《しゃく》に障《さわ》ってならないようだ。

だが環は、「別に、頼んだ覚えはありませんよ」と、にべもない。

くく、と三左衛門は喉の奥で笑い、懐を探った。根岸《ねぎし》の寮にいた源次が、新堀から言いつかり、ここまで携えてきたものだ。

「おかみさんが探していたのは、これだろう？」

環の目の前に、帳面をすべらせた。赤い地に紅梅の描かれた、千代紙が貼ってある。紛《まぎ》れもなくそれは、茂兵衛が遺した覚書《おぼえがき》だった。

環は震える手で、それをとった。一枚ずつめくっていくと、読み辛い癖のある文字が並んでいた。茂兵衛の筆に間違いないと、思わず涙ぐみそうになる。

「これを……この帳面を持っているということが、何よりの証しではありませんか！」

裏表紙を開いて示し、三左衛門につきつけた。おくめが言っていたとおり、そこには赤黒いしみがついていた。赤い千代紙のためにわかり辛いが、一度濡れた跡がはっきりと残り、梅を象《かたど》った白い線が、子供の掌《てのひら》の大きさくらいにわたって潰れている。

「あんたの亭主を殺した証しというなら、そいつはお門違いだ」

三左衛門はまるで動じず、皮の厚い頰をもち上げた。

「その帳面はな、仏となったあんたの亭主から拝借したんだ。うつ伏せに倒れていたから、顔を確かめるために仰向けにした。懐《ふところ》にあった帳面に、そのとき気づいたんだ」

三左衛門は、茂兵衛と阿波八が死んだ、あの夜のことを語った。

両替商仲間とともに、根岸の蒔絵師《まきえし》のもとを訪ねた帰り道、三左衛門は茂兵衛の遺体を見つけて、これを検《あらた》めた。手代たちは番屋に走り、一緒にいたふたりの両替商は、死んだ者を検める度胸なぞ持ち合わせていない。遠くからこわごわながめているばかりで、辺りは暗い。三左衛門は誰に見咎《みとが》められることもなく、茂兵衛の遺体を見分することができた。

帳面は、そのときに見つけたものだった。斬られた首筋から流れた血が、懐にあった帳面を濡らしていたが、三左衛門は構わず手にとった。

「その帳面が、茂兵衛の旦那の覚書だと知ったときは、正直、胸の内で小躍りした。ご亭主の藍染めの腕は本物だ。その秘伝が手に入れば、紺屋《こうや》では新参のうちとしちゃ願ったり叶ったりだからな」

「初めから、うちの人の染めの技を盗むつもりで、この帳面を……」

「まあ、平たく言えば、そういうことだ」

「帳面と一緒に、濃藍に染めた試しの布もあった筈《はず》です！　それも渡してもらいますよ」

しかし三左衛門は、それればかりは見たことがないと環に応えた。

「懐にあったのは、財布のたぐいを除いてはその帳面だけだ。茂兵衛の旦那が出した色なら、ぜひとも手に入れたかったがね」

いっそうふてぶてしい笑みに、いったん押しとどめた怒りが、環の胸にむらむらとわき上がる。

「よくもしゃあしゃあと、そんな非道を……あの東藍とやらは、やっぱり……」

「まあ、待ちなよ、おかみさん。東藍は、あれは違う」

「どこが違うものですか！　うちの人はずっと、濃藍の染め方を工夫していたんです！　そっくり同じものを売り出しておいて、いまさらどんな言い訳だってできやしない」

「東藍には、ご亭主の工夫を使っちゃいない……いや、使えなかったんだ」

三左衛門は、めったに見せない苦い顔をした。

「初めはな、覚書どおりにやってみたさ。だが、何十遍試してみても、思ったとおりの色は出なかった」

茂兵衛の編み出した方法は、茂兵衛の腕があってこそ、初めて成せる業《わざ》なのだろうと、三左衛門は悔しそうに告げた。東雲屋の紺屋には、そこまでの力量の職人がいない。失敗をくり返した揚句《あげく》、三左衛門はそう悟った。

「だが、こっちにも意地があってね。だからご亭主の覚えをもとに、あれこれと工夫を重ねた。紺屋の職人はもちろん、薬種屋の手代たちにもきいて、あらゆる材を集め、量を加減して試してみた」

藍の発酵を促《うなが》すために、石灰や灰汁《あく》だけでなく、酒や麹《こうじ》、薬種などもさまざまに按配《あんばい》し、糊《のり》の材も変えてみたと、三左衛門は言った。まんざら嘘ではないと思えたのは、お唄の話があったからだ。お唄がたらし込んだ薬種屋の手代は、染めの工夫について知恵を貸すよう、三左衛門から頼まれていた。茂兵衛の覚えをそっくりなぞったとしたら、そのような手間は要らない筈だ。

試行錯誤の上に、ようやく仕上がったのが東藍だと、三左衛門は誇らしげに告げた。

「あれは誰に恥じることのない、うちの色だ。だからこそ、あれほど大きな披露目《ひろめ》も行った」

「それでももとを辿れば、やっぱりうちの人が記した、この覚書じゃありませんか。何もないところからなら、工夫の思いつきようもないでしょう」

「おかみさんにどう思われようと構わんよ。おかげさまで、たんと儲けさせてもらったからな」

鼻をうごめかす東雲屋に、それまで黙っていた新堀が口をはさんだ。

「もう、そのくらいにしておけ。東藍に陰りが見えてきていることは、すぐにおかみにも伝わるぞ」

水をさすなと言うように、三左衛門が小さく舌打ちする。

「どういうことでございますか？」

伊予が、新堀に向かってたずねた。

「東藍は色落ちが激しいと、訴える客が出はじめてな。悪いことは、できぬものだな、東雲屋」

苦笑を浮かべる新堀を、三左衛門が苦々しげに見やる。水を潜《くぐ》らせるたびに色が落ちるのは、どんな染めにも言えることだ。だが、東藍はそれがことさらひどく、三度も洗えば、並の藍とかわらない薄さになってしまうという。

「それは……お気の毒なことですね、東雲屋さん」

皮肉を投げながらも、環の口許はおかしそうにゆがんでいる。

いまにも裂けそうなほど、ぴりりと緊張していた空気がいくらかゆるみ、察した三左衛門は話を変えた。

「実はおかみさんに見せたかったのは、旦那の帳面じゃない。こっちの方でね」

三左衛門が、環の前に手をさし出した。肉の厚い手から紐《ひも》がぶら下がり、その先で何かが揺れている。環と伊予が、目を凝らした。

「これは……あのときの……」

紐の先で光っているのは、いつか三左衛門が見せてくれた藍方石《らんぽうせき》という藍色の玉だった。

「こいつは、旦那の仏の傍《かたわ》らで拾ったものだ」

「本当ですか」

「結び紐を、よくよく見りゃあわかる」

三左衛門が、藍方石を環に渡した。吸い込まれそうな深い青の玉は、おそらく根《ね》付《つけ》に使われていたのだろう。薄緑色の紐が結わえられているが、その色が途中で変わっている。

「これは、もしや……」

「ああ、そいつは茂兵衛の旦那の血だ」

新芽のような清々《すがすが》しい色は、紐の半ばだけ赤黒く変わっている。帳面にあった血の跡は、赤い千代紙がその色をうまく隠していたが、紐が吸いとった茂兵衛の血は、それよりずっと生々しかった。

「前にあんたに見せたのは、茂兵衛の旦那の持ち物かどうか確かめるためだ。だが、おかみさんは違うと言った。それなら下手人の落としものじゃあないかと、そう考えた」

「では、この玉の持ち主が、うちの亭主と阿波八さんを?」

そういうことだと、三左衛門はうなずいた。

だが、いくら珍しい南蛮渡りの藍方石とはいえ、いざ持ち主を探すとなると大事《おおごと》だ。深い森の中で、たった一本の木を探すのに等しい。茂兵衛が袈裟《けさ》に斬られていたことから、相手は侍である見込みが高く、それならいっそう厄介だ。そんな面倒に足を突っ込むつもりは、三左衛門にはさらさらなかった。

「なのにおかみさんが、やいのやいのとうるさいものだから、動かざるを得なくなった。まったく、とんだとばっちりだ」

と、いささか怨みがましい視線を、環に投げた。

「もっとも、この旦那が、心当てがあると言い出さなけりゃ、腰を上げることもなかっただろうがね」

三左衛門は、傍らに座す新堀に、首をふり向けた。

「上総殿は、この石の持ち主をご存じなのですか？」

驚いたように、伊予が初めて口を開いた。

「いや、これとよく似たものを、目にしたことがあるだけだ。私が見たのは玉ではなく、ちょうどその玉をふたつ合わせたような、瓢簞《ひょうたん》に近い形をしていたからな」

「瓢簞、でございますか」と、環が受けた。

「おそらく瓢簞ではなく、輪違《わちが》い紋《もん》を象ったものだろう」

輪違いとは、ふたつの円の端を重ねて、横に並べた形をしている。糸輪《いとわ》紋、あるいは金輪《かなわ》紋の類とされる、家紋のひとつだった。

「五年前に一度目にしたきりだが、並の石やとんぼ玉とは違う、ひときわ美しい色が頭に残っていてな、それで思い出した」

「五年というと……上総殿が、阿波にいた頃ということですか？」

たずねた伊予に、新堀は首をうなずかせた。

「五年前、新しい江戸家老が任ぜられ、阿波を立つところを皆で見送った。輪違い紋を象った藍の石は、その江戸家老が身につけていた」

新堀が語った主旨に気がついて、伊予が顔色を変えた。

「では、この玉によく似た石を、いまの江戸家老さまが持っていたということですか！」

「輪違い紋は、鶫野家の家紋。輪違いの根付《ねつけ》は、鶫野幸大夫さまのものだ」

一瞬、座敷が静まりかえり、やがて環が、ゆっくりと口を開いた。

「あの、それはつまり、阿波の江戸家老さまが……自らうちの亭主を殺めたと、そういうことですか？」

「手を下した者は別にいるが、命じたのは鶫野さまだろう」

「鶫野さまが殺せと命じたのは……やはり阿波屋八右衛門ですか」

隣の環を気遣いながら、伊予がたずねた。新堀も、気の毒そうに環をながめる。

「そうだろうな。紫屋の亭主とは、何の因果もないからな」

たまたまあの夜、阿波屋の寮を訪ねたばかりに、巻き添えを食って殺された。喜び勇んでとぶように根岸へと駆けた茂兵衛は、天上からいきなり地獄に落とされたような恐ろしい思いをしたことだろう。その無念がいまさらながらに哀れで、環の胸が重くふさがった。

「おかみさん、まだ話は終わっちゃいない。下手人は別にいると、新堀の旦那が言ったろう？」

え、と環は顔を上げた。三左衛門は、環の手の中にある藍方石を指さした。

「その玉が、本当の下手人を教えてくれた」

三左衛門の顔からは、いつものふてぶてしい笑みが消えていた。

ぎらりと光るその眼差しを正面から捉えて、環の喉がごくりと鳴った。

「……いったい、誰なんですか」

「おかみさんが、ようく知っている者だよ。あんたの傍《そば》にいて、ずっと味方のふりをしていた奴さね」

三左衛門が告げたのは、思いもかけない名前だった。

二

「今日の出役《でやく》をとりやめにしろだと？　そいつは無茶というものだ」

山根森之介《やまねしんのすけ》は、環の頼みに目をむいた。

「やはり、無理でしょうか……」

日頃からどこか困っているような山根の顔が、ますます困惑を深める。

仔細《しさい》ありげなようすを察したのだろう。南町奉行所を訪ねてきた環を、山根は外へと連れ出して、数寄屋橋御門《すきやばしごもん》に近い堀端に行った。

「南町《うち》ばかりでなく、北町からも助っ人がくる手筈になっているからな。やめるとなれば、お奉行の許しが要《い》る。あいにくと今日は、御評定所《ごひょうじょうしょ》へ出られていてな」

今夜半に行われる東雲屋への手入れは、根岸の寮ばかりでなく、日本橋や紺屋町の店々にも捕方《とりかた》が出張る大がかりなものだ。おいそれと沙汰《さた》やみにできる筈もない。

「何か、まずいことでも生じたのか？　もしや東雲屋に、今宵のことがばれたのではなかろうな」

「いえ、そういうわけでは……」

環は曖昧《あいまい》に顔をうつむけた。環の中には、ただ迷いがあった。

三左衛門から本当の下手人の名を告げられても、環も、そして伊予も、到底信じることなぞできなかった。だが、いまの環には、確かめる術がない。そして東雲屋への手入れは、刻一刻と迫っている。

茂兵衛を殺したといきなり言われても、環にはこれまで培《つちか》ってきた相手への信頼がある。仇と信じていた三左衛門や、今日初めて会った新堀よりも、そちらを信じたいと思う気持ちは、ずっとずっと強かった。

だが、ふたりの男が語った話は、きちんと筋道が通っていた。もしも真実であれば、東雲屋には町方の調べを受ける謂《いわ》れはない。

せめて己で真偽をたしかめるまで、事を起こすことは控えたいと、環は願っていた。町奉行所に介入されれば、否応《いやおう》なく仔細は明るみにさらされる。どこを切ればよいかわからぬままに、包丁をふり下ろすようなもので、一度裂いてしまえば二度ともとには戻らない。

「ひょっとして、不首尾《ふしゅび》に終わることを案じているのか?」

この同心に、先刻きいた下手人の名を告げるわけにもゆかず、環は困ったようにうつむいた。その表情から、山根は屈託だけを察したようだ。なぐさめるように言葉をかける。

「そんな顔をするな。万一、亭主を殺めた証しが出ずとも、相手はあの東雲屋だ。たたけばいくらでも埃《ほこり》が出る」

商いのためなら、東雲屋は法に触れるような無理を、いくらでも通してきた。それでお縄にできれば、とりあえずは御上の面目も立つだろう。環の気を引き立てるように、山根は明るい口調で言った。

「それよりな、おかみ。この捕物が終わったら、考えてほしいことがあるのだが……」

環が顔を上げると、山根はその目を逃れるように、横を向いた。

「そのう……おれの後添《のちぞ》いに、来てもらえないかと……」

「え!」

どうにも照れくさくてならないのだろう。山根はがりがりと首の裏を掻く。

「死んだ茂兵衛を忘れられない、おかみの気持ちはわかっているつもりだ。だから待つつもりでいたんだが……親がどうにもうるさくてな」

山根は、妻を亡くして五年になる。跡取りとなる子もないから、そろそろ後添いをとるべきだと、両親が見合い話を進めようとしていると、ばつが悪そうに語った。

「実を言うと、おれは養子でな。赤ん坊の頃に、山根の家にもらわれてきたんだ」

「そう……だったのですか」

「山根の父も母も、実の子のようにおれを可愛がってくれた。その恩もあってな、親の願いは無下《むげ》にできない」

養母はからだが弱く、子が望めなかった。山根森之介は、この養母の遠縁の家から、もらわれてきたという。

「山根の父母だけでなく、実の父親からも同じことを言われてな。まったく、親が三人もいると、うるさくて敵わぬな」

冗談めかして、山根が愚痴《ぐち》をこぼす。

「実のお父上さまとも、親しく行き来されているのですね」

「ああ。だが、初めて会ったのは四年前でな。身内贔屓《びいき》と笑われそうだが、志の高い立派な人だ。同じ血がおれに流れているのかと思うと、誇らしい気持ちになった」

その表情には、素直な尊敬の念があふれていた。

「親たちにせっつかれて、おれも後添い話を本気で考えざるを得なくなった。だが、おれは正直、おまえさんより他には目に入らなくてな」

山根はいつになく、真剣な顔を環に向けた。

「この五月《いつつき》ばかり、ずっとあんたを見てきた。初めはただ、後家《ごけ》となった身の上が不憫《ふびん》に思えて……なのにいつのまにか、目が放せなくなっていた」

山根が環を見知ったのは、茂兵衛の事件がきっかけだった。

亭主を亡くした悲しみにくれながらも、主《あるじ》を失っていまにも倒れそうな紫屋を、環は女の細腕で懸命に支えてきた。親類縁者に口さがないことを言われても、凛とした姿勢を崩さず、一方で職人たちからは母や姉のように慕われている。そういう姿をずっと見てきたと、山根は言った。

「だが、おれが惹《ひ》かれたのは、紫屋のおかみとしてのあんたじゃない。何というか……一緒にいると、ひどく居心地がいいんだ。まるで十年も前から同じ屋根の下にいたような、そんな心安さがあってな」

それは環も、同じだった。いつか甘味屋で、汁粉を食べたときのことが胸に浮かんだ。たぶんあのときから、環は山根を役人ではなく、ひとりの男として意識していた。

『山根の旦那といたときのおかみさんは、肩の力がそっくり抜けていたんだよ』

いつぞやおくめに言われた言葉が、ふいに頭をかすめた。

山根に大事にされながら、ともに暮らす夢を、思い描いたことがないかといえば嘘になる。その夢の中の環は、いつも幸せそうに笑っていた。

「紫屋は、延二郎《えんじろう》に継がせるつもりなんだろう？　その先が定まっていないなら、おれも考えの内に入れてくれないか」

「山根さま……」

「だが、すべては茂兵衛の一件が、片付いてからだ」

今夜の御用改めでその目鼻がつくと、山根は気負うように告げて、また奉行所に戻っていった。

かくりと膝の力が抜けて、環はその場にしゃがみ込んでいた。


真夜中を告げる九つの鐘を合図に、数組に分けられた捕方の群れは、いっせいに東雲屋に踏み込んだ。

日本橋の両替店、薬種店、神田にある紺屋と芝にある寮。そして根岸の隠し寮と、それぞれに配された捕方は、御用改めを告げて屋内の家探しをはじめた。

根岸の隠し寮には、馬に乗った与力がひとりに、出役姿の同心が五人。この中には山根森之介の姿もあった。荒くれ者ぞろいの東雲屋の雇い衆を警戒しての用意だろう、小者の数は十四、五名にも及んだ。

だが、蓋《ふた》をあけてみると、源次とその下のふたりの兄貴分は、しごく大人しいものだった。この日、根岸の寮にいたのは、主の三左衛門と寮番の爺や、そして食客となっていた新田屋《にったや》と名乗る上方の商人で、源次ら若衆を入れて六人だった。

寝ていたところを叩き起こされ、源次などはさすがに不機嫌そうにしながらも、逆らう素振りは見せず、寮にいた六人は早々に前庭へと集められ、町方によるいさか乱暴な御用改めの成り行きを、じっと見守っていた。

「山根さま、目当てのものは見当たりやせん」

「よく探せ！　奥座敷の違い棚の奥に、隠し棚がある筈だ」

常には多少頼りなく見える山根だが、出役ともなれば気合が違う。報告に来た小者に、ぴしりと命じた。

「たしかに隠し棚はありやしたが……いくら探ってみても中はからっぽで、帳面はおろか紙切れ一枚入っちゃおりやせん」

「本当か？」

山根が、ぐいと三左衛門をふり向いた。小者に脇を固められ、姿だけはしおらしくしているが、三左衛門は山根と目が合うと、にたりと笑った。

さすがに癇《かん》に障ったようで、たちまち山根の顔つきが険しくなる。

「場所を移したにせよ、どこかにある筈だ。天井裏から床下まで、くまなく探せ！」

一喝された小者たちが、また屋内に戻っていくと、山根はゆっくりと三左衛門に歩み寄った。

「この期《ご》に及んで、まだ何か企《たくら》んでいるようだな、東雲屋」

「滅相《めっそう》もありません。御上に逆らうつもりなぞ、毛頭《もうとう》ございませんよ。今日は腹の内を、すっかり明かす覚悟にございますから」

人を苛《いら》つかせるような笑みがいっそう深くなり、山根は薄気味悪そうに眉間《みけん》を寄せた。

「紫屋茂兵衛殺しの下手人を、知りたくはございませんか？」

「何だと？」

相手の目論見《もくろみ》を探るように、山根の目が細められた。互いのあいだに沈黙が落ち、それを破るように声が響いた。

「私も、知りとうございます、山根さま」

はっとして、山根が声の方をふり向いた。

「おかみ……どうして……」

寮の木戸を潜《くぐ》り、こちらに近づいてくるのは環だった。

その後ろに、三人の女が続く。侍姿に戻った伊予と、お唄とおくめだった。山根が困ったように眉を下げた。

「こんなところに、女子《おなご》が来るものではない。成り行きを案じてのことだろうが、ここはおれたちに任せて……」

「殺されたのは、私の亭主です！」

「おかみ……」

「その下手人を、東雲屋さんが知っているというから、ここへ来ました」

一度決めたら後へは引かない。環の気性は、山根も承知している。諦めたように、長いため息をついた。

「わかったよ、おかみ。ひとまず東雲屋の話を、きこうじゃないか。いったい、誰が下手人だと言うんだ？」

「その前に、ご覧いただきたいものがございます」

と、東雲屋が懐を探った。とり出したのは、あの藍方石の根付だった。

小さな玉は、月明かりのもとでは見分けがつきにくい。小者から提灯を受けとって、三左衛門の手許を照らす。山根がわずかに顔を寄せ、その目が大きく広がった。

信じられないと言うように、紐から下がる石を見詰め、山根がかすかに首を横にふる。

「馬鹿な……どうして……」

「この石は、山根さまのものでございますね？」

「三左衛門……おまえ……何を……」

「この石の持ち主が、茂兵衛の旦那を手にかけた人殺しですぜ」

ずい、と前に出た東雲屋三左衛門の形相《ぎょうそう》が、提灯の灯りのもとで凄みを帯びた。

三

山根森之介の顔が、ことさら青ざめて見えるのは、月明かりのせいばかりではないようだ。にんまりとほくそ笑み、東雲屋三左衛門は小声で言った。

「この話は、旦那だけにお伝えしたいんですがねえ。あちらの隅に、場所を変えさせていただけませんか」

三左衛門が人払いを申し出て、ごくりと喉仏を上下させ、山根がこれを承知した。

張り付いていた数人の小者と、源次を含む東雲屋の雇い人をその場に残し、山根と三左衛門は庭の隅にどっしりと立つ、赤松の傍らへ行った。姿は見えるが、ここなら奉行所の小者たちには声が届かない。三左衛門は、新田屋と名乗った商人の同席も乞うた。

「私どもも、お話に加わらせていただきます」

「おかみ、それは……」

環にはきかれたくないのだろう。山根は止めたが、己の亭主に関わる話だ。環は有無を言わせず従って、その後ろに伊予とお唄、おくめが続く。

七人が赤松の根方に顔をそろえると、三左衛門はふたたび根付をさし出した。

「これは紫屋のご亭主の仏の傍らで拾ったものでしてね。いわば下手人の、落とし物ということです。調べてみると、藍方石という南蛮渡りの珍しい石でした」

場所を移し、時を置いたことで、山根は落ち着きをとり戻したようだ。

「なるほど……おれが同じ根付を持っていることを突きとめて、下手人だと疑ったというわけか」

今度は表情を変えずに、三左衛門に応じた。

「たしかにおれの根付によく似ているが、違うものだ。おれの根付は……ほら、ここに、ちゃんとある」

　山根は懐を探って、布の煙草入れをとり出した。その先には、たしかに同じに見える丸い石が揺れていた。だが、それを目にした三左衛門の笑みが、いっそう深くなった。

「そいつはね、旦那。私が作らせた偽物でしてね」

「なん……だと？」

「江戸中の唐物問屋《からものどんや》を当たって、ようやく見つけやしたがね、形が違った。職人に頼んで、こいつとそっくりに丸く削らせたんですよ」

　からかうように、己《おのれ》の手にある玉を揺らす。その紐には、茂兵衛の血がしみついている。

　それを人に見せるわけにもいかず、最初は落とし主を探すために、三左衛門は紐だけを組紐師《くみひもし》に作らせた。最初に環に見せたのも、紐だけをすげ替えた本物の藍方石である。

　そして、石の偽物を作るよう促したのは、新堀上総だった。藍方石は、鵜野幸大夫と阿波八・茂兵衛殺しを結びつける、たったひとつの証しだ。万が一にでも奪われてはいけないと新堀は進言し、とんだ散財だとこぼしながらも、三左衛門はこれをきき入れた。

　だが、その偽物が思わぬ餌になったと、三左衛門は山根に向かってほくそ笑んだ。

「その偽の玉を、わざわざここから盗み出してくれた者がおりましてねえ」

山根の頬がこわばったが、それ以上に、環の傍らにいた女のからだが、びくりと大きくはずんだ。

「その玉を持って、まっすぐに下手人のもとへ走った。うちの雇い人が追っているとも知らずに、八丁堀《はっちょうぼり》の組屋敷まで……いいえ、山根の旦那のところまで案内してくれたんでさあ」

と、三左衛門は環の方に、首をふり向けた。

「なあ、洗濯屋の婆さん、そうだろう？」

環はそっと、傍らのおくめを窺《うかが》った。

「いったい……何の話だい……」

口では辛うじてそう応えたが、がっしりとしたからだは、おこりにかかったようにがたがたと震えている。見るに堪えず、環は思わず目を閉じた。

「あたしは見るに見かねて……ここの掃除なんぞを手伝っていただけで……なのに泥棒呼ばわりなんて、あんまりじゃ……」

「諦めろ、婆《ばば》。私がこの目で見ていたんだ」

商人姿で、新田屋に扮していた新堀が、初めて口を開いた。

「おまえが奥の間の隠し棚から帳面と根付をとり出して、根付だけを持ち去るところをな」

おくめの不審な動きに、新堀や源次は最初から気づいていた。あえて好きに泳がせて逆にようすを探っていたのは、おくめが紫屋に出入りしていることを、源次たちがつかんだからだ。

「てっきり紫屋のおかみが、死んだ亭主の帳面を探すために寄越したものと、そう思っていた。だがおまえは、帳面はそのままに藍玉だけを持ち出して、神田を素通りし、まっすぐ八丁堀へと向かった」

「知らない……あたしは、そんなことしちゃいない……」

厚い肩に首を埋めるようにして、無闇に頭《かぶり》をふる。そんなおくめを、山根が忌々しげにちらりと見遣《みや》る。

「おくめさん、どういうことだい？　あたしには何が何やら、さっぱり……」

とまどいぎみにおくめを覗き込んだのは、お唄だった。環と伊予が、辛そうに視線を交わし合う。お唄は先程、東雲屋での捕物見物のために、品川から着いたばかりだ。三左衛門と新堀が語った話は、おくめ同様、何もきいていない。

伊予が眉間を寄せて、低く告げた。

「おくめは、おかみとこの同心と、二重に隠密《おんみつ》を働いていたんだ」

「何だってえ?」

その場にそぐわない、素《す》っ頓狂《とんきょう》な声をお唄が張り上げる。

東雲屋に関するあれこれを、環と山根、双方に流し、そして環たちの一切の動きもまた、山根に伝えていた。伊予はその推測を語り、おくめの背中に手を置いた。

「おくめ、どうしてそんな真似をした? 金の、ためか? 孫のための小遣い銭稼ぎだったのだろう? 同心からの銭欲しさに、紫屋のおかみを裏切ったのか?」

そう言いながらも、伊予の声は憐憫《れんびん》に満ちていて、決して責め問い口調ではない。環もやはり、努めてやさしい声で話しかけた。

「お金のためと言うなら、それはそれで仕方ありません。怒ったりしませんから、どうか話してもらえませんか?」

新堀に初めて明かされたときには、ふたりとも信じることができなかった。だが、いかついからだを精一杯すぼませる哀れな姿に、やはり本当だったのかと諦めに似た思いが広がる。

しかしおくめは、それでも頑《かたく》なに認めようとしなかった。

「知らない、知らないよ。根付のことなんて、あたしは何も……ましてやこの旦那となんて、あたしは一切関わりないんだ」

これ以上は何も語るまいと言うように、おくめは大きな口を固く引き結んだ。

おくめの顔に、悲愴なまでの決心を読みとって、環は、おや、と気づいた。金のためだと、環にもそのくらいしか思い浮かばなかった。だが、おくめがこうまで隠そうとするのには、もっと別の理由があるのではないかと、環はふとそのように感じた。うつむき加減の顔には、己の保身に走る卑小な表情はなく、何か大事なものを守ろうとするような、必死な思いが透けていた。

「どうやら、すべてはおまえたちの作り話のようだな」

おくめが口を割るつもりがないと、わかったのだろう。山根があからさまにほっとして、ふたたび三左衛門に向き直った。

「だいたい町方のおれが、洗濯婆なぞに隠密を頼む筈がなかろう。子飼いの小者が、いくらでもいるのだからな」

すっかり態勢を立て直したようで、山根は役人の顔に戻っている。

「この根付についても、やはり三左衛門、おまえの作り話だ。おれは肌身離さず、この石を持っていたのだからな。あろうことか、このおれに罪をなすりつけようとは……おれに周りを嗅《か》ぎまわられたのが、そんなに気に入らなかったか?」

すべては罪を逃れるために、三左衛門が立てた筋書きだと、山根は断じた。

厄介だなと言いたげに、三左衛門が顔をしかめる。血のついた根付ひとつでは、証しとしては弱過ぎる。山根はそう楽に白状するまいと、その読みはあったが、まさか洗濯婆風情《ふぜい》がここまでしらを切り通すとは、三左衛門にとっては大きな誤算だった。

その苦衷《くちゆう》を察したように、新堀が前に進み出た。

「よろしいのですか？　偽物の石のままで……その藍方石は、お父上からの賜《たまわ》りものではないのですか？」

山根がかすかに目を細め、商人姿の男をながめた。

「ご貴殿の実のお父上は、阿波蜂須賀《はちすか》家江戸屋敷家老、鶍野幸大夫さまでございますな」

「……そのとおりだ……だが、一介の商人が、何故それを？」

「同じく蜂須賀家家臣、新堀上総と申します……もっとも私の出自など、洗濯婆の口を通して、とうにご存じの筈ですが」

新堀が、皮肉な調子で返す。山根はそれには何も応えず、じろりと新堀をにらんだ。

「もはや家臣ではなかろう。阿波屋から賂《まいない》をせしめ、それが明るみに出るのを恐れ、番方を斬り殺して領内から逃げたと、鶍野の父からはそうきいているぞ」

「すべては鶍野幸大夫さまが仕組まれたこと。真に卑怯きわまりない奸計《かんけい》にございました。私はまんまと罠に嵌《は》められて、何より大事な友を亡くしました……」

その瞬間、同心の表情がたちまち険しくなった。

「おればかりでなく、父上までも愚弄《ぐろう》するつもりか！」

様変わりした山根の姿に、環の胸が大きく波打ったが、新堀はまるで動じない。

「お父上は立派なお方だと、信じておられるのですね」

「あたりまえだ！　広い見識を持ち、先の先まで見通しておられる。お家のためばかりでなく、国の行く末までも案じた上で、動こうとしているのだ」

「なるほど……そのようすでは、事の次第をすべて明かされてはいないと、そうお見受けしました」

新堀は臆することなく、ただ淡々と語った。

江戸に落ち着いてふた月が過ぎた頃、新堀は阿波屋八右衛門とひそかに会った。そして己が調べた悪事のあらましを、阿波八に伝えたのである。一方の阿波八も、葉藍の横流しに気づいた矢先のことだった。互いに摑んだ真実をつき合わせ、ふたりは鵜野と須垣屋《すがきや》の企みだと確信するに至った。

「阿波八が死んだのは、その足場固めがあらかた終わった頃だった……表立って動けない私に代わって、阿波八は事の次第を詳《つまび》らかにして御家に訴え出ようとしていた。つまりは口封じのために殺されたのだ」

そのときばかりは、新堀の双眼が険しくなった。

「貴殿は鵜野さまから、真実《まこと》をゆがめて伝えきいていた。父上の嘘に踊らされ、何を考えもせず一介の町人を手にかけた」

「それより先は、口を慎《つつし》め」

山根から、歯を食いしばるような嫌な音がもれた。それでも新堀は、なおも畳《たた》みかけた。

「阿波屋八右衛門は、阿波ばかりではなく、この国のためにも良からぬことを成す輩、斬って捨てるに足る奸商《かんしょう》だと、そうきいたのではありませんか？」

「黙れ！」

ざっ、と山根の右足が前に出て、左手が刀の鯉口《こいぐち》にかかった。山根は捕物出役の出立《いでた》ちだ。尻をからげた着物の内に鎖帷子《くさりかたびら》をつけ、鉢巻《はちま》きに籠手《こて》、脛当《すねあて》までも備えている。その気になれば、すぐにでも新堀に討ってかかりそうだ。

だが新堀は、剣とは違うもので戦うつもりだった。新堀は、鵜野幸大夫と山根森之介親子について、でき得る限り調べ上げていた。

新堀がまず頼ったのは、鵜野と江戸家老の地位を争って負けた、鳴沢大善《なるさわたいぜん》だった。

無残な死を遂げた蓮沼伊織の名誉のためにも、新堀は身の潔白を明かさなければならない。そのためにはどうしても、蜂須賀家において、鵜野と匹敵《ひってき》するほどの力を持つ者が必要となった。

鳴沢大善は、鵜野との政争に敗れ、中老の地位を退いた。事実上は隠居の身だが、未だにその力は衰えていない。また、跡目を継いだ息子の範善《のりよし》は、家臣を監察する目付の役にある。藩内の情報に、誰より通じる役目であり、新堀はこの鳴沢親子に白羽の矢を立てた。

江戸へ出て、東雲屋の寮に落ち着くと、新堀はすぐに大善に手紙を書いた。鵜野幸大夫と藍商須垣屋の企みを明かし、真相を詳らかにして欲しいと乞うたのである。

国許での噂通り、酒癖という己の恥を餌にして、江戸家老の地位をさらった鵜野を、大善は深く怨んでいた。思いのほか早く、江戸家老と藍商の癒着《ゆちゃく》の調べに乗り出してくれた。大善はまた、子飼いの配下をふたり、江戸屋敷に遣わして鵜野幸大夫の動向を探らせた。

新堀はかねてから、このふたりの家臣と何度か顔を合わせていた。

脱藩した咎人《とがにん》の身であるから、問答無用で斬り殺されてもおかしくない。初めのうちは用心に用心を重ね、東雲屋の根岸の寮に起居《ききょ》していることだけは大善にも明かさなかった。便りや言伝《ことづて》はすべて、三左衛門が馴染《なじ》みとなっている料理屋を通じてやりとりしていたが、ひと月ほど前、大善は息子の範善をわざわざ江戸に寄越した。

範善と会い、その人となりを知り、また大善が本腰を入れて事に当たっていることをきき及び、新堀はようやく警戒をゆるめることができたのだ。

御用の向きで江戸に来た範善は、すぐに阿波に戻ったが、新堀との密談の折に、大善子飼いのふたりの家臣と引き合わせた。以来、たびたび新堀は、このふたりを通して探索の進み具合を知らされていた。

おくめが根付を八丁堀の組屋敷に持ち込むのを見届けて、どうやらその藍玉が山根の持ち物らしいと、調べてきたのは源次たち東雲屋の連中だ。同じ石を持っているなら、何らかの繫がりがあると踏んで、新堀は鵜野と山根の関わりについて探るよう、蜂須賀家のふたりの家臣に頼んだ。

鵜野は若い頃、何年か江戸藩邸にいたことがある。その当時のことを、鵜野家に仕えていた元使用人や、同じ御長屋にいた同輩にたずねたところ、幸大夫が女中に子を産ませていたことがわかった。子供は密かに里子に出され、その養子先が町方同心の山根家だった。

新堀は、目の前にいる山根森之介に、憐れむような目を向けた。

「私には見当がつかぬ。阿波八を殺め、何の関わりもない紫屋茂兵衛までも殺した……己を捨てた親のために、何故そこまでするのか」

「滅多なことを言うな！　父上はおれを捨てたのではない。藍方石の根付こそが、その証しだ。山根の家に里子に出すときに授けてくれた、その石こそが何よりの……」

「このではなく、三左衛門が持っているその石ですか」

　揚げ足をとられ、新堀を見据える山根の目が、いっそう凄みを帯びた。

「……ただの、言葉のあやだ」

　動揺を押さえつけるように、山根は大きく息を吐き出した。だが新堀は、さらに揺さぶりを誘うように言った。

「その一切が、初めから算盤尽《そろばんずく》だとしたら？」

「何だと？」

「値打物の石を与え、町方同心の家に養子に出した。それがすべて、もしもの折に誰よりも役に立つ、忠臣を得るためではなかったかと、私にはそう思える」

「馬鹿を言え、三十数年も前のことだ。そこまで先を見越せる筈なぞ……」

「鵜野幸大夫さまは、先の先まで見通せるお方だと、山根殿は先程そう仰《おっしゃ》いました」

　ふたたび言葉尻を捕えられ、山根がぐっと詰まる。

そのようすに、にたりと笑ったのは三左衛門だった。

「山根の旦那、私からもひとつ、お話がありましてね」

苛々《いらいら》とした調子で、何だ、と山根が応じる。

「旦那が山根のお家に出されたのは、山根の母上さまが鵜野さまの遠縁に当たられると、そのご縁だそうにございますね」

環が気づいて、かすかに身じろぎした。山根からきいた話を三左衛門に告げたのは、環だった。

「ですがね、旦那、私どものきいた話とは食い違っておりましてね。山根さまと鵜野さま、ご両家には、一切血のご縁はない筈なのですよ」

「おまえまで、たわけたことを口にするのか」

「いいえ、こいつはさる筋からきいた、たしかな話でしてね」

三左衛門は源次らに命じ、当時、山根家に出入りしていた者を探させて、若い頃目明しをしていたという老爺を見つけ出した。その老爺が手札を受けていたのは別の同心だが、山根家の手先を務めていた男と、当時親しくしていたのである。

「旦那の実のお父上とご養父さまは、たしかにつきあいはありましたが、決して昵《じっ》懇《こん》という間柄じゃあなかった。それなのに鵜野さまは、己の子をもらってくれまいかと申し入れたそうですよ」

山根森之介の養父母は、十年経っても子を授からなかった。そして養子の話をちらりともらしたとたん、鵜野の方からぜひにと乞われたという。しかし父方の親類縁者にも男の子はおり、赤の他人からわざわざ養子をとる必要はない。山根の養父も最初は困惑していたようだと、もと十手持ちの老爺は語った。結局、申し出を受けることにしたのは、その子がまだ赤ん坊で、手ずから育ててみたいと養母が願ったことと、何よりも鵜野の熱心さに押されたことが大きかったようだ。母方の遠縁からの養子としたのは、父方の親類への申し開きのためだった。

三左衛門からきかされて、山根の視線が不安げにさまよい出した。新堀が、やはり静かな調子で後を引きとった。

「その頃は、生まれて半年ばかりの乳飲《ちの》み子だったそうで、すでに実の母である女中がひとりで育てていた。それを無理やり取り上げるようにして、山根家へ養子に出した。これがどういうことか、おわかりか？」

問われた山根は、石のように動かない。

「鵜野さまはおそらく、布石を打たれたのだ」

きっぱりと、新堀は告げた。

町方役人の家には、諸藩からたいそうなつけ届けがなされる。田舎者たる家臣たちが、江戸で騒ぎを起こしたときに、穏便に取り計らってもらえるようにとの配慮からだ。江戸の町方役人との繋がりは、先々きっと役に立つと、聡明な鵜野はよく承知していた筈だ。

「あなたはいわば、そのために山根家にさし出された贈り物だ。鵜野さまは、もっとも値打があり、また何十年にもわたって効き目の薄れない品を贈ったのだ」

「いい加減にしろ！　それ以上の無礼は、我慢がならん！」

山根の目は、闇の中でもはっきりとわかるほど血走っていた。

「鵜野さまは、あなたのことなぞ一顧《いっこ》だにしていない。それも薄々、ご自身で気づいているのではありませんか？」

生まれて半年ものあいだ、手をつけた女中と一緒に放り出しておきながら、使えるとわかると品物のように他人に渡した。それが何よりの証しだと、新堀は山根を追い詰めた。

「気づいているからこそ、無理をした。親に認めてもらいたいと願う、幼子と同じだ。そして、ただの人殺しの道具になり果てた」

「やめろ！」

「さすがに鵜野さまは、お考えが深い。家臣に阿波八を殺させれば、どこかで必ずほころびが出る。己を決して裏切らず、阿波にも関わりのないうってつけの者に、その役目を負わせるとは」

山根の両眼がぎらりと殺気を帯びて、刀の鯉口が切られた。右手がゆっくりと刀を抜く。

「新堀上総。おまえは国を逃れたおたずね者だ。この場で始末されても文句は言えまい」

山根が新堀に向かって刀を構えた。だが、ふたりのあいだを埋めるように、小柄な影がその前に立った。新堀を背にして、正眼《せいがん》の構えをとる。

「おまえの相手は、この私だ」

「よせ、伊予殿、危のうござる」

「上総殿こそ、下がっていて下さい！」

止めようとする新堀を払うように、背を向けたままで伊予が叫んだ。

「何故、その男をかばう。そいつこそが、探し求めていた仇ではないのか？」

山根が、伊予に問うた。

「兄の仇は、鵜野幸大夫だ」

「おまえまで、父を愚弄するつもりか」

「私の兄を、よりによって叔父と従兄に殺させた！　どのような大義を唱えたとて、そなたの父は、奸物《かんぶつ》以外の何物でもない！」

「黙れ！」

激したふたりが、同時に踏み込んだ。

がきん、とひとたび刀が交わって、互いに後ろにとび退《すさ》る。たまりかねて、環が声を張り上げた。

「おやめ下さい！　おふたりが争うのは、筋が違いましょう」

「下がれ、おかみ。こやつは本気だ。本気で上総殿を、手にかけるつもりでいる……その刀が、何よりの証し」

「……刀？」

「町方役人は、生きて召し捕るのが建前だ。なのに何故、刃を引いていないのか」

はっとして、環は山根をふり返った。捕物においては、同心は刃を引きつぶした刃引きの刀を使う。目を凝《こ》らしても闇の中では見分けがつかないが、刀を合わせた伊予は、山根の得物《えもの》が真剣だと気づいたのだろう。

「初めから、この旦那を斬るつもりだったとは。向こうさんにとっては、えらく邪魔なようですねえ、新堀さまは」

三左衛門が、からかうように鼻で笑う。

「私を斬ったところで、何も変わらぬ。すでに仔細は、殿さまの耳にも入っておる。鵜野さまはまもなく国許に呼び戻されて、評定《ひょうじょう》にかけられよう」

新堀が告げ、山根がはっとなった。

「……父上が、まさか……」

「どのような大義名分をかざされたのかは知らぬが、鵜野さまがなされたことは、阿波屋を陥《おとしい》れ、別の藍商から賂《まいない》を受けとったに過ぎぬ」

「違う！　父上は、藍商どもが握る十数万石もの利を、阿波のため、この国のために役立てたいと！」

阿波藩の石高は、表向き二十五万石とされているが、藍商をはじめとする豪商たちが莫大な利益を生んでおり、それを合わせると四十万石を超えると言われる。

新堀は、ゆっくりと首を横にふった。

「鵜野さまと通じていた藍商、須垣屋が、賂の見返りに何を望んだかおわかりか。阿波屋が有していた浜の支配だ。須垣屋は、阿波屋の持つ利を横取りし、その立場にとって替わろうとしていただけだ。そのようなことで阿波やこの国が、良い形に変わる筈がない」

阿波屋が所有するその浜は、ことのほか良い藍砂が採れる。藍商にとってはもっとも有用なものであり、奇《く》しくも新堀は、その浜から漕ぎ出した舟で領外へと抜けた。

「山根殿、観念しては下さらぬか。己の罪を認め、一切を白状して、潔《いさぎよ》く咎《とが》を受けてはくれまいか」

新堀が、切々と訴える。刀を握る右手は、すでにだらりと垂れているのに、それでも山根は硬い表情のまま口をきつく結んでいる。

己の保身のためではなく、やはり父親をかばってのことだろう。頑迷な横顔は、そう見てとれた。新堀が、困ったようなため息を吐いた。

「山根さま、私がお頼みしても、やはりだんまりを通されますか」

「おかみ……」

対峙していた伊予と入れ替わるように、環はゆっくりと山根の正面にまわった。

四

途方に暮れた顔をして、山根は環を見詰めている。

「昼間、私に仰って下さったことは、あれもすべて偽りですか?」

「違う、あれは……」

言いさして、苦しそうに顔をゆがめた。

「初めは……後家となった身が哀れに思えて……つい紺屋町へ足が向いた」

罪の意識からだとは、山根は語らなかった。だが、その顔にはそう書いてある。

阿波八殺しが覚悟の上での所業なら、茂兵衛のことは、山根にとっても思いがけない出来事だったのだろう。深い後悔の念が、遺された環のもとへと通わせたのかもしれない。

いま目の前に立つ男を見れば、環にもそのくらいの察しはつく。だが、環には、どうしても譲れないものがある。

たとえ何かに駆られるような激しい色恋とは違っていても、茂兵衛とのあいだには、たしかに夫婦の情愛があった。そのやさしくあたたかなものを、環は己で裏切ってしまった。

苦い悔いだけなら、まだ己の身の処しようもあろうが、こうして真実をさらされて、初めて環は思い知った。

私はこの男を、心の底から恋い慕っている――。

亭主を殺し、己を欺《あざむ》き続けていた相手だ。どんなに憎んでも飽き足らない筈なのに、胸の内にふつふつとわき上がるのは、息の詰まりそうな切なさだった。その気持ちが甘さを伴っていることが、環にはどうにもやりきれなかった。

悪事を暴かれ追いつめられていくたびに、いままで目にしたことのない、この男の荒さや揺らぎが垣間見える。そのたびに、環は泣きたいほどの気持ちの震えに襲われていた。

山根はやはり、初めて見る情けない顔で言った。

「だが、昼間言ったことに嘘はない。あれは、おれの真実《まこと》の気持ちだ」

「いちばん大事なことを隠し続けていた、あなたさまのどこに真実があるというのですか」

環の言葉に、山根がひどく傷ついた顔をする。環の口許に、ゆっくりと微笑が浮いた。

「山根さま、私が乞うても、本当のことを明かしてはいただけませんか」

返事の代わりに、山根は目を逸《そ》らした。もとより承知していたことだと、環がまた、薄く笑う。

「このままでは、あの世へ行ってもうちの人に申し訳が立ちません」

言いながら、環は目立たぬように懐に手を入れた。山根は横を向いたままで、他の者たちは環の背中の側にいる。

誰にも見咎められぬまま、環は懐剣《かいけん》をとり出して鞘から抜いた。

浪人とはいえ侍の娘だ。懐剣はいわばその最後の証しと言えるもので、死んだ母の形見だった。

「山根さま、一切の始末は、やはり私の手でつけるのが筋でございましょう」

顔を上げ、ようやく握られた懐剣に気づいたようだ。山根が大きく目を見開いた。

「おかみ、何を……！」

環は懐剣を両手で握りしめ、柄《つか》を己の脇腹にしっかとつけて、山根を見据えた。

「よせ、おかみ！　馬鹿な真似をするな！」

背中から伊予の声がとんだときには、環はすでに山根に向かって走り出していた。

山根の右手には、刀が握られたままだ。先刻、伊予と刀を交えたときに、山根は身を後ろに引いた。環とのあいだはそれなりに開いていて、刀を構える暇くらいはあろう。

斬られるなら、それも本望だ。環にはそう思えたが、正面に立ちつくす山根は微動だにしなかった。刀を下ろしたまま、じっと佇《たたず》んでいる。

環の手にかかるなら仕方ないと、覚悟を決めたようにも、ただそのからだを受けとめようとしているようにも見えた。

環もまた、刺そうとしているのではなく、ただ山根にしがみつきたかっただけなのではないかと、そんな錯覚が頭をかすめたとき、ふいに背中から重たいものが組みついた。

逞《たくま》しい両腕が環の腰にかかり、ぐん、とからだが後ろへ引き戻される。しかし前に向かおうとする勢いは容易には止まらず、環のからだはすんでのところで目の前の山根を逸れて、横ざまに地面に投げ出された。

一瞬、何が起きたのかわからなかった。ただ倒れた拍子に、懐剣を握り締めた両手に手ごたえを感じた。

ぐっ、と低い呻《うめ》き声が耳許でして、背中に組みついて己と一緒に倒れ込んだのが誰だったのか、初めて環は悟った。

伊予の声が、鋭く響いた。

「おくめ！」

環は己の手許を、茫然《ぼうぜん》と見詰めた。懐剣は、おくめの脇腹に刺さっていた。

「おくめ、しっかりしろ！」

すぐさま伊予が駆け寄って、新堀とお唄もおくめを囲んでひざまずく。おくめは刺された脇腹を上にして、横たえられていた。

「ちょいと、この物騒《ぶっそう》なものを、早く抜いてやっておくれよ」

「駄目だ。抜くとかえって血があふれる。医者が来るまで、このままにしておくんだ」

お唄と新堀のやりとりも、環の耳にはひどく遠くきこえる。

新堀に頼まれて、三左衛門は近くに住む医者の家への道筋を、町方の小者に伝えている。

地面に座り込んだまま、環は茫然自失していた。もうひとり、環同様、口をあいている者がいる。

「婆……どうして……何故、おまえが……おれをかばう？」

伊予の背後からおくめを覗きながら、山根はどうしても腑に落ちないようだ。

その声に促されるように、おくめは閉じていた目をうっすらと開いたが、

「……おかみさん……おかみさん……」

山根ではなく環を呼んだ。おくめの顔の側にいたお唄が、場所をあけて環をふり向いた。

環は這《は》うようにして、おくめの傍へ寄った。

「……おくめさん……どうして……」

「ごめん……ごめんよ、おかみさん……どうか、堪忍《かんにん》しておくれ」

意識が朦朧《もうろう》としているようで、視線は定まらず、荒い息を吐いている。それでもおくめは、懸命に環に許しを乞うた。

「あたしが代わりに、罪を償うから……だから、どうかこの子を許しておくれ……」

「この子……」

呟いた環が、はっとなった。

めずらしくおくめが、昔語りをしたことがある。あれはいつのことだったろう。頭に霞《かすみ》がかかっていてはっきりしないが、何を話したかは覚えている。

『相手はお武家さまの嫡男で、あたしはその家で女中奉公をしていた』

『男の子だったけど、その子はとり上げられて、里子に出されちまった』

つい昨日のことだと、環はようやく思い出した。なのに、ひどく昔に思われてならない。

山根森之介との幸せを、考えてみてはどうかと、おくめが言ったときだ。

『ふたりを見てさ、ああ、いい組み合わせだなと思ったんだ』

おくめの声がよみがえり、同時に、そのときの顔が頭の中に大映しになった。日頃からにこやかなおくめだが、あのときはいつにも増して幸せそうな笑顔だった。

「おくめさんは、山根さまの……産みのお母さまなのですね?」

ごくあたりまえのように、それは環の口からこぼれ出た。

え、とふり返ったのは、山根だけではなかった。その場にいた皆が、呆気《あっけ》にとられた顔をする。おくめはかすかに目を見張ったが、横に向けたままの顔を、違うというようにわずかにふった。

「息子さんの居場所を探して、それでも親とは名乗らずに、遠くから見ていたと言いましたよね。それは、山根さまのことなのでしょう？」

環たちを裏切って、山根の密偵を務めていたのも、離ればなれになった息子のためだとすれば納得がいく。

「本当、なのか？　本当に婆が、おれの……」

伊予を押しのけるようにして、山根がおくめに顔を近寄せた。

「違う、違うよ……そんな筈、ないじゃないか……あたしみたいな洗濯婆が、立派なお役人の親だなんて……そんなこと……」

「私が藍方石の話をしたとき、おくめさんのようすはおかしかった。あれが山根さまの持ち物だと……いいえ、里子に出されたときに持たされたものだということを、知っていたのではありませんか？」

こたえを拒《こば》むように、おくめはきゅっと目をつぶった。顔の前に力なく投げ出されていた厚ぼったい手を、山根がそっと取った。

「母上、なのか？　おれを、産んでくれた……そうなのか？」

おくめの閉じた目から、涙があふれた。皺《しわ》の寄った顔をつたう涙が、雲間から辛うじてさす月明かりに光る。嗚咽《おえつ》をもらすまいとして、歯を食いしばっているのだろう。口許が、大きくゆがんだ。

「何故だ……どうして、言ってくれなかった！　知っていたら、あのような真似は決してさせなかった！」

少しのあいだ考えて、環は用心深く言葉を継いだ。

「ひょっとしておくめさんは、最初《はな》から知っていたんじゃありませんか？　山根さまが……うちの人を手にかけたと……」

遠くから見守っていたと、おくめは言っていた。山根が茂兵衛を斬った、その場に居合わせていたとしてもおかしくない。

「山根さまの所業を見ていたからこそ、必死で息子さんを守ろうとした。そうではありませんか？」

憶測に過ぎなかったが、環が告げたとたん、ぐううっ、と低い呻き声がおくめから漏れた。すがるようにして、おくめが両手で山根の手を握りしめた。

「ごめん、ごめんよ……おかみさん……後生《ごしょう》だから、許しておくれ……」

嗚咽混じりに、ただそれだけをくり返していたが、その哀願がふと途切れた。

「おかみさん、もうひとつ、詫びることがある……あたしの懐を、探ってみておくれ」

環は言われるままに、おくめの胸元にそっと手を入れた。やや硬さを帯びた布の感触が指に伝わる。懐から引き出したものを見て、環が驚愕した。

「これはもしや、うちの人の……！」

「おかみさんがずっと探してた、試しの布だよ」

「おくめさん、いったいこれをどこで……」

「あの日、ご亭主が亡くなった晩に、拾ったんだ……おかみさんに返したいと、ずっと思ってたのにできなくて……」

後の言葉は続かなかったが、寮の内で捕方に見つけさせれば、東雲屋が隠し持っていたととられよう。そのためにここへ携えてきたのだろうと、環にも合点《がてん》がいった。

山根は魂が抜けたような顔で、ぼんやりとおくめを見下ろしている。

「そうか……母が……見ていたのか……」

悪いことはできぬものだと、山根は小さくひとり言《ご》ちた。

「おかみ……阿波八とおまえの亭主を殺めたのは、このおれだ」

その声に被《かぶ》さるようにして、医者が到着したとの小者の知らせが、表の木戸から大きく響いた。

最終章

一

暦は冬を迎え、ひと月が経とうとしていた。

そろそろ初雪が降りそうな時節にめずらしく寒さがゆるみ、小春日和のその日、品川の料理屋から休みをもらい、お唄《うた》が紫屋《むらさきや》に顔を出した。

「この前より、ぐっと顔色がよくなったじゃないか。これならもう大丈夫だね」

おくめを見舞ったお唄が、まずは安堵《あんど》のため息をこぼす。

寝床をはさんだ向かい側には、環《たまき》と伊予《いよ》がならんで座っていた。

厚い布団に横たわったおくめは、お唄を見上げて目を細めた。

「心配をかけちまって、すまなかったね」

「まったくだよ。すぐにお医者が来てくれたから良かったようなものの……」

と、お唄は口を尖《とが》らせる。おくめの容態が峠を越すまでは、お唄は料理茶屋の仕事を休んで枕辺に張りついていた。そのときのお唄の懸命な姿を思い出しながら、環は応じた。

「あの先生は、怪我の見立てでは名の知れたお医者さまですからね。根岸《ねぎし》にいらして下すって、本当に助かりました」

「やはりおくめは、運がいい」

環の傍《かたわ》らで、伊予がにっこりする。枕の上で、おくめの白髪頭がかすかに横にふられた。

「お医者先生ばかりじゃない……ここにいる皆のおかげだよ」

おくめの脇腹の刺し傷は、決して浅くはなかったが、内臓《なか》は思ったよりも傷つかずに済んだ。日頃の洗濯で鍛えられた、太い腰回りのおかげだと、医者はそう言った。それでも歳のせいもあって、三、四日は高い熱が続き、予断を許さなかったが、三人の女たちは、そのあいだ交替で看病に当たった。

目を覚ますたびに誰かが必ず枕許にいて、手を握ったり水を飲ませたりしてくれたと、腹に力の入らない声でおくめは語った。

「頭がぼんやりしていたから、あまり覚えていないけど……ずうっと名を呼ばれているような気がした……彼岸《あっち》へ渡ろうとするたびに、声に引き戻されるみたいで……あのまま死んでも悔いはないつもりだったのに、おかげで永らえてしまったよ」

「おくめさんに死なれたら、私の方こそ生きてはいられませんでした」

環は切ない目を向けた。計らずもおくめを傷つけてしまったことを、いまでも環は深く悔いていた。その罪を償《つぐな》いもせず、ここにこうしていることが、いっそうのやりきれなさを生む。

この深い痛みは、これから一生、抱えていくべきものなのだろう。

それが己にできる唯一の償いだと、環は心に誓っていた。

「ほらほら、湿っぽいのは傷に障《さわ》るよ。あとはたんと食べてたんと寝て、しっかり養生してもらわないと」

座の湿っぽさを払うように、お唄が口をはさんだ。

「お唄の言うとおりだ。もう少し食が進むようになれば、初春にも床上《とこあ》げができると、医者も太鼓判を押してくれたからな」

後押しするように、伊予は大きくうなずいたが、お唄は怪訝《けげん》な顔をそちらに向けた。

「ちょいと、その侍口調はまだ直してないのかい？　せっかくのお嬢さま姿が、台無しじゃないか」

「これはおまえの前だけだ……お唄の顔を見たとたん、どういうわけか言葉遣いが戻ってしまったんだ」

伊予は曙色《あけぼのいろ》の小紋《こもん》に、銀朱《ぎんしゅ》の帯を締めている。出立《いでた》ちはすっかり武家の娘に戻っているから、口を開くたびにどこかちぐはぐだ。本人もそれをわかっているようで、きまりが悪そうに横を向いた。

「格好だけ女に戻っても、それじゃあ新堀《しんぼり》の旦那に愛想をつかされちまうよ」

「どうしておまえは、そういう意地悪を言うんだ」

「それなら大丈夫ですよ、伊予さま。新堀さまの前では、それは女らしゅうございますからね」

環の入れた横槍に、伊予が耳まで真っ赤にする。

他愛のないやりとりに興《きょう》じていると、事が起こる前に戻ったようだ。

こうして四人がつつがなく笑っていられるのは、本当の事の次第が、町方役人に伏せられているからだ。おくめを刺したのは環ではなく、おくめについての一切も表には出ていない。

すべては山根が言い出したことだった。

夫を殺した憎い仇だ。いくら怨《うら》んでも飽き足らない筈が、あの晩のことを思い返すと、やはり感謝の念が先に立つ。

――ありがとうございます。これも皆、山根《やまね》さまのおかげです。

環は心の中で、山根森之介《しんのすけ》に手を合わせた。

「刺したのは、このおれだ。お調べの際には、そのように言うんだ」

医者が到着したことを知ると、山根はおくめの手を握りしめたまま、環に向かってすばやく告げた。

おくめを刺した動揺も、まだ収まってはいない。急に言われても応じられる筈もなく、環は無闇に首を横にふるしかできなかった。

「このとおりだ、おかみ。おれが一切の罪を引き受けるから、そのかわり、母のことを頼む」

「山根さま……」

「罪滅ぼしなどと、言うつもりはない。どう詫びようと、おれが茂兵衛《もへえ》を殺《あや》め、おかみをずっと欺《あざむ》いていた罪は消えない。本当に、すまなかった」

山根は環の前で、深く頭をたれた。

「だが、どうか母のしたことは、許してやってほしい。おれと繋《つな》がっているというだけで、おかみにとっては憎い相手かもしれんが……」

「いいえ、いいえ、そんなことはありません。おくめさんの人柄は、私も存じているつもりです」

息子である山根森之介をかばうために、必死で嘘をつき、二重の密偵まではたらいた。その母心は痛いほどわかる。環がそう告げると、山根はほっと表情をゆるめた。

「おれの代わりに、母の傍《そば》にいてやってくれないか。おかみの他に、頼める者がいないんだ」

「でも、おくめさんを刺したのは……」

「おかみは、何もしていない。亭主殺しを暴かれて、頭に血が上ったおれが、おかみを刺そうとした。そのおかみをかばって、母が刺された。そういうことにしろ」

「……そんな……私にはとても……」

「おかみなら、きっとできる。お白洲《しらす》では、そのように申し立てするんだ。それより他に、おかみと……この母を、助ける道はない」

希《こいねが》うような必死の目に、環はようやく山根の意図に気がついた。

おくめが山根の密偵を務めていたことが表に出れば、やはり何らかの咎《とが》めを受ける。それだけは避けたいと、山根は願っていたのだろう。密偵の件はもちろん、親子の間柄であることも、一切を公《おおやけ》にせず、胸の内に留めておいてほしい。山根は環だけでなく、東雲屋《しののめや》や新堀を含めた、その場の皆にも同じことを乞うた。

だが、環は、己のしでかした罪に恐れ慄《おのの》き、どうしても承知できない。そのとき環の説得にあたったのは、伊予とお唄だった。

お唄は環の手を、強く握った。

「おかみさん、この旦那の言うとおりだ。おかみさんがお縄になったら、おくめさんにとっちゃ傷を負うより辛い筈だ。そうだろう？」

「いまはおくめの介抱が、何よりの大事。それにはどうしても、おかみの助けが要る」

両の耳からふたりに説かれ、環は窺《うかが》うように、おくめの顔に目を当てた。

おくめは苦しげな息を吐きながら、乾ききった唇を開いた。

「……そうしておくれ、おかみさん……この子の、最後の頼みだ……」

「おくめさん……」

「でも、あたしのことは、かまわないどくれ……後生《ごしょう》だから、このままあの世に……」

「頼むから、生き延びてくれ、母上」

山根がおくめの手を、強く握りなおした。

「おれにも一度くらい、親孝行をさせてくれ。これがおれにできる、最初で最後の孝行だ」

「……旦那……」

「名を、呼んでもらえませんか、母上」

おくめはそっと山根の手を外し、そろそろとその頬に、節くれだった厚い手を伸ばした。

「しん……のすけ……森之介……」

赤ん坊のとき以来、初めて触れる息子の頬だ。おくめの両目からあふれた涙が、皺《しわ》に逆らうように顔を横に流れて、地面に落ちて吸い込まれた。

山根はじっとその目を見詰め返していたが、数十年ぶりの親子の邂逅《かいこう》は、あまりにも短かった。医者と小者らしい足音を背後にきくと、山根はおくめの手を頬から放し、もう一度、両手で握りしめた。

「母上、どうか、お達者で」

小声でささやいて、立ち上がった。

「頼んだぞ、おかみ」

環の横を通り過ぎるとき、山根はそれだけを告げてその場を離れた。

二

それから詮議のために、環は何度か奉行所に足を運んだが、当人に乞われたとおりに、事の一切は山根の仕業だと、役人の前ではそのように述べた。

関わりの者が一堂に会する白洲とは違い、細かな調べは、各々に聞き取りが行われる。いまは小伝馬町《こでんまちょう》の牢にいる山根森之介とは、あれ以来一度も顔を合わせていなかった。

奉行の裁きはまだ先だが、阿波屋八右衛門《あわやはちえもん》および、紫屋茂兵衛を殺めた罪に加え、おくめを刺した咎により、おそらく山根森之介は、切腹さえ許されぬだろうと噂されていた。

山根は己の所業については包み隠さず吐いたものの、その理由については嘘を語った。

――阿波八から大枚の金を借り、返済を迫られて、かっとなって殺してしまった。

実父の鵜野幸大夫《うのこうだゆう》の名は出さず、その偽りを貫き通した。

自害に見せかけようと、首を締めた阿波八を梁《はり》からぶら下げたが、それを茂兵衛に見られてしまった。泡を食って逃げる茂兵衛を、往来まで追いかけて後ろから斬りつけ、また寮に引き返し、阿波八の刀に血糊《ちのり》を塗って押入に隠した。

犯した罪については、山根はそのように真実を申し述べた。

家中のいざこざが公儀に知れれば、藩は何らかの責めを負わされる。山根が鵜野との間柄を明かさなかったことは、阿波藩にとってもまた、何よりも有難いことだった。

「じゃあ、新堀さまの濡れ衣は晴れたんだね？」

環が山根森之介に思いを馳《は》せているうちに、阿波領内の顚末《てんまつ》に、話題が移っていたようだ。お唄の明るい声に、伊予が嬉しそうにうなずいた。

「すぐに国許へ戻るよう、江戸屋敷を通して知らせが届きました。鳴沢大善《なるさわたいぜん》さまがお口添えをして下さって、お役目ももとのとおり藍方《あいかた》役所に復することと相なりました」

口調を改めて、伊予が仔細《しさい》を告げた。

「もとのとおりって、それだけかい？　江戸家老の悪事を暴いたんだ、褒美《ほうび》代わりにどーんと出世させたっていいくらいじゃないか」

そううまくはいかぬ、と伊予が応える。

「上総《かずさ》殿は、断りなく御領を抜けた。その罪は問わないと、お許しをいただいただけで儲けものというものです」

「お武家ってのは、面倒なものだねえ」と、お唄は納得がいかないようすだ。

鳴沢大善と範善《のりよし》親子の働きかけで、鵜野幸大夫と須垣屋《すがきや》の企みは白日《はくじつ》のもとにさらされた。先に国許で調べを受けた須垣屋の口から、粗方《あらかた》の経緯《いきさつ》は明かされて、鵜野幸大夫は江戸屋敷で捕えられ、阿波へ護送された。

鵜野はそれでもしらを切り通そうとしたが、蓮沼修玄《はすぬましゅうげん》が甥殺しを白状したことで、その罪は明白と断じられた。沙汰《さた》は未だに下りてはいないが、切腹が許されるかどうかも危ういと、新堀に送った文の中で、目付の鳴沢範善は書いていた。

「叔父もやはり、兄を死に追いやったことには、自責の念があったのでしょうが……息子が死んだときかされて、心が折れてしまったようで……」

伊予が辛そうに目をふせて、お唄は案じるように眉を寄せた。

「……その、あんたには……お咎めなんてないんだろ？　兄さんの仇を討った、それだけなんだから……」

「許嫁《いいなずけ》であった、章三郎《しょうざぶろう》殿を殺めた……その罪は、生涯消えません」

ここにもやはり、深い罪を背負った者がいる。まだ二十歳にもなっていない、その若さがかえって哀れでならない。

環は気遣わしげに伊予を見遣《みや》ったが、お唄は憤然として叫んだ。

「罪深いのは、相手の男の方じゃないか！　あんたの兄さんを殺しておいて、そ知らぬふりで一緒に仇討ちの旅に出て、手籠《てご》めにまでしようとするなんて……百遍殺しても飽き足らないよ！」

半ば気圧《けお》されてぽかんとしていた伊予が、たまりかねたように、くくっ、と笑いを漏らした。

「お唄がそんなに気合を入れて、私をかばってくれるとは」

「……別に、そんなんじゃないよ。その従兄《いとこ》だか許嫁だかが、腹に据えかねただけさ」

気まずいようすで、お唄がぷいと横を向く。その横顔をながめ、環と伊予が、笑いを含んだ顔を見合わせた。

「真《まこと》の仇であった蓮沼章三郎を、上総殿の立会のもとで私が討ったと……上総殿が国許にそのように報じてくれました」

新堀の申し述べたことを、目付の鳴沢範善が承認し、おかげで伊予は事なきを得た。

お唄はあからさまにほっと安堵の息をつき、たちまちいつもの調子に戻った。

「無事に仇討ちも終えたことだし、伊予さまは晴れて国許に戻り、新堀さまと祝《しゅう》言《げん》を挙げるってことかい？」

「祝言などと……まだ、そのようなことは何も……」

伊予が真っ赤になって、しどろもどろで言葉を紡《つむ》ぐ。

「まだ、ということは、そのうちですわね」

初々しい姿をほほえましく思いながら、環もつい口許がゆるむ。

「いや、それは、言葉のあやで……」

「どのみち、新堀の旦那と一緒に、阿波へ帰るんだろ？」

こっくりと、伊予は恥ずかしそうに首をふった。

「ふたりで手に手をとって道行きだなんて、おつな話じゃないか」

「ふたりきりではなく、江戸屋敷にいらっしゃる、鳴沢さまのご家来衆も同行します」

弁解のように言い訳する伊予を、お唄は面白そうにながめていたが、思いついたようにたずねた。

「ご家来も一緒ってことは、江戸を立つ日も決まっているのかい？」

「来月の二日ときいている」

「そんなに早く？　あと五日しかないじゃないか！」

「私も一昨日《おととい》きいたばかりで……」と、伊予も残念そうに肩を落とす。

しんみりとなったふたりをながめ、環はほうっと長いため息をついた。

「伊予さまに続いて、お唄さんも江戸を離れてしまうと、ここもずいぶんと寂しくなりますね」

「お唄も、とは、どういうことです？」

伊予が驚いて顔を上げる。

「何だい、おかみさん、まだ話してなかったのかい？」

「ええ……きっと伊予さまはお怒りになると思って……なかなか言い出せなかったんですよ」

環はお唄に、困った顔を向けた。

「私が怒るとは……どういうことだ、お唄。いったい何が……」

「ほらほら、また口調が戻っちまってるよ」

傍から見れば、じゃれ合っているようにしか映らない。

「本当に仲良くなったもんだねえ」

呟《つぶや》いたおくめと目で笑い合ったとき、廊下から遠慮がちな声がした。

「おくめさんを見舞いたいと、お客人がいらしてて」

たまたま応対に立ったらしく、女中ではなく、延二郎《えんじろう》が告げた。

「誰です？」

「それが、東雲屋の旦那でして」

とたんに伊予とお唄が、ぴたりと鳴りをひそめた。

環が目顔でたずねると、おくめは「構わないよ」というように、小さくうなずいた。ここへ通すよう延二郎に返すと、伊予とお唄がそそくさと立ち上がった。

「上総殿も世話になっていることですし、恩は重々感じているのですが……」

「あたしも、どうもあの旦那は苦手だよ。源次《げんじ》が一緒なら、なお厄介だしね」

ふたりは環に後を任せ、申し合わせたようにそろって腰を上げる。

「やっぱり、仲がいいねえ」

座敷を出ていくふたりの背に、おくめがのんびりと声をかけた。

己の居室にお唄を連れてくると、伊予は手ずから茶を淹《い》れて、さらに菓子皿まで添えた。

「まさか伊予さまに、お茶を淹れていただけるなんて、明日は雪かもしれないねえ」

「茶化《ちゃか》すでない」

むっとしながらも、菓子に手をつけようとしないお唄に、伊予が不思議そうな顔をした。

「どうしました、『米倉屋《よねくらや》』の大福餅は好物だったでしょう」

小ぶりの大福は、つぶ餡《あん》を包んだ餅が殊《こと》のほかやわらかい。お唄はこれが何より好きで、以前、ここで出されたときには三つも平らげていた。

「そりゃ、大好きだけど……わざわざあたしのために、買ってきてくれたのかい？」

「たまたま前を通りかかって、思い出しただけに過ぎません」

どうにも素直になれないようで、ばつの悪そうな顔をする。

お唄が今日、紫屋を訪れることは、あらかじめ知らされていた。阿波への出立《しゅったつ》を控えて、最後にゆっくり話をするつもりで、伊予は好物の大福までそろえてお唄を待っていた。

そうと察したのだろう。お唄はようやく菓子皿に手を伸ばした。

「それじゃあ、有難くいただこうかね」

ひとつを手にとって口にはこび、だが、においをかいだだけで眉をしかめて遠ざけた。

「ごめんよ、やっぱり無理みたいだ」

「どうしました、具合でも悪いのですか？　このところ、悪い風邪が流行り出したというから、もしや……」

しきりに案じる伊予に、お唄は困ったような笑顔を向けた。

「たしかに加減は悪いけど、病じゃないんだ。ちょいと悪阻《つわり》でね、米や餅のにおいが、どうにも鼻についてかなわなくてさ」

伊予のからだが固まって、合点《がてん》が行かぬように、目だけをしきりとぱちぱちさせる。

「つ……わり？」

「そうなんだ。勘定してみたら、ふた月半ってところでね」

「お唄……まさか、そこに、ややが……」

ふくらんだ兆《きざ》しさえない腹を、怖いものでも見るように、まじまじと凝視する。

「産み月はおそらく、来年の七月頭ってところかね。暑い盛りだから、正直、難儀だよ」

「ちょっ……待て待て待て、お唄」

「別にどこにも行きやしないよ」

「そうではないわ！　おまえ、まさか、産むつもりなのか」

「伊予さま、また口が男に戻っちまってるよ」

「男でも女でも、どっちでもよいわ。そんなことより、その……」

「子供なら、もちろん産むつもりさ」

にっこり笑って、お唄は愛おしそうに己の腹を撫でた。

「源次に腹を蹴られて子を流しちまったと、そう言ったろう？　子供はもう諦めろと、産婆に言われてたから……まさかまた授《さず》かるなんて、夢みたいだよ」

「お唄……」

さすがに何も言えなくなって、伊予がしばし黙り込んだ。上目遣いになって、そろりとお唄を窺う。

「……だが、良いのか？　その……誰の子か、わからぬのだろう？」

「父親ならわかるさ。源次の子だよ」

「何だと！」

仰天《ぎょうてん》のあまり、伊予は尻を浮かせて膝立ちになった。

「お唄、どういうことだ！」

「ほら、前にあんたに送ってもらったとき、源次が待ち伏せていたことがあったろう？」

「……薬種屋《やくしゅや》の手代の長屋か」

あの夜のことを、伊予も思い出したようだ。お唄の身を案じて源次から遠ざけようとしたが、お唄は源次に確かめたいことがあると言い、伊予を先に帰した。

「たしかお唄は、あの男と話をするだけだと、そう言った筈だろう」

「話もちゃんとしたけどね、まあ、その後はなりゆきで、さ」

ちっとも悪びれるようすのないお唄に、伊予がさらにむっつりする。

「しかし……」と、伊予は何かに気づいた顔になった。「あの夜、源次とそういうことになったとしてもだ、だからといって、源次が父親だとは言い切れないではないか」

お唄は東雲屋の子分衆から話を引き出すために、いっとき神田伊勢町《かんだいせちょう》の『浜いせ』にいた。二階座敷のある飯屋は、客に乞われれば床を共にする淫売宿も兼ねている。おそらくは何人もの男の相手をし、その後には薬種屋の手代の家に入り込んだ。やはり何もない筈がないと、伊予はそう語ったが、お唄は皮肉な笑みを頬に刻んだ。

「浜いせの客も手代の善七《ぜんしち》も、あたしには何もしなかった……いや、できなかったんだ」

「どういう、ことだ？」

お唄には、男なら誰でも迷わせるような、人並外れた色気がある。環はそれがお唄の武器だと言い、伊予もよく承知していた。お唄を前にした男が、黙って指をくわえている筈がない。

「……そうだね、あんたには見せようか」

お唄はにっと笑ってみせて、腰を浮かせた。膝をついたまま、くるりと伊予に背を向ける。

「あまり気持ちのいいものじゃないけど、我慢しとくれよ」

帯をゆるめ、両肩から着物をするりと落とし、もろ肌脱ぎになる。

うっ、と伊予の喉から、鈍い呻《うめ》き声がもれた。

「お……うた……それは……」

それ以上言葉もなく、伊予の顔からみるみる血の気が引いていく。

「ひどいだろ？　二度目に売られた旗本《はたもと》の仕業さ……鞭《むち》だの焼け火箸《ひばし》だの、そういうものが好きな畜生でね」

両肩から斜めに裂くように、大きな十字形の火傷《やけど》の痕《あと》が、赤い火ぶくれとなって刻まれていた。それだけでは飽き足らぬとでもいうように、十字の周囲の皮膚も、隙間なく細かな傷に覆われている。

「背中ばかりじゃないんだ。前も足も……着物に隠れるところは、ほとんどこの有様でさ……どんな肝の太い男だって、これを見ればぶるっちまう」

灯りを消したところで、肌触りだけはごまかせないと、乾いた声で告げる。お唄の言葉を証するように、背中から続く二の腕までも、やはり醜《みにく》く腫《は》れ上がっている。

無傷なうなじだけがまぶしいほどに白く、そのあまりにもくっきりとした明暗が、いっそう痛々しくてならない。

「源次にもさ、半ば意趣返しのつもりで、あの晩、これを見せたんだ」

見かけによらず、源次は気の小さいところがある。だからこそ、肩で風を切るようにして歩く、その辺のやくざ者と変わらない。

よく承知しているお唄は、源次も他の男のように泡を食って退散するものと、そう思っていた。だが、意に反して、源次は逃げなかった。からだ中の傷をたしかめるように、そうっと手で触れ、口をつけた。そのうちお唄の方が、引き返せない熱に囚《とら》われて、正直、お唄はひどくとまどった。

旗本にさんざん無体《むたい》を働かれてからは、お唄のからだは乾ききったままだった。精も根も尽きてしまったのだろうと、お唄はそう考えて、そんな己にまだ群がる男たちがいることが不思議でならなかった。だから消炭《けしずみ》のようなからだに火がついたとき、お唄はそれが怖くてならず、夢中で源次にしがみついた。

からだが熱に浮かされているうちに、胸の中にまで火が灯《とも》りそうで、本当に怖かったのは、この男への執着だったのかもしれないと、朝になってお唄はぼんやりとそう思った。

これきりにしてほしいと源次に告げたのは、不甲斐ない己が怖かったからだ。こんな傷を見せられてお唄にそう乞われれば、源次とて従うしかない。金輪際《こんりんざい》近づかないと、源次はお唄に誓った。

そのような仔細は告げず、お唄はさばさばとした調子で、背中の伊予に声をかけた。

「嫌なものを見せちまって、すまなかったね。ひょっとして、気分を悪くさせたかい?」

先刻から、伊予はひと言も口をきかない。

己の貞操《ていそう》を守るために男を殺めるほどに、汚《けが》れを許せぬ娘だ。気安い間柄になったと油断して、つい己の恥をさらしてしまったが、やはりまずかったろうか。

「ごめんよ、さっさと仕舞っちまうから」

着物を引き上げようとしたとき、まるで己のからだでかばうように、伊予が背中にしがみついた。

「伊予……さま?」

返事はなく、お唄の首にしがみつく両腕に、いっそう力がこもる。

お唄の首筋に、あたたかなしずくが落ちた。それはぽたぽたと絶え間なく落ちて、お唄の胸へと流れ、乾いたからだに沁み込むようだった。

やがて伊予の涙が収まると、着物をととのえたお唄は、今後のことを語った。

「いまいる品川の料理茶屋だと、子連れじゃ働きづらくてね。それでおかみさんに、相談してあったんだ」

「江戸を離れると言っていたのは、そのためか?」

「ああ、そうさ。おかみさんの姉さんが、信州下諏訪《しんしゅうしもすわ》の湯治場《とうじば》で、旅籠《はたご》をやっていてね。子持ちの仲居が多いから、子守にも事欠かないそうなんだ」

お腹の子供がもう少し落ち着くのを待って、年が明ける頃に信州に旅立つという。


それをきいて、伊予が気遣わしげにたずねた。

「その……源次には、ややができたことは何も？」

「あたりまえじゃないか。また腹を蹴られちゃたまらないからね」

「いくらあの男でも、少しは悔いているだろう。無体な真似は、もうせぬのではないか」

「己では、どうにもできないことがある。源次が己の子を疎《うと》んじるのは、おそらくその手のたぐいさ」

身籠《みごも》っていたお唄の腹を蹴ったときの源次は、まるで何かに憑《つ》かれたように狂気じみて見えた。その理由《わけ》を知ったのは、やはりあの夜のことだと、お唄は言った。

「源次はね、父親に殺されかけたことがあったんだ。あの晩、初めてそう話してくれた」

父親には日頃から殴る蹴るをくり返されて、一方の母親は、泣きわめく子供をあつかいかねて、産んだことを後悔するばかりだった。だが、九つになって、源次は初めて父親に抗《あらが》った。それまでは足蹴にされるたびに、床に背中を丸めて這《は》いつくばって許しを乞うばかりであったのが、目の前に仁王立ちになった父親のすねに、思いきり嚙みついた。

父親は大仰《おおぎょう》な叫び声をあげ、引き離そうと滅茶苦茶に殴りつけたが、源次は蛭《ひる》のように食いついて離れない。ついに父親は、その首を両手でしめて、息が詰まった源次は、ようやく食いしばっていた口をあけた。

だが、首に巻きついた父親の両手は、そのまま源次の喉をしめ上げた。源次のからだを返して馬乗りになり、ぎりぎりと両手に力をこめた。

「あのときの殺気に満ちた父親の目が、いまも頭に焼きついて離れないって、そう言っていた」

母親は恐ろしげに見詰めるだけで、声をたてようともせず、たまたま訪ねてきた父親の仕事仲間が止めてくれなければ、あの世に行っていたろうと、源次はお唄に語ったという。

「あの父親と同じ血が流れていることが、源次には怖くてならないんだ」

きっと子供ができれば、同じように殴る蹴るして、同じように殺そうとするに違いない。

お唄が己の子を身籠ったと知ったとき、頭の中でその思いがふくらんで、どうにもならなかった。それを必死で打ち消すように、気づけばお唄の腹を蹴っていた。

源次はそう語り、すまないと、お唄に頭を下げた。

「あれも、因果な男だな……」と、伊予は声を落とした。

「だからさ、あたしがその厄介な因果を、断《た》ってやろうと思ってさ」

「……どうするつもりだ？」

「子が生まれたら、うんと可愛がってさ、立派に育て上げたその子を、いつかあいつに見せてやるんだよ」

「そうか……そうだな、お唄ならきっと、いい母親になる」

まぶしそうにお唄をながめて、伊予は強くうなずいた。

「さてと、そろそろ行こうかね。いまのうちにしっかり稼いで、先に備えておかないとね」

品川までは、乗合船を使う。船着場まで見送ろうと、伊予も一緒に腰を上げたとき、襖《ふすま》越しに廊下の側から声がかかった。

伊予が障子戸をあけると、縁の向こうの庭に新堀の姿があった。

「三左衛門と一緒におくめを見舞いに来たのだが、伊予殿はこちらにいるとおかみにきいてな」

新堀の後ろには、いまふたりが話題にしていた源次が、所在なげに突っ立っていた。

三

「阿波屋は葉藍ごまかしの嫌疑が晴れて、これまでどおり藍商を続けられることと相成った。年明け早々には、江戸店もふたたび開くそうだ」

国許の鳴沢範善から知らせが来たと、新堀はまず阿波屋について語った。葉藍を横流しした三村の、監督不行き届きだけは責めを負ったが、阿波屋の身代としてはわずかな科料《とがりょう》で済んだという。

「それはようございました」と、伊予がにっこりする。

勧められるまま、新堀は座敷に上がったが、源次は縁に腰かけて庭の方を向いている。お唄もまた、源次なぞそこにいないかのように、声をかけようとはしなかった。

「それと……伊予殿に、ひと言礼が言いたくてな」

「礼、と申しますと？」と、伊予が首をかしげた。

「郷里《くに》の父母から便りが届いた。ふたりとも息災《そくさい》にしているようだ」

「まあ、それはよろしゅうございました」

ぱっと花が開くような笑顔になる。心の底から喜ぶ伊予に、新堀は有難そうに言った。

「自害だけは思い留まるよう、父と母を説き伏せてくれたのは、伊予殿だと書いてありました」

「え、あ……はい」と、伊予はひどくばつの悪い顔になった。「よけいなことだとわかってはいたのですが、おふたりがあまりにおいたわしくて……」

息子が人を殺め、領外へ逃亡したと、その罪を着せられたのだ。家族にも類が及ばぬ筈はない。兄弟は姉がひとりいるだけで、阿波の隣の讃岐《さぬき》へ嫁いだ。夫が他家の家臣であるから、姉には害はなかろうが、ふた親となればそうもいかない。

新堀の父親は、即座に番方組頭の役目を解かれた。番方長屋も追い出され、町外れの小屋同然の家に引き移り、当面のあいだ蟄居《ちっきょ》を命ぜられた。何より武門を尊ぶ父親なら、それだけでよしとする筈がない。おそらく真っ先に自害を思いつくだろう。

父の性分を知っている新堀は、正直なところこればかりは諦めていた。便りを書いても、蟄居となれば見張りも立とう。両親のもとに届かぬばかりか、かえって痛くない腹を探られることになる。この遠い江戸の地で、ひたすら神仏に祈るより他に何もできなかった。

新堀の見当どおり、父はすぐにでも腹を切る覚悟をし、母も殉《じゅん》ずるつもりでいたようだ。しかしそれを必死で止めたのは、他ならぬ伊予だった。

『上総殿が、兄上を手にかける筈がありません。きっと何かの間違いです。私が上総殿にお会いして確かめて参りますので、決して早まってはなりません』

他人には決して語らぬ本音で訴え、己が江戸から戻るまで、命を断ってはならないと新堀のふた親に約束させた。

兄を殺された当の伊予に、頭を下げられては父親も意地を通せない。それにも増して、息子を信じてくれた伊予の気持ちが何よりも有難かったと、母は便りに書いてきた。

鳴沢親子の働きで事が公となり、新堀の父親も無事に御番方に復帰した。両親の便りを、江戸屋敷にいる配下の手を経て新堀に届けさせたのもまた、鳴沢範善の計らいだった。

「どんなに礼を尽くしても言葉が足りません。伊予殿、本当にかたじけなかった」

深々と頭を下げた新堀に、伊予がたちまちおろおろしはじめる。

「頭をお上げ下さい、上総殿……いまさら、そのような水くさい真似を」

伊予のあわてぶりが、おかしくてならないのだろう。傍らで黙っていたお唄が、にんまりと笑った。

「まったくねえ。礼なら一生かけて、たっぷりとしてもらわないと」

「お唄、おまえはまた要らぬことを」

伊予ににらまれて、かえってお唄が調子づく。

「新堀さま、どうぞふやけるくらいに、うんと可愛がってあげて下さいましね」

「そうだな、お唄。おまえのいうとおりだ」

お唄の軽口を受けて新堀は笑ったが、伊予は耳まで真っ赤になっている。新堀はそれを楽しそうにながめて言った。

「母に土産《こ》を買うてやりたいのだが、女物はよくわからなくてな。明日、一緒に見《み》繕《つくろ》ってもらえまいか」

「……はい、私でよければ……」

伊予の蚊の鳴くような返事は、座敷の外から響いた声にかき消された。悲鳴のような甲高い声に、三人がぎょっとなり互いに顔を見合わせて、縁にいた源次も腰を浮かせた。

「あれはもしや……おかみさんかい？」お唄がたずね、

「おかみのあんな声は、ついぞきいたためしがないが」男口調に戻った伊予がそう応じる。

いったい何事かと廊下を行くと、玄関の上がり框《かまち》に環が仁王立ちになっていた。その前には、框に腰を下ろし、草履《ぞうり》を履く三左衛門がいる。

「それじゃあ、おかみさん。いまの話、考えておいてもらえるかい」

「考えるも何も、かっきりとお断りします！」

「私はしつこいだけが取柄でね、またそのうち寄せてもらうよ」

怒り心頭の環のようすが、面白くてならないようだ。腰を上げた三左衛門は、愛想のいい挨拶をして玄関を出ていった。

「延二郎、延二郎！　玄関に壺いっぱいの塩を撒《ま》いとくれ」

環は大声で呼ばわりながら、さっさと奥へ入っていく。

庭をまわって外から来た新堀も、合点がいかないようすでいたが、「では、またな」と伊予に告げて、三左衛門に続く。

その後ろにいた源次だけが、やはり何か言いたそうにして、敷居の外で所在なげにしている。お唄がじろりとにらみつけた。

「あんたもさっさと行ったらどうだい。ぼやっとしてると、塩を撒かれちまうよ」

「……その、達者でやってるか」

日頃の源次とはまるで似つかわしくない、おどおどとした目つきでお唄を見上げる。

「ああ、おかげさんでね」

「えっと、何だ、気が変わったらまた、どっかで会えねえか」

「金輪際お断りだと、言った筈だよ」と、お唄はにべもない。

「そう、だよな……」

大きな捨て犬のように、しょんぼりと源次が肩を落とし、伊予の視線が気遣わしげに、ふたりのあいだを行ったり来たりする。

「十年、いや十五年か。そのくらい経ったら、顔を見に行ってやるから、首を洗って待っていな」

脅し文句のつもりなのだろうが、意に反して源次の顔は、ぱあっと明るくなった。

「お、おう。待ってるからよ、必ず訪ねてきてくれよ」

うれしそうに出ていく姿に、伊予が呆《あき》れた声をもらす。

「案外、手軽な男なのだな」

「男なんて、あんなもんさ」

お唄は事もなげに言って、環とおくめに暇《いとま》を告げるために踵《きびす》を返した。

「東雲屋の旦那と、何があったんだい？」

おくめのいる座敷に戻ると、さっそくお唄がせっついた。

いつにない大声は、この座敷にも届いたようだ。布団の中のおくめも、興味津々のようすで返事を待っているが、環が悔しそうに唇を噛み締めた。

「あの男にはそれなりに世話になったし、面倒もかけてしまいましたからね」

おくめが傷を負ったのは、根岸にある東雲屋の寮だった。

熱が引き、容態が落ち着くまでのあいだ、おくめは東雲屋の寮に厄介になり、快方に向かった頃に紫屋に引きとられた。看病に当たった環たちも、やはり根岸に寝泊まりした。

環もそれには恩義を感じていて、おくめを見舞った三左衛門を客間に通し、茶と菓子をふるまった。

「こちらがちょっと油断をしていたら、あの男はとんでもないことを言い出して……」

「何だ？」と、伊予が身を乗り出す。

いかにもきまりが悪そうに、環はいっとき黙り込んだ。

「……私と、一緒にならないかと……」

三人がしばしぽかんと口をあけ、それから同時に環から顔を逸《そ》らせた。下を向いた伊予とお唄は、堪え切れぬように肩を震わせ、鼻上まで引き上げたおくめの布団の中からも、くぐもった笑い声がする。

「笑いごとじゃありません。まったく言うに事欠いて、冗談にしてもたちが悪過ぎますよ」

「あの煮ても焼いても食えない男が、おかみに懸想《けそう》するとは……」

「芝居顔負けの筋書じゃないか！」

苦しそうに腹をよじりながら、伊予とお唄がてんでに言い合う。

「あの旦那は、本気だと思うがね……いたっ、いたたた」

笑いが腹の傷に響いたのだろう、泣き笑いのおくめが、布団からまた顔を出した。

三人が笑いを収めるまでのあいだ、環はむっつりとした顔のまま、先刻のやりとりを思い出していた。

「女なんざ面倒なものだと、これまでひとり身を通してきたが、あんたを見て考えが変わってね」

三左衛門は、環に向かってまずそう言った。

「このおれに噛みついてくるだけでも、いい根性をしていると思っていたが、まさか己で亭主の仇を討とうと相手に刃物を向けるとは……あんたの度胸にはまったく恐れ入ったよ。あんたのような女なら、荒っぽいうちの若い衆を、引き回すこともできるだろう」

当人は褒めているつもりなのだろうが、環にとっては傷を逆撫《さかな》でされるに等しいていた。どうあってもいけ好かない男だと、環は内心、苦虫を噛みつぶしながらきいていた。

「品川への、いい土産話ができたよ」

やがてお唄が暇を告げて、伊予も船着場まで見送りに出た。笑い過ぎてこぼれた涙を拭いながらふたりが出ていくと、環はため息のようにおくめに漏らした。

「本当に、笑いごとじゃないですよ。あの男にこうまで侮られるのも、もとはと言えば私が至らぬせいですからね」

茂兵衛を殺した濡れ衣を着せていた上に、真の下手人を探し当てたのは、当の三左衛門と新堀だ。己は結局、何の役にも立たなかった。その不甲斐なさを突かれたようで、顔から火が出るほどに恥ずかしかった。しかしそれ以上に深い悔いが、環の気持ちを苛《さいな》んでいた。

「結局、私は、ただ空回りをしていただけです。皆をいたずらに巻き込んで、見当違いの方角へ誘《いざな》って、ただ危ない目に遭わせてしまった……」

まるで籠の中の車を回す鼠《ねずみ》のようだ。懸命に走っているつもりが、端《はた》から見れば滑稽《こっけい》なほどに、一寸も先へ進んでいない。そんなものに皆を一緒に乗せて、先頭を切りながら、己だけが頑張っている気になっていた。

亭主をふいに亡くし、とたんに申し訳なさでいっぱいになった。茂兵衛は若い女房を、精一杯大事にしてくれた。己はその気持ちに応えていただろうかと不安になった。

慕っていたことに嘘はないが、それでも男女の情にはやはり欠けていた。山根森之介への気持ちに気づいたときに、はっきりとそれを自覚した。その不足を亭主が察していたとしたら、ひどく寂しい思いをさせていた筈だ。

けれどもう、謝ることもやりなおすこともできはしない。せめてもの罪滅ぼしに、下手人探しに躍起《やっき》になった。すべては己の勝手な了見で、そんなものに加担させ、皆をふり回してしまった。

「伊予さまにもお唄ちゃんにも……それにおくめさんにも、申し訳なくてなりません」

情けなさが重くのしかかり、環の肩が落ちる。まぶたを伏せてうなだれる姿は、詫びているようにも祈っているようにも見える。おくめは枕の上から、しばしその姿に目を当てて、口を開いた。

「それは違うよ、おかみさん」

「いいんです、おくめさん。いまさら気休めなぞ……」

「気休めじゃないさ。おかみさんは仇討ちなんぞより、もっと尊いことをしたんだ」

「尊い……？」

それがひどく場違いなものにきこえ、思わず呟いていた。

「おかみさんはあたしらに、居場所をあたえてくれたじゃないか」

「居場所って、この紫屋のことですか？」

「そうじゃない。おかみさん自身が、あたしら三人にとっては『家』だったんだ」

雨風を凌《しの》げる屋根でもあり、倒れぬように支えてくれる大黒柱でもあったと、おくめはそんなふうに言った。

「でも、いちばん有難かったのは、ここにこうして居ていいと思えたことさ。存分にくつろいで疲れを休めて、掛け値なしに何でも言えて、おかげで喧嘩まではじまる始末でさ」

伊織であった頃の伊予と、お唄の諍《いさか》いを思い出したのだろう。ふふ、とおくめが唇をゆがめた。

「あたしはお唄ちゃんと近しくて、ずっと見てきたからね。お唄ちゃんのからだの傷のことは、おかみさんもきいただろ？」

「……ええ」

環は痛ましそうに、目許を曇らせた。環もおくめも目にはしていないが、お唄から明かされていた。

「あの傷を癒してあげたのは、紛れもなくおかみさんだよ」

「そうでしょうか……伊予さまとの打ちとけたつきあいが、お唄ちゃんには何よりの薬になったようにも思えますけどね」

「まあ、それもあったろうが、でも、そのお膳立てをしてくれたのはおかみさんだ。何よりもおかみさんは、あの子の身を真剣に案じていた」

「それは、あたりまえです。まだ若い身の上で、あれほどの辛い目を見たんですもの。私の勝手で仲間に引き入れてしまったけれど、もうこれ以上、小石ひとつだって当てたくはありませんでした」

うん、とおくめは、枕の上で満足そうにうなずいた。

「そうやって他人《ひと》に大事にされて、初めて己を大事に思える。人ってのは、そういうもんさ」

改めて気づいたように、環はおくめと目を合わせた。

「おそらく伊予さまだって、おんなじさ。許嫁だった男を討って、女でいることさえ厭《いと》わしくなったんだ。初めてここで会った晩なぞ、触れれば切れそうなほどにぴりぴりしていたじゃないか」

「言われてみれば、そうかもしれません……」

環が最初に伊予を目にしたのは、東雲屋の両替店だ。まるで菖蒲《しょうぶ》の葉のようだと、環にはそう思えた。性根がまっすぐな故だろうとそう思えていたが、先の尖った鋭い葉はちょうど刀のようだ。あれはあのときの伊予が、剣さながらの危うさを秘めていたからかもしれない。

「それにね、おかみさん。あたしと息子を救ってくれたのも、やっぱりおかみさんなんだよ」

環がはっと固まって、そして無闇に頭《かぶり》をふった。

「……いいえ、いいえ。だって私のせいで、山根さまは……」

「父親の呪いから、あたしら母子《おやこ》を救ってくれたじゃないか」

「呪い……？」

「そうだよ。あの子の……森之介の父親の、鵜野幸大夫の呪いだ。あの子がおかみさんのご亭主を斬ったとき、あたしははっきりとそう感じたんだ」

そのときの光景が、よみがえったのだろう。おくめは厚い布団の中で、ぶるりと大きく身震いした。

嫁いだ娘が戸塚にいると、生まれた孫に何か買ってやりたいと、おくめは以前、環の前でそう語った。だが、それはすべて嘘だった。いつかぽろりと漏らしたとおり、おくめの亭主とひとり娘は、数年前に火事で他界していた。

「それからというもの、ずっと昔に手放してしまったあの子のことが、頭から離れなくなってね」

鵜野家にいまも雇われている下男に必死に乞うて、それまで貯めていた銭もあたえてどうにか息子の消息をきき出した。

おくめは山根家をつきとめるに至った経緯を、そのように語った。

息子とはいえ、相手は町方の役人だ。町廻りの折に見かけることはあっても、会《え》釈《しゃく》をするのが精一杯でまともに口をきいたことすらなかった。その代わり日の落ち時になると、引かれるようにたびたび八丁堀に足が向いた。

界隈《かいわい》をうろうろしたり、目立たぬところに立ちんぼうをしながら、山根家の組屋敷を外からながめて、中にいる我が子に思いを馳せ、ごくたまに門を出入りする姿を拝めるだけで、嬉しさで胸がいっぱいになった。けれど、そんな独り遊びのような些細《ささい》な楽しみも、あの日以来、奪われてしまった。

その日、日暮れを待たず奉行所から戻った山根は、いくらも経たぬうち、また門から出てきた。役人の定服の黒羽織を脱いで、地味な着物に袴をつけていた。おくめが妙に思えたのは、山根が深編笠をかぶっていたからだ。

色町にでもくり出すつもりだろうか。そうも考えたが、ひどく速い足取りと、背中から発するただならぬ気配に、おくめは得体の知れない不安に襲われた。

足腰の丈夫さなら、その辺の男にも負けはしない。そのおくめが汗をかき息を切らすほどに、山根の足の運びは速かった。

やがて日がとっぷりと暮れて、辺りが闇に包まれた頃、根岸の里に辿り着き、山根はまっすぐに阿波八の寮へと入っていった。むろんそのときのおくめは、寮の持ち主も、中で何が行われていたかも知る由《よし》がなかった。ただ、寮から少し離れた木の陰から、風流な造りの門を見守っていただけだ。

しかし山根が出てくるよりも早く、ひとりの男がその門を内へと潜った。

「それが、おかみさんのご亭主でね」おくめは、ぽつりと告げた。

それより少し前、根岸村にさしかかった辺りで、息子を追っていたおくめは、ひとりの男とすれ違った。むろんそのときは、山根もおくめも、相手が阿波屋の寮を辞したばかりの紫屋茂兵衛だとは知らなかった。

「おそらくご亭主は、試しの布を忘れたことを思い出して、戻ってきたんだろう。後になって、そうと気づいたんだ」

「じゃあ、おくめさんは、そのときから一切を……」

「ああ……すぐにご亭主が血相を変えてとび出してきて、それを追ってあの子も出てきた……まるで悪鬼さながらの姿に見えた」

月が出ていたかどうかさえ、おくめは覚えていない。目の前を一瞬で過ぎたその姿が、はっきりと見分けられる筈もないのに、おくめにはたしかにそう思えた。

鬼と化した息子が、後ろからばっさりと男を斬ったときは、悪夢としか思えなかった。

だが、斬った男を見下ろして、息子はこう呟いた。

『許せ……これも父上の御為だ』

「そのとたん、頭の天辺《てっぺん》に雷があたったような気がしたよ」

おくめは力なく環に告げた。息子の姿を、おくめはずっと見守ってきた。山根がたびたび阿波上屋敷を訪れていたことも、やはり知っており、息子が鵜野幸大夫と誼《よしみ》を交わしていたことは、鵜野家の下男からもきいていた。

だから息子が父と口にしたとき、鵜野のことではないかと、すぐに察した。後になって、その寮が阿波に縁のある阿波屋のもので、八右衛門もあの晩に死んだときいて、その考えは確信に変わった。

「父親の、鵜野の呪いが、あの子を畜生に変えてしまった……あたしにはそう思えてならなかった」

茂兵衛の断末魔《だんまつま》の声が、東雲屋たちを乗せた駕籠《かご》を呼び寄せ、人の気配に気づくと、山根は急いで逃げ去った。おくめも後を追おうとしたが、足に力が入らない。

「あの子がいましがた出てきた寮に、とっさに隠れちまったんだ」

おくめはそこで、さらに恐ろしいものをまのあたりにした。行燈《あんどん》の灯りはついたままで、梁《はり》からぶら下がった阿波八を、下から照らしていた。肝を潰してどさりとその場に尻をつき、その拍子に、仏のからだについていた何かが、ひらりと床に落ちた。

「……それがうちの人の、試しの布だったんですね……」

環の喉が、ごくりと鳴った。

「布の濃藍《こあい》で、阿波国やあの子の父親を思い出した。息子の罪の証しのように思えて……とっさにつかんで懐に入れちまったんだ」

すまなかったね、とおくめはふたたびあやまった。

「倅《せがれ》にあんな真似をさせた、鵜野が憎くてたまらなかった……でも、半分はあたしのせいだ。三十年以上も前に、あたしが犯した過ちが、あの子に因果を背負わせちまった……けれど本当に悪い夢だと思えたのは、それから先だったんだ」

人をふたりも殺しながら、息子は常と変わらず町役人の務めをこなしている。それが何よりも恐ろしく、そして情けなかった。すでに息子の心根は、人ではないものになり下がってしまったのか。ひたすら気を揉む毎日だったが、そんな山根が、人らしい姿を垣間見せることがあることに、やがておくめは気がついた。

「ここへ……この紫屋へ立ち寄ったときだけ、あの子はそういう顔をした」

心の底から安堵するように、おくめは大きく息を吐いた。

「おかみさんに会った後だけは、ひどくすまなそうな顔をして肩を落としていた」

それがおくめにとっては、唯一の希望となった。紫屋への出入りを乞うたのも、息子のそんな姿を少しでも長くながめていたかったからだ。おくめはそのように言った。

そして紫屋に入ってまもなく、環に仲間に誘われて、初めて環が下手人をとり違えていることを知ったのだ。

「あのとき、つい欲が出た……あの子の罪を、東雲屋に負わせることができるかもしれない。父親の呪いから、あの子をかばってやれるかもしれないって」

「おくめさん……」

「ひどい話だろ？　思えば息子ばかりじゃない、あたしまで畜生に成り下がっていた」

おくめは太い右腕を布団からさし伸べて、膝の上にあった環の手をぎゅっと握り締めた。

「そればかりか、亭主を殺した男と、おかみさんを添わせようなんて、そんな酷《ひど》いことまで図ろうとした」

これだけは、いくら謝っても追いつかないと、おくめはいく度も環に詫びた。

「でもね、あたしも……たぶんあの子も、ただおかみさんを謀《たばか》ろうとしたわけじゃないんだ」

すがるように、おくめが環の手を握る手に力をこめた。

「あの子はおかみさんを本気で好いていた。一緒になりたいと願ったのも、だから半分は己の欲だ。だけど、きっとそれだけじゃない。おかみさんをうんと大事にして、己の犯した罪を一生かけて償おうとしていたんだ」

決して母親の欲目ではなく、環と会うたびに少しずつ人の情をとり戻し、逆に悔悟の念を深めるようすが、息子から見てとれた。

おくめにそう語られても、環には返す言葉がない。行き場のない思いだけが胸いっぱいに広がって、たまらずおくめの厚ぼったい手を両手で握り締めた。

「おかみさん、あの子の罪はあたしが背負う。堪忍してくれなんて、言うつもりもない。おかみさんの怨み辛《つら》みは、みんなあたしが引き受けるから」

環がはっと気づいて、顔を上げた。枕の上からこちらを見詰めるおくめの目には、静かな決意だけがあった。

「……おくめさんは、山根さまの後を追うつもりなんですね」

おくめの日焼けた顔が、中途半端にこわばった。

「動けるようになったら、堀にでもとび込もうと、そう考えているのでしょう?」

「……おかみさん、何を……」

違うというように、かすかに首をふるが、その唇は震えていた。

「そのくらい、わかりますよ……おくめさんにはかなわなくとも、あの方をお慕いしていたのは、私も同じなんですから」

「おかみさん……」

「『頼むから、生き延びてくれ』と、山根さまはそう仰った筈ですよ」

とたんに吹きこぼれるように、おくめの両目から涙があふれた。呻くようなすすり泣きが、その喉からもれる。

「……後生だから、おかみさん、あたしの好きにさせておくれ……おかみさんにもご亭主にも申し訳が立たなくて、それより他に償い方がわからないんだ」

ようやくめぐり会えた息子は、罪人としてやがて死罪になる。それだけでも堪えられぬほどの辛い仕打ちだが、おくめは環たちを欺き、息子の罪を隠そうとしていたことを、何より深く恥じていた。

泣きながら訴えるおくめに、環はそっと声をかけた。

「だったらおくめさんには、私の傍で一生償っていただきます」

え、とおくめの目が広がった。環は目尻にたまった涙を拭い、その顔に微笑みかけた。

「来年の春にも、私は紫屋を出ることにしました」

　やがておくめが落ち着くと、その手を布団の中に仕舞って、環はこれからのことを話し出した。

「延二郎には、言い交わした相手がいたんですよ。打ち明けようとした矢先に、亭主があんなことになって……延二郎は私に遠慮して、何も言わずにいたんです」

　紫屋が昵懇《じっこん》にしている型付師《かたつきし》の娘で、茂兵衛の生前から、延二郎はたびたび出入りしていた。惚れ合って、かれこれ二年近くが経つと、環は延二郎ではなく、型付師の女房からその話をきかされた。

　延二郎にたしかめて、余計な気を使わせたことをひとまず詫びると、環はとり急ぎ仲人を立てて型付師のもとに挨拶に出向いた。親方も延二郎の人柄を買っているようで、跡取り息子は別にいるから何の障りもない。とんとん拍子に話がまとまり、年明け早々にも祝言を挙げる段取りがついた。

　嫁となる娘がこの家のことを覚えるまでは、親類縁者が口を出さぬよう、若い夫婦の楯となるつもりも最初はあったが、環は考えを変えて、桜の頃にここを去ろうと決めていた。環はおくめに、その理由を語った。

「私も茂兵衛に嫁《とつ》いだときは、まっさらな紙のような有様でした。延二郎には職人たちがついてます。きっと親類たちにも太刀打ちできるでしょうし、この家の新しいしきたりは若いふたりがつくっていけばいいんです」

「行く当てはあるのかい？」

おくめに問われ、環はにっこりした。

「いまお唄ちゃんが世話になっている品川の料理茶屋が、深川に出店を出すんです。その雇われ女将《おかみ》をやらないかと、誘われましてね」

もと同輩であった友人は、品川の店の女将を務めている。深川に毎日通うわけにもいかず、新しい店を任せられる者を探していた。環ならうってつけだと、亭主である主人に、強く勧めてくれたのだった。

「そうかい、それなら良かった」

「だから深川には、おくめさんも一緒に来てくださいね」

満足そうにほころんでいた顔が、ぎょっとなる。おくめは枕の上で、白髪頭を横にふった。

「なに言ってんだい。あたしは洗濯するより他に能がないんだ。洒落た料理屋なんぞ場違いさね」

「洗濯仕事はもう無理だろうと、お医者さまに言われた筈です。何より歩けるようになるまでは、まだ長くかかるんですよ。そのあいだ、どう暮らしていくつもりですか」

「これまでだって、生きてくためなら何だってやってきたんだ。どうにかなるさ」

心配はいらないと、おくめは軽い調子で応えた。環はじっと、その顔を見詰めた。さっきの静かな決心は、未だにおくめの目の中にある。やはり己の始末をつけるつもりでいることは、容易に察せられた。

環は懐を探り、中のものを手のひらに載せてさし出した。

「おくめさん、これを見てもらえませんか」

「これは……」

「山根さまの、形見の品です。東雲屋も、土産だけは良いものを携えてきてくれましてね」

あの日の夜、三左衛門が山根に見せた藍方石《らんぼうせき》だった。

薄緑色の紐は、茂兵衛の血で汚れている。そのまま渡すのにもためらいを覚えたが、いまとなっては山根の遺した、ただひとつのものだ。引かれるように、おくめは手を伸ばした。

「本当に……どうしてこんなことに、なっちまったんだろうね……いったいどこで、道を間違えてしまったんだろう」

おくめは藍の玉を握りしめ、また涙をこぼした。すべては鵜野幸大夫の計略であり、おくめにはどうしようもなかったことだ。それでもくり返し、詮無《せんな》いことを考えずにはおられないのだろう。おくめの無念は、そのまま環の悔いでもあった。

「……伊予さまもお唄ちゃんも、もうすぐ江戸を離れます。お願いですから、おくめさんまで行ってしまわないで下さい」

閉じた目尻から、ひと筋涙が伝った。堪えきれず、環は顔を覆った。

「おくめさんがいなくなったら、私の方こそ生きていく甲斐がないんです」

『母を頼む』と言われたときの、あの強い眼差しだけが、いまの環を支えてくれるたった一本の杖だった。三左衛門が言ったような強い女では決してないと、環自身よくわかっている。

互いに罪を犯しながら、公には贖《あがな》うこともできず、誰よりも大事な相手に、罪を背負わせた。その同じ男の身の上を悼《いた》み、失った悲しみに暮れる——。

環とおくめは、この世で唯一、誰よりも同じ痛みを分かち合える相手だった。

「おかみさん……おかみさんに黙って、いなくなったりはしないから」

「本当、ですか？」

「それだけは、約束するよ」

鼻をすすりながら、環がようやく顔を上げた。いつになく幼く映るその姿に、おくめがそっと微笑をこぼす。

「ただね、おかみさん。あたしが一緒にいても、きっとおかみさんの厄介になるだけだよ」

満足に歩けるようになるかどうかさえ、定かではない。おくめは申し訳なさそうに、そう呟いた。

「たとえ寝たきりになったって、お世話をさせてもらいますよ」

「そこまで面倒をかけるわけには……」

「嫁入りはできませんでしたけど、お姑さんの面倒を見るのは、あたりまえのことでしょう？」

おくめがはっとして、その目許がゆっくりとほぐれていく。

さし伸べられた厚ぼったい両手を、心をこめて環は握った。

障子を通してさし込む冬の日が、ふたりの姿を染め上げていた。


〈了〉

解説――エンターテイメント要素がすべて詰まった一冊

田口幹人《たぐちみきと》

二〇一一年は、著者にとって大きな転換点となった一年だった。

二〇〇五年、第十七回日本ファンタジーノベル大賞を受賞したデビュー作『金春屋《こんぱるや》ゴメス』は、近未来の日本領土・江戸国を舞台とした革新的な設定の前代未聞の痛快な捕物帳で読む者を驚かせた。そして、デビュー三作目の『烏金《からすがね》』は、高利貸しの婆・お吟と居候の浅吉が繰り広げる傑作時代エンターテイメントだった。金貸し業を手伝うことになった浅吉の手腕に驚き、思惑にハラハラし、秘密に涙した。手放しに「とにかく面白い！」という言葉しか浮かばなかった作品に久しぶりに出会い興奮したことを今でも昨日のことのように覚えている。

この二作を通じて、時代小説の新しい可能性を見せつけてくれたと言っても過言ではないと思える作品だった。

その後は、天保の改革により、贅沢品が禁じられる江戸の神田白壁町に一〇〇年続く錺屋《かざり》・椋屋を舞台に、職人の世界の粋と人情を描いた『恋細工』や、光と闇、そして善と悪という人間誰もが持ちえる二つの顔を、持ち前の独創的な設定で鮮やかに描ききった『善人長屋』など、立て続けに本格時代小説を世に送り出した。

しかし、ファンタジー要素を含まない本格時代小説に軸足を下ろすことを歓迎する一方で、エンターテイメント時代小説の傑作『烏金』の著者がたどり着くであろうと推測する本格時代小説の頂き（代表作と呼ばれる作品）に出会えていないのかもしれないというもどかしさやエンターテイメント時代小説から離れてゆく寂しさを感じていた。

そして迎えた二〇一一年、そんな思いを払拭《ふっしょく》し、本格時代小説の『涅槃《ねはん》の雪』とエンターテイメント時代小説の本書『四色の藍』を上梓し、一気に二つの頂きへと誘ってくれたのだ。

第十八回中山義秀《ぎしゅう》文学賞を受賞した『涅槃の雪』は、背景となる天保の改革の始まりから終焉までを時系列で追った六つの短編で構成された連作短編集だ。

各話、一つの禁止令を軸に、為政者の過酷な締め付けに果敢に立ち向かう反骨の一人の奉行所与力の姿を通して、その時代に生きた人々のしなやかさと逞《たくま》しさ、そして意地と気概を鮮明に描き出し、涅槃の雪という題名に込められた想いが醸《かも》し出す深い余韻がいつまでも心の奥底に留まり続け、これぞ著者の本格時代小説の現時点での頂きなのだと実感した物語だった。

そして同じ年に上梓したエンターテイメント時代小説の頂きが、本書『四色の藍』だ。

前説が長くなってしまったが、ここからは『四色の藍』について触れていきたい。本書の魅力を少しでも伝えることができたら幸いです。

神田紺屋町《かんだこんやちょう》で、藍染屋・紫屋の女将《おかみ》環《たまき》は、突然夫の茂兵衛を何者かに殺害された。ひときわ抜き出た藍への愛情と執着心をもつ職人だった茂兵衛は、殺害される直前に、研鑽《けんさん》の積み重ねの末、ついに類を見ないほどの深みのある藍色を生みだす染めの技術にたどり着いていた。環は、その技術を狙う札差《ふださし》や藍玉問屋、薬種問屋、紺屋等を手広く商い、裏では金貸しも営《いとな》む大店《おおだな》の主人・東雲屋《しののめや》三左衛門が夫を殺した犯人と睨み探る中、旅装束を身につけた阿波徳島藩の若侍と出会う。環が東雲屋の手先から襲われた窮地を救ったその若侍を、客人として紫屋に迎え入れる。蓮沼伊織と名乗る若侍は、殺された兄の仇である新堀上総《かずさ》が東雲屋に匿《かくま》われていることを聞きつけ国元から江戸へ下ってきたのだった。そして同じ東雲屋に関係している伊織に、東雲屋を探る環たちと手を組むことを依頼することになる。環の仲間には、夫を亡くしてからの三ヶ月間、行動を共にしていた東雲屋とその縁者に対し恨みや関わりを持つ女が二人いたのだった。三人の女と一人の若侍が事件の真相に立ち向かうのかと思いきや、四人が初めて顔を合わせた夜、伊織についてある意外な事実が明らかになる。

年も境遇も違い、性格も相いれないアクの強い、剣士の伊織、遊女のお唄、洗濯婆のおくめの三人を、紺屋の女将である環が中心となってまとめ、事件の真相を暴くために動き出す。ここから、それぞれに恨みを持つ四人の復讐劇が始まり、物語が一気に展開する。

四人の女たちは、それぞれが辛い過去に縛られ、背に大きな荷物を一人で背負う覚悟を決めて生きてきた。

環は、十四歳離れた紫屋茂兵衛にみそめられて後妻となる。藍より他のことにはまったく頓着しない茂兵衛だが、わかり辛いながらも環を大事にしてくれた。環もまた心から茂兵衛を慕うも、それが愛情だったのか自分自身もわからずにいた。茂兵衛の死後、親戚筋とのいざこざをかかえつつ、代々続く紫屋の暖簾《のれん》を一人で背負いながらも夫の死の真相を探っていた。

蓮沼伊織は、兄を殺した仇である新堀上総を追い、従兄の蓮沼章三郎とともに阿波から江戸に下ってきた。道中の出来事が、伊織にある重い事情を背負わせることになる。

お唄は、東雲屋の裏の稼業の手代である源次とかつて夫婦だったが、源次がつくった博打の借財のために売られてしまう。しかも同じ夫に二度も。売られたお唄は、体中に傷を負い捨てられる。さらに、目に見える傷以上に深い心の傷は、お唄の背に負いきれないものだった。

洗濯婆のおくめは、かつて女中をしていた頃、奉公先の主人と関係をもち子を身《み》籠《ご》る。

それを理由に追い出され、さらに子供も取り上げられてしまう。後に結婚し、子宝に恵まれるも火事で夫と子供を亡くし、洗濯婆として生きてきた。幾重にも重なる苦労は、歳老いた婆の背中に背負いきれないほど大きなものだった。

この四人が、環を中心にそれぞれの役割をこなしつつ茂兵衛殺しの真犯人に迫ってゆく。事件の陰には、阿波徳島藩における藍玉をめぐる贈収賄や権力闘争が見え隠れしながら物語が進み、四人の過去が絡み合うとき真実が見えてくる。後半に、ミステリーさながらの大どんでん返しが仕掛けられているので、これ以上詳細に書くと本編を読む興を削ぐのでぜひ本編をお楽しみいただきたい。

善悪の業を背負う四人の復讐劇である本書は、『烏金』が与えてくれたドキドキ感と痛快さ、『善人長屋』で描いた人間の善と悪、そして『恋細工』で描いた職人の姿がすべて込められていた。さらには、『恋細工』で描ききれなった恋模様こそが本書の最大の読みどころなのだ。仇打ちで繋がる四人が背負った愛を、藍にみたて紡がれた物語。それぞれの愛に形があるように、同じ藍にも濃淡がある。『四色の藍』は、復讐劇でありながら、四色の愛の物語なのだ。

著者が今まで描いてきたエンターテイメント時代小説の要素がすべて詰まった本書には、この言葉が一番似合うと思う。

「とにかく面白かった！」

（さわや書店フェザン店店長）

この作品は、二〇一一年五月にPHP研究所より刊行された。

著者紹介
西條奈加（さいじょう　なか）
1964年北海道生まれ。2005年、『金春屋ゴメス』で第17回日本ファンタジーノベル大賞を受賞し、デビュー。12年、『涅槃の雪』で第18回中山義秀文学賞を受賞。主な著書に、『まるまるの毬』『上野池之端 鱗や繁盛記』『千年鬼』『三途の川で落しもの』『善人長屋』『無花果の実のなるころに』『御師 弥五郎 お伊勢参り道中記』などがある。

PHP文芸文庫　四色《よしき》の藍《あい》

2014年11月28日　第1版第1刷
2021年2月17日　第1版第2刷

著者　西條奈加
発行者　後藤淳一
発行所　株式会社PHP研究所
東京本部　〒135-8137 江東区豊洲5-6-52
第三制作部　☎03-3520-9620（編集）
普及部　☎03-3520-9630（販売）
京都本部　〒601-8411 京都市南区西九条北ノ内町11
PHP INTERFACE　https://www.php.co.jp/
組版　朝日メディアインターナショナル株式会社
印刷所　株式会社光邦
製本所　株式会社大進堂

ISBN978-4-569-76258-6